CONTRA ESPIONAGEM

Guia completo de tecnologias e procedimentos de contra espionagem e vazamento de informações

Avi Dvir

Avi Dvir

Dedicado a Ori, Moran e Danit

Avi Dvir

Ha dois mil anos atrás, o estrategista chinês Sun Tsu, em seu livro, A Arte da Guerra, escreveu que para conquistar a vitória é necessário conhecer o inimigo e a si próprio. Assim que você sempre vencera. Quando você é ignorante de seus inimigos mas conhece você mesmo, seu chance de vencer ou perder é igual. Se for ignorante tanto do inimigo como de você próprio, você certamente perderá qualquer batalha.

Isto é um conceito básico da espionagem: É essencial conhecer o inimigo e estar ciente de possíveis pontos de fraqueza de si mesmo que possam ser aproveitados pelos seus inimigos. A inteligência viabiliza o conhecimento do inimigo e a contra inteligência dificulta os esforços do seu inimigo de conhecer você.

"A estratégia nasce da informação, mas brota da sabedoria"

Nicolau Machiavel (1469-1527)

O Espião nunca é tão obvio

Prefácio

A idéia de escrever este livro surgiu da necessidade de muitas pessoas conhecerem os perigos que cada vez mais crescem na área de espionagem, sejam elas empresariais ou pessoais. Com o avanço da tecnologia, os sistemas de espionagem tornaram-se cada vez mais sofisticados, mais eficientes e mais acessíveis em termos de custo. Por outro lado, estão também cada vez mais sofisticadas as medidas de proteção.

A agência FBI avalia que somente o terrorismo tem mais prioridade do que a espionagem empresarial no ranking de prioridade da FBI e que o impacto desta pratica é tão prejudicial aos interesses do pais tanto quanto atos que prejudicam a segurança nacional.

A espionagem já é praticada desde da época da bíblia. Quando o povo de Israel liderado pelo líder espiritual Moises estavam esperando entrar a terra de Israel após vagando 40 anos no deserto, o Moises mandou 12 espiões para pesquisar sobre seus habitantes: "Disse o Senhor a Moisés: envie homens que espionem a terra de Canaã, que eu vou dar aos filhos de Israel; de cada tribo de seus pais, envie um homem, e cada um desses será um príncipe entre eles", Velho Testamento, Números 13: 1-2. Estes espiões não foram pessoas qualquer, eram 12 grandes lideres espirituais dos tribos. É interessante que 10 dos 12 espiões deram informação falsa sobre a terra prometida por medo que suas funções na comunidade vão ficar obsoletas após a habituação da terra prometida. Eles tinham medo que com a nova realidade todos vão ser iguais e eles não vão ter mais suas 'mordomias'.

Uma outra historia famosa da bíblia é a historia de RAHAB que de acordo com o livro de Josué morava na cidade de Jerico. Quando Josué estava se preparando para conquistar a cidade de Jerico ele mandou dois espiões para analisar seu inimigo. Estes espiões foram escondidos e assistidos por RAHAB que em torno a esta ajuda foi salva junto com a sua família após6 a conquista da cidade.

O Sun Tsu, citado anteriormente, no seu livro A Arte da Guerra, enfatizou o papel critico da informação na condução de um plano de guerra. Ele alegou que um líder inteligente é aquele que sabe guardar seus planos de ataque e em consequência seu rival não sabe onde vai atacar. Da mesma forma um líder que vai saber os planos de ataque de seu rival vai ser sucedido na proteção sabendo onde precisa concentrar sua defesa.

Existe uma historia verídica interessante da segunda guerra mundial que demonstra a importância da informação . No seu livro: Segredos do Dia D, o autor, Gilles Perrault descreve um evento que aconteceu três semanas após a invasão das forças aliadas ao Normandia. Um posto alemão de forte resistência perto da cidade de Sherburg na França conseguiu resistir todos os ataques das forças aliadas. Finalmente ele se rendeu mas não porque as forças aliadas conseguiram quebrar sua defesa. O comandante da quarta divisão americana, Major General Barton chegou acompanhado com seu alto comando ao posto alemão e apresentou ao seu comandante alemão, major Kippers, uma mapa que mostrou tanto a superioridade das forças da aliança, mas também mostrou todos os detalhes do posto alemão, todos os planos de defesa, nomes dos comandantes e seus apelidos e outras informações. O fato dele ser cercado por forcas superiores não foi a razão do major alemão se render, mas sim o fato deles saberem de tudo sobre sua defesa.

Ainda hoje ações de espionagem são assistidas por pessoas internas. Estatísticas mundiais mostram que em mais de 70% dos casos de espionagem estão envolvidas pessoas internas da organização.

O reconhecimento do perigo da espionagem esta crescendo entre executivos no mundo inteiro. Varias empresas de auditoria como a KPMG e PriceWaterhouse entre outros costumam administrar pesquisas anuais e estas pesquisas afirmaram que mais de 80% das empresas consideram a espionagem uma ameaça estratégica para suas empresas. Este porcentagem esta crescendo cada vez mais. Isso mostra que esta diminuindo o numero de executivos que pensam ser imune a prática de espionagem e eventos de vazamento de informação.

Informações sobre preços, planos de investimentos, empregados, clientes, novos produtos e novas tecnologias são alvos dos concorrentes que, às vezes, pagarão qualquer preço para consegui-las. Em outras circunstâncias, empregados ou ex-empregados podem espionar para prejudicar seus empregadores. O empregado justifica-se por muitas razões, entre elas, a visão do furto como vingança ao patrão que o explora e, por isso, acredita que tem o direito de roubar a empresa. Em outros casos, o empregado precisa de dinheiro para uma emergência e comete o furto em conseqüência disso. Às vezes ele acha que ninguém sentirá falta do dinheiro ou da mercadoria.

Os alvos dos espiões são segredos e informações intangíveis. O valor das empresas muitas vezes é estimado em grande parte pela propriedade intelectual mais de que a propriedade física. A Coca Cola por exemplo foi avaliada em 2007 pelo valor de USD 142.3 Bilião de dólares. Deste valor a propriedade física foi avaliada em USD 43.3 Bilião e o valor da propriedade intelectual foi avaliada em USD 99 Bilião. Da mesma forma a valor da Microsoft é principalmente composto pelo valor de know-how, marcas e código fonte de programas.

No aspecto institucional não podemos classificar qualquer ato investigativo como espionagem. Muitas ações de agencias de comprimento da lei tem natureza investigativa e não de espionagem. Quando os atos de uma instituição governamental é feita contra outro pais ou grupos políticos ou ideológicos podemos considerar isso como espionagem. Existem muitos outros casos onde se pratica atos de espionagem: Marido ou mulher podem espionar um ao outro para descobrir casos de traição, políticos podem espionar para descobrir informações sobre rivais, empresas espionam outras empresas para conseguir informação privilegiada, pessoas podem espionar para conseguir informação privilegiada e usa-la para chantagem e assim por diante.

É importante também destacar que em alguns casos certos atos que possam ser interpretados como espionagem, mesmo praticados por pessoas ou empresas, podem ser considerados legítimos perante a lei. Isso é o caso onde pessoas, comprovadamente, precisam se defender contra ameaças diversas ou casos de empresários que suspeitam atos ilícitos de funcionários. No livro vamos tratar os aspectos lícitos e ilícitos da pratica de espionagem em capitulo especial.

Avi Dvir

No Brasil foram divulgados vários casos de espionagem empresarial. Um dos mais famosos é o caso da Coca-Cola que teve acesso a segredos de estratégias de vendas e marketing da rival Pepsi. A marca Pepsi era franquia do grupo argentino Baesa e tinha como objetivo aumentar sua participação no mercado brasileiro de refrigerantes, controlado pela Coca-Cola, que dominava cerca de 50% das vendas, comparado com 6% da Pepsi.

A Baesa tinha como objetivo chegar a 30% de participação no mercado em poucos anos. Foi descoberto que um técnico de som gravou reuniões da Baesa e entregou as fitas das conversas à Coca-Cola, que ficou sabendo de todos os planos estratégicos da Pepsi, podendo assim tomar as medidas adequadas para se prevenir. A Pepsi, que conseguiu aumentar as vendas no começo para 8% do mercado, despencou para 4% em tempo muito curto e depois de 6 meses o grupo Baesa vendeu a franquia da Pepsi para a Brahma.

Outro caso que chegou às manchetes foi o da empresa Choise Point, que supostamente foi contratada pelo Departamento de Justiça do governo dos Estados Unidos para levantar informações confidenciais de empresas e pessoas em nove países da América Latina. Foi divulgado que a empresa assinou um contrato de US$ 3,5 milhões e está montando um banco de dados com informações sigilosas sobre certas pessoas. As informações incluem gastos em cartões de crédito, saques de dinheiro em caixas eletrônicas, históricos escolares, cópias de contas de telefone e muito mais.

Também foi divulgado que a CIA está operando no Brasil, alojada em uma agência estratégica da Polícia Federal – o Serviço de Operações de Inteligência Policial (SOIP), que tem filiais em vários estados. A sede desta organização em Brasília foi construída com dinheiro do governo americano, como reciprocidade da tolerância das autoridades brasileiras. Houve uma série de denúncias de grampeamento por esta instituição, entre elas o próprio grampeamento do presidente Fernando Henrique Cardoso, assim como tentativas de submeter alguns delegados da Polícia Federal a testes de polígrafo nos Estados Unidos, como meio de escolher colaboradores para suas atividades no Brasil.

Bastante conhecido foi também as informações divulgados pelo espião Americano Eduard Snowden sobre escutas que o governo americano efetua ao governo brasileiro e a própria presidente Dilma.

Alguns eventos da política brasileira mostram como grande pode ser o prejuízo que uma pequena gravação clandestina pode causar a exemplo de deputado Delcidio de Amaral que foi líder do governo Dilma e ao ser gravado pelo filho de um ex-diretor da Petrobras, envolvido no escândalo Lava-Jato, chegou a perder seu mandato no congresso e processado por tentativa de influir o depoimento do ex-diretor contra pessoas chaves do PT.

Este livro abrange vários aspectos da espionagem, tais como escutas clandestinas, sistemas ocultos de transmissão de áudio e vídeo, comunicação segura, segurança de computadores e redes de computadores, crimes virtuais, visão noturna, sistemas especiais e aspectos da legislação brasileira em assuntos que se referem à espionagem. Por outro lado, descreve as medidas e mais sofisticadas que existem para se proteger contra qualquer tipo de tentativa de espionagem.

Para entender o conteúdo deste livro, não há necessidade de conhecimentos prévios de assuntos tecnológicos ou formação técnica especial. O livro esclarece aspectos tecnológicos relevantes de uma forma intuitiva e clara. Após a leitura desse livro, o leitor terá conhecimento suficiente dos aspectos tecnológicos relevantes à área de espionagem e contra-espionagem, a fim de poder tomar as medidas certas para se proteger, dependendo das circunstâncias em que ele poderá se encontrar. Foi acrescentado um apêndice onde há informações mais técnicas sobre alguns temas tecnológicos encontrados no livro, para quem tem interesse em aprofundar-se mais em tecnologia.

Convido os leitores a comentarem quaisquer aspectos deste livro. Comentários (sejam eles favoráveis ou não) servirão para ampliarem os conhecimentos do público nas próximas edições. O autor poderá ser contatado por meio do e-mail: avi.dvir@ormax.com.br ou do site www.ormax.com.br, onde o leitor interessado poderá encontrar informações complementares sobre vários assuntos na área de segurança e contra espionagem.

ÍNDICE

Capítulo 1

A Espionagem no mundo empresarial

Terminologia

O s termos 'Vigilância eletrônica', 'Grampo' ou 'escuta' podem ter vários interpretações. As definições a seguir tem como objetivo a explicar os termos que estão sendo usados por profissionais do ramo.

Vigilância Eletrônica

É o uso de dispositivos eletrônicos para determinar as ações e colher informações (no passado, presente e futuro) de indivíduos ou organizações sem ou com sua permissão ou conhecimento. Isso inclui escutas de conversas, interceptação de dados, comunicações e também movimento físico e localização de pessoas e objetos.

A vigilância eletrônica usa os meios tecnológicos disponíveis no mercado tais como, câmeras de vídeo, microfones, sniffers para vigiar fluxo de dados em redes de comunicações, satélites com sensores, equipamentos de visão noturna, tecnologia de posicionamento global (GPS) e muito mais.

11

Escuta

A Escuta se refere a prática legitima ou ilegítima de interceptar informações sonoras ou eletronicamente codificados usando qualquer meio tecnológico ou a capacidade humana (ouvido).

A palavra paralela em Inglês: Listening.

Escuta Eletrônica

A escuta eletrônica é uma área da vigilância eletrônica que envolve a escuta de comunicações e conversas através do uso de um dispositivo eletrônico.

Quando o dispositivo fica no local da escuta ele é   chamado popularmente Grampo.

A palavra paralela em Inglês para o uso de escuta eletrônica é Eavesdropping.

A pratica de colocar um grampo é chamada em inglês "Bugging". O Grampo é chamado Bug.

A escuta eletrônica é a escuta que envolve o uso de dispositivos eletrônicos para conseguir interceptar informações audíveis ou informações geradas eletronicamente. Ou seja, ela não inclui a escuta pelo ouvido humano.

Inteligência Vs. Espionagem

Se olharmos em alguns dicionários famosos teremos as seguintes definições:

O Famoso dicionário da Merriam-Webster por exemplo define Espionagem Industrial como: "A pratica de espionar usando espiões para obter informações sobre planos e atividades especialmente de governos extranhos ou empresas competidores".

Outra definição para espionagem industrial: Espionando de um competidor para ganhar uma vantagem competitiva (Investorword.com).

Capítulo 1 - A espionagem no mundo empresarial

Outras definições que podemos encontrar tem o mesmo intuito já que destacam o principio da coleta sigilosa de informações mas também destacam a pratica do analise desta informação e as ações derivadas, assim como o conceito da sinergia entre informações coletadas que viabilizam com que o conjunto de todo é maior da soma das partes individuais.

No intuito amplo da Inteligencia podemos encontrar fontes abertos legalmente disponíveis para qualquer um. Quando se trata de fontes comerciais existe um ramo especifico chamado Inteligencia Competitiva ou também Inteligencia de fontes abertos. Quando a coleta de informações é feita de uma forma sigilosa usando meios não legítimos e não éticos isso carateriza espionagem.

A definição ampla correta de inteligência competitiva é: A ação de definir, coletar, analisar e distribuir inteligência sobre produtos, clientes, competidores e qualquer aspecto do ambiente pesquisado que é necessário para apoiar executivos a tomar decisões estratégicas para suas organizações.

Espionagem por outro lado envolve ações ilícitas como roubo de informações privilegiadas, chantagem, corrupção e escutas ambientais e telefônicas não autorizadas.

Podemos questionar se o processo investigativo pode ser chamado espionagem já que ele envolve também coleta de informações. A resposta é negativa. Processo investigativo pode ter ações de espionagem mas também pode ter ações que não podem ser definidas como espionagem quando o processo é administrado de acordo com a lei. Se trata apenas de uma terminologia mais ampla. Podemos também dizer que a palavra Inteligencia não é nada mais de que é um processo investigativo e pode incluir ações de espionagem ou não (Ações legitimas ou ilegítimas)

Os atos da inteligência, alem de incluir atos legítimos e ilegítimos (espionagem) podem também incluir atos cinzentos (onde não esta clara a definição da legitimidade do ato). Por exemplo: procurar documentos no lixo ou se disfarçar para uma outra pessoa para conseguir informação privilegiada (Engenharia humana).

No dia dia a palavra Inteligência é usada as vezes no lugar da espionagem para dar a espionagem uma cobertura mais legitima.

13

Capítulo 1 - A espionagem no mundo empresarial

A espionagem industrial (empresarial) é diferente da Inteligência Competitiva que trata de conseguir informações comerciais para ganhar vantagem competitiva usando meios legítimos e abertamente disponíveis. Inteligencia competitiva não faz parte do escopo deste livro.

A informação recolhida por meios legítimos ou não legítimos pode ser interpretada de uma forma diferente por pessoas diferentes. Nicolau Machiavel (1469-1527) dizia: "A estratégia nasce da informação, mas brota da sabedoria". Realmente, podemos ver na historia que decisões de grandes figuras da historia foram tomadas conforme aspectos diferentes da figura e a sua sabedoria a tomar as decisões certas baseada nas informações que eram disponíveis. Diferentes pessoas podem tomar diferentes decisões baseadas nas mesmas informações e com resultados completamente diferentes.

Na lei Brasileira existe também uma definição bem clara da inteligência. No Art. 1º, § 2º da Lei 9.883 de 07 de dezembro de 1.999, a Inteligência é definida como "a atividade que objetiva a obtenção, análise e disseminação de conhecimentos dentro e fora do território nacional sobre fatos e situações de imediata ou potencial influência sobre o processo decisório e a ação governamental sobre a salvaguarda e a segurança da sociedade e do Estado. Esta definição é compatível com as definições que foram mencionadas no começo deste capitulo.

O valor das informações

Em muitos casos os alvos dos espiões são segredos e informações intangíveis. O valor das empresas muitas vezes é estimado em grande parte pela propriedade intelectual mais de que a propriedade física. A Coca Cola por exemplo foi avaliada em 2007 pelo valor de USD 142.3 Bilhão de dólares. Deste valor a propriedade física foi avaliada em em USD 43.3 Bilhão e o valor da propriedade intelectual foi avaliado em USD 99 Bilhão, ou seja mais de duas vezes do valor físico da empresa e 70% do valor total da empresa. A seguir este fato é demonstrado nas balanças da Coca Cola entre 2002 e 2006.

Em 12 de Fevereiro 2004 o PC World Technology, um conceituado magazine do ramo de computadores divulgou que o código fone do Windows foi roubado. Ate o final do dia, após a divulgação da noticia, as ações da Microsoft caíram $0.50 causando uma perda total no valor total da companhia de - $ 5.395 Bilhão. O valor do código fonte da Microsoft é provavelmente o patrimônio (asset) mais precioso da empresa.

Capítulo 1 - A espionagem no mundo empresarial

O maior operadora celular de Estados Unidos processou a Nextel (USA Today online, June 29, 2003). No processo a Verizon alegou que a Nextel obteve informações confidenciais de uma forma ilícita protótipos de novos modelos e segredos comerciais. No mesmo dia da divulgação do processo as ações da Verizon caiu em USD 0,47 totalizando uma perda de USD 1.292 Bilhões.

São variados os motivos da espionagem a seguir podemos listar parte deles: Espionagem de concorrentes, Aquisições e fusões, Ofertas hostis de compra de empresas, Negociantes internos, Concorrências Públicas, Negociações, Desenhos, patentes, marcas etc, Disputas jurídicas, Senhas de acesso, Chantagem, Segredos Governamentais, Empregados decepcionados, Fornecedores, Clientes.

É difícil avaliar com precisão os danos da espionagem. Os danos incluem tambem o estrago da imagem da empresa, diminuição de confiança dos clientes, valor menor das ações na bolsa, danos para marcas, possibilidade de conseguir credito e muito mais.

Estatísticas

É muito difícil de avaliar os custos neste assunto porem algumas estatísticas que foram divulgadas podem ter uma Ideia geral dos danos causadas por atos ilegais de espionagem.

De acordo com o departamento de estado de Estados Unidos anualmente são vendidos equipamentos de espionagem no valor de mais de 2 bilhões de dólares somente em Estados Unidos.

Acredita se que pelo menos metade deste valor são instalados em empresas e corporações.

De acordo com serviço secreto da Canada 72% das empresas sem medidas de prevenção vão sofrer algum tipo de perda financeira dentro de um prazo de 2 anos.

As estatísticas mundiais mostram que mais de 40% das empresas tem conhecimento de sofrer pelo menos um caso de espionagem (Por exemplo: Global Economic Crime Survey 2005-PricewaterhouseCoopers).

Capítulo 1 - A espionagem no mundo empresarial

80% de funcionários de qualquer empresa iam revelar informações sigilosas da empresa onde eles trabalham somente via conversa telefônica com pessoas que eles não conhecem (Companies Remain at Risk for Information Theft-PrWeb Newswire, November 11, 2005).

70% de funcionários entrevistados confessaram levar algum tipo de informação sigilosa quando deixaram de trabalhar na empresa (IT Fuels Intellectual Property Theft - Personal Computer World, February 20, 2004).

Perdas por roubo de propriedade intelectual nos EUA estimado em 59 bilhões de dólares (Trends in Proprietary Information Loss - ASIS Survey Report September 2002).

Custo de danos mundiais em espionagem econômica e roubo de propriedade intelectual chega a 300 bilhões de dólares e esta aumentando (Annual Report to Congress on Foreign Economic Collection & Industrial Espionage, 2002). Outro fonte diz que este valor se refere apenas a empresas em Estados Unidos o que mostra a dificuldade de conseguir uma informação precisa (The ABCs of Intellectual Property Protection- CSO - Chief Security Officer Magazine - December 9, 2003)

Estatísticas no Brasil

Em pesquisa da KPMG sobre espionagem no Brasil nos podemos ver ja alguns anos que a mais de dois terços das empresas atestam que estão vendo a espionagem como ameaça e so cerca de 20% dizem que a espionagem não é ameaça como mostra a gráfico a seguir extraído de um dos relatórios da KPMG (Uma das maiores empresa de auditoria do mundo).

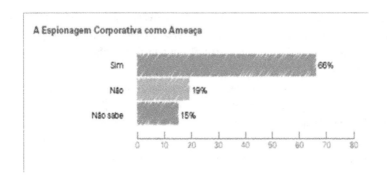

Outro gráfico no relatório da KPMG a seguir demonstra opiniões dos empresários sobre medidas de segurança:

Acesso limitado de visitantes - 27%

Checagem de credibilidade de pessoas com acesso a informação sigilosa - 31%

Varreduras eletrônicas contra grampos - 35%

Construção de lealdade de funcionários - 40%

Destruição de documentos em papel - 57%

Restrição de acesso a informação privilegiada - 74%

A seguir o grafico do relatório:

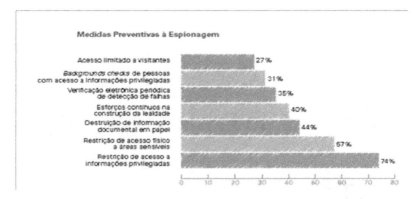

No brasil como no mundo é impossível ter dados confiáveis já que não existe nenhuma estatística oficial a respeito. No governo podemos ter dados oficiais sobre a extensão de escutas que o governo executa. De acordo com o Sistema Nacional de Controle das Interceptações telefônicas, coordenado pela corregedoria Nacional de Justiça, nos últimos anos foram realizados 17 a 20 mil escutas no Brasil a qualquer momento (Em calculo anual são centenas de milhares de linhas).

Capítulo 2

Sistemas de Espionagem - Áudio

Neste capítulo serão descritos os sistemas de escuta telefônica e grampos em geral e a forma como estão sendo aplicados no Brasil e no mundo, desde o planejamento até a implementação.

Para podermos entender melhor como funcionam as contra medidas precisamos entender como funcionam as tecnologias da espionagem. Este capitulo tem como objetivo a nos prepara a entender melhor os capítulos onde vamos conhecer como funcionam e como usar as tecnologias de contra medidas.

As diferentes tecnologias foram divididas em categorias conforme a base tecnológica que elas operam. Aos interessados em adquirir conhecimentos mais técnicos recomendamos a leitura do apêndice A.

Planejamento de Escuta

O invasor, quando planeja uma escuta clandestina, levará em consideração os seguintes pontos:

- Qual é a informação desejada?
- Em que forma essa informação se encontra (voz, vídeo, informação digital, documentos etc.)?
- Onde se encontra essa informação? (o lugar físico onde ocorre a geração ou o armazenamento da informação necessária).

- Quais são as técnicas possíveis que podem ser utilizadas para conseguir essa informação (quais são as tecnologias disponíveis pra nos?)?

- A avaliação das técnicas possíveis em relação à facilidade para se obter a informação, a qualidade da informação obtida, a possibilidade de ser detectado, custo x benefício em função de restrições orçamentárias.

- Risco de instalação e desmonte do equipamento instalado, após término da operação.

A Tecnologia de Sistemas de Escuta

Existem muitos equipamentos no mercado. Para poder entender os conceitos tecnológicos dos equipamentos classifiquei-os conforme as tecnologias   que o equipamento usa para transmitir a informação ate o ponto onde esta informação esta sendo decodificada/gravada.

A figura a seguir mostra as diversas tecnologias usadas na transmissão da informação a partir do ambiente interceptado.

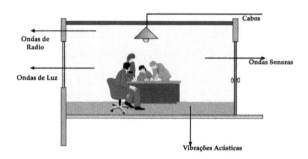

Baseado nesta classificação podemos encontrar as seguinte tecnologias de escuta:

- Sistemas ópticos (Ondas de luz)
- Sistemas Sonoros (Ondas acústicas).
- Sistemas de vibrações acústicas.
- Sistemas com fio (hard wired).
- Sistemas baseados em radio freqüência e microondas.

Neste livro serão descritos separadamente os sistemas de escuta telefônica fixa e celular que pertencem a categorias de sistemas de cabos (telefonia fixa) e sistemas de rádio e microondas (telefonia celular), em função da importância destas subcategorias.

Sistemas Sonoros

A seguir serão detalhados os principais sistemas utilizados no Brasil e no mundo.

Microfones Direcionais

Existem três tipos nesta categoria: parabólicos, shotgun e microfone de array.

Microfones Parabólicos

Na figura a seguir podemos ver o conceito de refletor parabólico que concentra as ondas sonoras em um ponto onde se localiza o microfone.

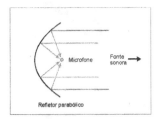

No conceito do microfone parabólico tem a seguinte explicação técnica: Som que vem de uma direção especifica quando atingem a parábola se refletem ao ponto onde se encontra o microfone e como o mesmo som vem de toda a área da parábola o som daquele direção se reforça. Os sons que vem de direções diferentes se cancelam em função de terem fases diferentes de onda (explicado na parte da teoria no final do livro).

Alguns cuidados precisam ser tomadas na operação com microfones parabólicos:

- Locais ruidosos são problemáticos; é mais fácil captar ondas sonoras em um campo aberto do que em uma avenida movimentada.

- O chão quente ou vento desviam as ondas sonoras, dificultando sua captação.

- Uma grande superfície refletora (parede ou muro liso) entre a pessoa visada (alvo) e o microfone facilita a captação.

- Árvores ao redor do alvo (mesmo que não estejam no caminho) atrapalham, uma vez que absorvem parte da energia sonora irradiada.

- Quando a pessoa fala na direção do microfone, sua boca projeta o som de maneira mais favorável que se estivesse de costas, por exemplo.

Tudo isso sem pensar no óbvio, que algumas pessoas falam mais alto que outras (nem precisam de microfones para serem ouvidas a quilômetros de distância). A seguir uma foto de um equipamento popular desta linha.

Shotgun

O microfone do tipo shotgun, mostrado na Figura a seguir, é projetado para captar sons de distâncias maiores. Deve-se evitar apontá-lo para superfície rígida como uma parede de azulejos ou de tijolos, uma vez que elas podem refletir sons de fundo ou deixar o som "oco". Esse microfone é muito sensível ao barulho causado pelo vento, por isso deve ser movimentado com cuidado e, sempre que possível, deve-se utilizá-lo com quebra-vento de espuma (luva).

Matriz de Microfones (Array Microphone)

O Microfone direcional é a interpretação eletrônica do microfone parabólico.

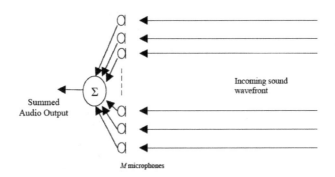

conceito de microfone de matriz

Os microfones da matriz estão no mesmo plano e as ondas sonoras chagam com a mesma fase aos microfones. Desta forma eles se reforçam no ponto da soma SIGMA.

Como mencionamos no capitulo do microfone parabólico sons que vem de uma direção especifica quando atingem a parábola se refletem ao ponto onde se encontra o microfone e como o mesmo som vem de toda a área da parábola o som daquele direção se reforça. Os sons que vem de direções diferentes se cancelam em função de terem fases diferentes de onda (explicado na parte da teoria no final do livro). No caso de matriz de microfones existe um fenômeno igual com a diferença que a soma das ondas de som no microfone parabólico é feito literalmente no ar enquanto no caso do matriz de microfones as ondas são transformadas em sinal elétrico nos microfones da matriz e depois somadas eletronicamente no ponto SIGMA.

Tanto o microfone parabólico como matriz de microfones tem como resultado o aumento do som vindo de uma direção especifica e diminuição de sons vindo de outras direções.

Quando a matriz de microfones é guiável (os microfones podem mudar do ângulo apontando direções diferentes), as ondas sonoras atingem o microfones em fases diferentes em função de distância diferente que as ondas fazem ate os microfones.

Existe uma necessidade de introduzir um atraso diferente para cada microfone a fim de causar uma chegada pontual das ondas a partir dos microfones ate o ponto SIGMA que soma todas as chegadas. Também é importante notar que ao mudar os ângulo da matriz vão ser captados menos ondas sonoras o que resultara em qualidade menor. Isso é mostrado na seguinte figura.

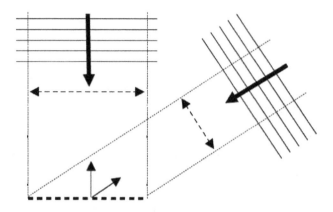

Efeito de angulo de microfones da matriz

Infelizmente existem áreas de captação de onda que geram ruído na qualidade da captação do som remoto. Isso se aplica tanto para microfones parabólicos como para matriz de microfones.

A seguir uma visão conceitual desta situação:

Avi Dvir

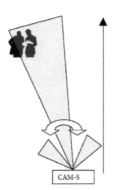

O padrão de cobertura é diferente para cada freqüência de onda sonora. Matriz padrão de 24 microfones vai produzir um padrão de cobertura de 9.4 graus de largura para freqüência de 1000 Hz e 4.6 graus para freqüência de 1000 Hz. Isso é traduzido a uma largura de 2.5 metros a uma distância de 33 metros a uma freqüência de 1000 Hz . A largura será menor com o aumento da freqüência. A freqüência de 2000 Hz serve como ponto de referencia e aparece nas brochuras de equipamentos deste tipo.

Padrão de cobertura em 3 D de um matriz de uma linha

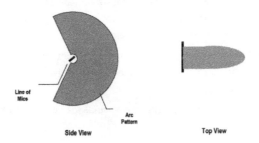

Padrão de cobertura em 3 D de um matriz de duas linhas

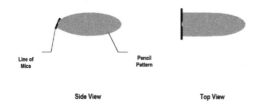

A seguir algumas características da tecnologia de matriz de microfones que podem servir para analisar sistema deste tipo:

- Dobrando o numero de microfones da matriz dobra a distancia de que pode ser ouvida (aumenta o ganho do sistema).

- Quando mais largo a Matriz o padrão da faixa é mais estreita (Pickup pattern).

- Quanto mais larga a matriz mais baixa é a freqüência que pode ser captada.

- Os microfones devem ser verificados para melhor performance.

- É necessário usar material protetor contra vento (como espuma leve) quando a operação do sistema é em campo aberto.

- Os microfones devem ser afastados de fonte emissores de RF, como telefones celulares, ou protegidos contra essa radiação para evitar captar ruído proveniente destes fontes.

- Quando mais reverberante é o ambiente onde se localiza a matriz menos eficiente é a escuta a distancia. Evita posicionar o sistema em um ambiente assim ou usa filtros especiais desenhados para evitar este problema.

- Um matriz em linha (Line Array) cria um padrão de captura em forma de arco em cima do eixo (figura ----). Nesse caso serão captados sons proveniente de fontes em cima e embaixo do eixo.

- O sistema opera razoavelmente bem na chuva mas cuidados devem ser tomadas para que o sistema não se molha.

Sistemas Óticos

Microfones de Fibra Ótica

Este microfone é composto de uma fibra ótica, que conecta dois pontos: o local-alvo onde se encontra o microfone ótico e o local de recepção da escuta. Na ponta da fibra que fica no local alvo, existe uma membrana que irá vibrar de acordo com o som do ambiente. O receptor transmite pulsos de luz e a membrana converterá os sinais da vibração (mecânicos) em sinais óticos que irão ser refletidos pela membrana e vão trafegar pela fibra ótica até o local de recepção, onde a conversa poderá ser ouvida ou até mesmo gravada. A qualidade de áudio desse sistema é excelente, sendo superada somente por microfones profissionais de altíssimo preço.

Microfone ótico

Microfone a Laser

Este é o mais conhecido nesta categoria. Em salas fechadas existem janelas ou objetos refletores que vibram de acordo com o som da sala (uma conversa, por exemplo). Um raio laser é emitido de fora do local a ser gravado em direção a uma janela da sala. Essa janela vibra com a conversa em seu interior e essa vibração "modula" o raio laser que se reflete pela janela em direção ao receptor. O sinal de laser que retorna é de-modulado podendo ser ouvido normalmente. O microfone a laser pode ter bons resultados em boas condições ambientais (posição fixa sem movimento, condições atmosféricas boas – sem chuva ou poeira, uma sala fechada etc.).

É difícil posicionar o transmissor e o receptor e tambem existe uma degradação signifiativa quando existe barulho externo. É fácil evitar este tipo de escuta usando aparelhos que emitem vibrações que interferem com as vibrações que as conversas causam nas janelas. Usando cortinas grossas tipo Black Out pode também resolver este problema.

Alguns fabricantes alegam que a distância operacional é de até 500 metros. A distância de 100 metros é mais realista.

Desenho do conceito operacional de microfone a laser

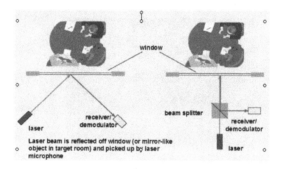

Transmissor Ótico Infravermelho

Este dispositivo transmite um raio invisível de luz infravermelha para um receptor colocado na mesma linha de visão com o transmissor. A luz transmitida é de-modulada no receptor para recriar o som que foi gerado no ambiente alvo. A qualidade da transmissão será afetada por interferências solares e fontes de luz artificial (Luz fluorescente). A transmissão necessita de uma linha visão entre o transmissor e o receptor.

Alguns fabricantes garantem o funcionamento para distâncias de 20 a 150 metros. Esses dispositivos podem ser facilmente detectados por meio de equipamentos de visão noturna capazes de detectar luz infravermelha.

Sistemas de vibrações acústicas

Microfone de Contato

Este tipo de microfone baseia-se no mesmo conceito de um estetoscópio utilizado por médicos. Tendo ultra-sensibilidade, esse microfone é capaz de escutar conversas atrás de paredes com alta capacidade de detecção e com entrada para gravador e fone de ouvido, conforme demonstra a figura a seguir.

Microfone de contato amador

Microfone de contato profissional

Uma versão deste equipamento pode ser inserida em um buraco na parede. É conhecido na literatura como "Crack Through".

Alguns equipamentos avançados (Proxima Figura) conseguem escutar através de paredes de espessura ate 80 Cm. Com 2 sensores ele pode ser colocado em 2 lugares distantes na parede tendo assim uma cobertura melhor do ambiente escutado. Existe uma versão direcional do sensor que consegue eliminar vibrações na parede oriundas do ambiente onde ele é colocado e desta forma consegue focar somente no ambiente escutado. Isso é muito importante especialmente quando o ambiente onde se encontra o sistema é um ambiente ruidoso e isso gera vibrações que interferem com as vibrações do ambiente escutado.

Também existe uma versão sem fio. A versão sem fio pode ser operada tanto com transmissores de radio freqüência ou ate com transmissor GSM viabilizando uma escuta global a partir de qualquer lugar.

Uma opção interessante deste equipamentos é a possibilidade de conectar um microfone de alta sensibilidade e espessura muito pequena com o objetivo de inserir-lo através de pequenas aberturas como por exemplo embaixo da porta ou em casos de procura de sobreviventes em construções demolidas em desastres naturais ou terroristas.

Sistemas com Fio

Existem vários sistemas em que a transmissão da informação é efetuada fisicamente, através de cabos de redes de telefonia, de computadores ou cabos elétricos. A seguir serão descritos os principais sistemas disponíveis no mercado brasileiro.

Uso de gravadores

A forma mais simples de gravar uma conversa é por meio de um microfone conectado a um gravador.

O gravador, com microfone interno ou externo, é colocado no local-alvo, escondido atrás ou dentro de algum objeto. O microfone com fio pode ser usado a 200 metros de distância do gravador ou mais, utilizando dispositivos chamados amplificadores de sinal (line-driver).

Modificação de Dispositivos de Áudio

Um microfone ou alto-falante existentes no ambiente-alvo, como, por exemplo, um telefone com alto falante de viva voz, um intercomunicador (Intercom) ou um televisor, podem ser modificados sem que se altere seu funcionamento normal, tornando-se um microfone. Desta forma sistema de Intercom interna ou rede de telefonia interna pode ser facilmente tornar meios de escuta sem que o operador necessita chegar pessoalmente ao local onde se encontra estes sistemas. Basta ter acesso ao Hub central do sistema fornecendo alimentação apropriada a estes dispositivos.

Outro exemplo é o Universal Infinity Bug. Esse dispositivo é ligado à linha telefônica no ambiente a ser ouvido e funciona da seguinte forma: a pessoa liga para o número da linha onde o aparelho está instalado (pode ser até um ramal). O aparelho, no primeiro sinal de toque, carrega um capacitor e atende ao telefone. A partir deste momento, ouvimos o áudio do ambiente. Esse áudio será transmitido por, aproximadamente, 30 a 50 minutos. Após o capacitor se descarregar, é necessário ligar novamente para o número. Um modelo mais sofisticado utiliza um código de quatro números para habilitar o áudio; dessa forma quem não souber o código não poderá ouvir o áudio.

Gravação de Chamadas Telefônicas e de ambiente

Gravadores podem ser ativados com a voz ou podem entrar em operação por meio de um relé que é acionado quando o gancho é levantado, o que causa uma queda de tensão na linha do assinante. A voltagem da linha cai para 7 a 10 V e isso faz com que o relé acione o gravador. Quando o gancho é colocado de novo na base, os dois tipos de gravadores param de gravar.

A informação de áudio captada pelos sistemas variados de escuta tem que ser gravada para finalidade de provas ou escutas repetidas no futuro.

São variados os tipos de gravadores disponíveis no mercado existem gravadores digitais de varias qualidades. Gravadores digitais podem ser convencionais ou camuflados. É importante notar a tamanho da memória o que vai definir o tempo que o sistema vai poder gravar e por outro lado o tempo de vida da bateria. A seguir um de Gravador camuflado em USB e gravador convencional.

No mercado existem hoje gravadores miniaturas que são escondidas em objetos inocentes como crachá ou mesmo cartão de credito e o usuário enfeita os objetos com a gráfica que ele escolha para aparecer mais honesto possível.

O gravador de crachá mostrado a seguir é programado via Docking station onde ele é inserido e sendo programado. O Docking station é usado também para fazer download para o computador. No momento do download é gerada um numero chamado HASH TAG que garante com que a gravação não pode ser modificada e em função disso a gravação pode ser aceita como prova em juízo.

Sistemas de Transmissão pela Rede Elétrica

Estes sistemas captam conversas ambientais e as transmitem pela rede elétrica. Como exemplo, podemos citar microfones embutidos em tomadas. A freqüência da transmissão é muito baixa (50 ou 60 Hz) e é muito difícil descobrir um sistema desse tipo, uma vez que não emite radiação de radio freqüência (RF). Outra vantagem é a alimentação pela rede, que viabiliza uma vida infinita a esses sistemas, visto que a própria rede elétrica alimenta o transmissor. Para interceptar conversas ou transmissão de vídeo por meio desse sistema é necessário colocar o receptor na mesma linha de transmissão do equipamento transmissor de áudio/vídeo.

Tipos de Microfones

Microfone de Carbono – este é o tipo de microfone usado na parte bocal de um gancho de telefone. A voz sonora cria uma vibração em numa diafragma que por outro lado cria uma pressão física em cima de uma camada de carbono. A camada é energizada com corrente DC. A pressão muda a resistência do carbono que por outro lado causa mudança na corrente elétrica e desta forma modula a corrente conforme a intensidade da voz.

Este tipo de microfone é bastante sensível mas tem um ruído de fundo (hiss noise) e tamanho grande o que dificulta o uso deles para sistemas de espionagem.

Microfone Condensador – também chamado microfone eletrostático, o microfone usa uma diafragma vibratória como uma das placas de um capacitor air-dialectric. As ondas sonoras que atingem a diafragma causam mudanças de capacitância no capacitor, oque gera corrente elétrico variável. Este microfone é altamente sensível e reproduz a voz com alta qualidade porem são frágeis e sensíveis a vibrações transmitidos em sólido. Por esta razão não são adequados para operações de inteligência de uma forma geral.

Microfone Eletrodinâmico – também chamado microfone dinâmico, este é o tipo mais usado na vigilância eletrônica por ser muito pequeno, altamente sensível, resistente e não necessita fonte externo de energia. O corrente modulado é gerado por rolo de fio que fica em um campo de magneto permanente. As variações no campo magnético causadas por ondas sonoras geram corrente no rolo de fio de acordo com a intensidade da onda sonora.

Microfone Eletreto – cada vez mais usado em vigilância eletrônica, este microfone funciona através de um material dielétrico permanente polarizado que é sensível a variações de pressão causadas por energia acústica. A operação é similar a microfone condensador mas microfone eletreto é mais resistente a choques, vibrações, altas temperaturas e com alta sensibilidade e tamanho muito pequeno.

Microfone Indutivo – o conceito operacional é similar ao microfone eletrodinâmico porque os dois possuem um condutor em campo de magneto permanente. O microfone indutor usa um rolo fixo e material magnético móvel enquanto o eletromagnético usa rolo móvel e também é menor de tamanho.

Vantagens de sistemas com fio

- Distancia grande e as vezes ilimitada.
- Tempo de operação não é limitado por tempo de vida de bateria.
- Não é sujeito a uma interferência eletromagnética irradiada.
- Não é detectável por sensores de radiação eletromagnética.
- Contato pessoal com o alvo não é necessário.

Desvantagens de sistemas com fio

- É necessário um acesso prévio ao lugar da escuta.
- A escuta é limitada ao lugar único, falta de mobilidade.

Sistemas Baseados em sinal de radio e Microondas

O conceito de transmissão sem fio foi registrado pela primeira vez em 21 de Junho de 1917, quando um diretor de teatro tinha necessidade de se comunicar com seus atores de uma forma pratica e sem limitar seus atores. O desenho do sistema encontra se na seguinte figura. A imagem a seguir é desenho do primeiro sistema de radio aplicado em peça de teatro e seu registro de patente em 1917.

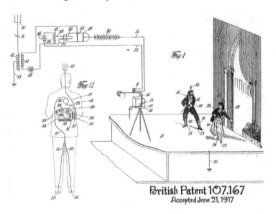

O avanço da tecnologia de comunicação por sinal de radio popularizou a utilização destes sistemas. Nesta categoria, encontra-se grande parte das soluções utilizadas atualmente. Essa categoria exige um alto conhecimento na escolha do equipamento adequado, uma vez que existem muitos fatores tecnológicos, explicados neste livro, que determinam a qualidade do equipamento e a capacidade para se atingir os resultados esperados.

Transmissores de Sinal de Radio

São utilizados para transmitir som ambiental, ligações telefônicas, transmissões de fax, dados de computadores etc. Eles são compostos de 2 elementos básicos: microfone e transmissor, e por isso a qualidade depende nestes dois componentes.

Os parâmetros básicos de comparação de transmissores de RF são a freqüência operacional, a potência de saída e o método da modulação, que podem ser escolhidos para evitar a detecção acidental, como, por exemplo, em sistemas de rádio ou televisão, utilizados para outros objetivos. Outros fatores que determinam a qualidade são: Ganhos das antenas do receptor e transmissor, sensibilidade do receptor e condições ambientais do local (veja a seguir: como escolher um Grampo).

Os transmissores modernos são pequenos e fornecem sinal de alta qualidade de áudio. A distância da captação de áudio depende da qualidade e a tecnologia do microfone e a transmissão da informação depende do meio da transmissão e a tecnologia aplicada. Existem vários métodos de acionamento, como temporizador, controle remoto, mudança de algum fator físico (Corrente ou voltagem) entre outras formas.

Transmissão de Ambiente

A figura a seguir mostra um transmissor ambiental, sem fio, que mede apenas 17 x 10 x 45 mm. Possui antena integrada e conector para alimentação de bateria de 9 V. Sua potência é de 85 mW. Tem um microfone interno, porém é possível usar um microfone externo. Dessa forma, o microfone pode ser colocado no local da escuta, enquanto o transmissor pode ser colocado em um local remoto, evitando, assim, a possibilidade de ser descoberto.

Comparados com os de outros sistemas, os transmissores RF possuem várias vantagens importantes:

- A informação é recebida em tempo real e pode ser imediatamente analisada.
- Pode ser instalado rapidamente com risco mínimo para o instalador. Não há a necessidade de ir ao local após a instalação.
- Permite a gravação em local remoto.

Dependendo do método de alimentação utilizado, pode haver a necessidade de trocar as baterias após certo tempo a não ser achar uma forma de ligar o aparelho diretamente na rede elétrica.

Um transmissor sem fio também pode ser carregado no corpo. Esse tipo de transmissor possui, geralmente, um microfone externo que viabiliza o direcionamento do microfone de forma mais conveniente, tornando a recepção do áudio com qualidade maior.

O transmissor na figura possui um botão de pânico que, quando pressionado, emite um sinal de alarme no receptor sinalizando que a pessoa que carrega o microfone precisa de ajuda.

Grampo Telefónico

O grampo telefônico apresentado na figura a seguir possui dois fios para conexão com a linha telefônica. A conexão pode ser em paralelo (o grampo é conectado com os dois fios da linha) ou em série (o grampo é conectado com um fio só). No caso de grampo serial a ativação é por corrente e no caso do paralelo a ativação é pela queda da tensão da linha quando levantado o gancho.

É alimentado da própria linha telefônica e, por isso, não tem conector de alimentação externa. Possui uma antena que transmite a conversa interceptada.

O grampo na imagem mede 17 x 14 x 36 mm e tem potência de transmissão de 60 mW suficiente para transmissão de acima de 500 metros em campo aberto.

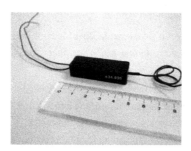

Grampo indutivo é um transmissor que fica encostado nos fios da linha e pega (copia) a corrente que passa na linha podendo duplicar a transmissão e decodifica-lo.

Grampo capacitivo é grampo que "suga" a transmissão da linha e transfere para decodificador.

A vantagem das duas ultimas tecnologia é na não necessidade de cortar os fios e desta forma não deixa vestígios apos a retirada do grampo (Como no caso de grampo paralelo e grampo serial).

Um transmissor (telefônico ou ambiental) que fornece maior grau de segurança contra detecção é o do tipo "Pulse Burst". Possui um buffer onde o áudio é armazenado e transmitido quando estiver cheio, em pouco tempo, dificultando significativamente o seu descobrimento.

Um transmissor de uso misto, ambiental e telefônico, também está disponível no mercado. Ele é instalado na linha telefônica ou mesmo dentro do aparelho telefônico. Quando o telefone é utilizado, ele transmite a conversa; quando o telefone não está em uso, ele transmite o áudio ambiental.

Transmissores com maior potência são capazes de transmitir o áudio para maiores distâncias, porém também é mais fácil de descobri-los, uma vez que emitem sinais de RF de maior potência. Um profissional do ramo utiliza, muitas vezes, transmissores com potências menores e um dispositivo repetidor de sinal (regenerador de sinal), colocado em um lugar próximo, o qual capta o sinal e retransmite-o para um local remoto onde o sinal será gravado.

Vale a pena mencionar que qualquer telefone celular pode servir como um transmissor, basta programá-lo para atender automaticamente e imediatamente começará a transmitir qualquer som do ambiente onde for colocado. Essa forma de escuta é muito utilizada por detetives particulares.

No mercado podem ser encontrados telefones celulares que gravam e transmitem o som do ambiente ou as chamadas feitas ou recebidas, de uma forma oculta, para um número pré-programado. O numero pré-programado pode chamar o celular e o celular vai abrir o microfone sem tocar ou mudar a tela. Quando uma chamada é recebida ou feita o celular vai mandar um SMS para um numero pré-programado e o receptor do SMS pode ligar para o celular e escutar a chamada. Este envio de SMS não deixa nenhum registro no celular espião. Mesmo quando o portador do celular vai trocar o cartão SIM do celular o novo numero será informado ao celular de monitoramento através de um novo SMS.

Sistemas mais novos enviam as informações de chamadas e mesmo abrem o microfone para gravar ambiente de uma forma automática e enviam a informação para um site. A pessoa que monitora o celular acessa o web para resgatar a informação gravada e desta forma ele nao precisa acompanhar os acontecimentos com o celular espião em tempo real. Será detalhado na parte que trata de monitoramento de celulares.

Microfone de Microondas do tipo Flooding

O princípio de funcionamento deste dispositivo é um feixe de microondas enviado de fora do local a ser gravado onde se encontra um transmissor passivo que reflete essas ondas. Esse transmissor funciona à base de diafragma e pode ser embutido em algum objeto. As ondas de som do ambiente atingem o diafragma, causando uma alteração em sua cavidade. Assim sendo, o diafragma irá modular um sinal de microondas emitido de uma certa distância, causando uma alteração deste. O sinal modulado refletido da diafragma será captado pelo transmissor externo da feixe de microondas e demodulado. Não há necessidade de linha de visão mas as distancias efetivas são curtas.

Por ser passivo é relativamente difícil descobrir este tipo de transmissão. Para ter um chance de captar este dispositivo é necessário operar as contra medidas na hora do acionamento da feixe externo de ondas. Mesmo assim, a feixe externo não inclui nenhuma informação de áudio e a potência da feixe refletida pode ser ajustada através da feixe externa para ficar em nível baixo que só equipamentos de contra medidas de alta sensibilidade podem captar.

A KGB usou esta tecnologia contra a embaixada dos Estados Unidos em Moscou, no início da década de 1950. Na literatura também é conhecido como "transmissor passivo".

Otimizando o Uso de Transmissores

Muitos equipamentos transmissores são operados por baterias. Para economizar o uso dessas baterias, aumentando a autonomia do sistema, e para minimizar a chance de detecção e gravar de forma segura, existem várias maneiras de acionamento para ativar e desativar esses sistemas:

- Por Voice Activated Switch (VOX) ou Sound Activated Switch – A gravação é ativada (iniciada e finalizada) por voz ou som.

- Por controle remoto, geralmente por meio de um código de radio freqüência, DTMF (Dual Tone Multi Frequency), Infravermelho (IR) etc.

- Celular pode ser usado para ativar remotamente dispositivos tipo microfones ou câmeras sem fio. Existem dois tipos de soluções: A primeira é composta de um dispositivo que integra modem celular (geralmente 3F ou 4G) e funciona através de programar o sistema com números de telefones. Ao ligar para este modem, o modem identifica o numero e aciona um rele. Este rele pode ativar um fonte de energia por exemplo que aciona um dispositivo. A segunda fornece uma ativação de um dispositivo que também possui modem celular porem a ativação do dispositivo é feita através de envio de mensagens curtas.

- Por relé, medindo a mudança de tensão de uma linha telefônica, por exemplo.
- Detecção de movimento por sensores ou câmeras.
- Temporizadores – Dispositivos que acionam o transmissor em tempos pré-programados.

Os equipamentos de escuta podem ser alimentados por meio de células solares, tensão de linhas telefônicas ou alimentação de qualquer fonte elétrica próxima, eliminando, assim, a necessidade de um acionamento remoto, pois dessa forma não existe mais o problema de autonomia do sistema.

Receptores de Radiofrequência

Existem receptores otimizados para uma freqüência específica (veja o apêndice A, sobre aspectos de qualidade de recepção) e receptores para qualquer freqüência (scanners).

A desvantagem de scanners em comparação com receptores sintonizados em uma freqüência específica é que a sensibilidade do receptor sintonizado é bem maior, permitindo a recepção das ondas de rádio a maiores distâncias e com melhor qualidade.

A varredura pode ser programada para todo o espectro de freqüências do scanner, faixa de interesse ou entre duas freqüências pre estabelecidas. Podem, também, ser programadas freqüências que serão ignoradas durante a varredura.

A recepção de sinais pode ser feita de dois modos:

- Modo VFO (Variable Frequency Oscillator) – para varredura normal do espectro inteiro ou parte dele de uma forma seqüencial.
- Memory Mode (Modo de Memória) – para operações com freqüências pré-gravadas na memória.

A função de atenuador garante que sinais fortes não distorçam sinais mais fracos que sejam relevantes.

Receptor de diversidade (Diversity receiver) – geralmente a transmissão de um sinal no espaço é feita para mais de uma direção. Em função disso, o sinal chega ao receptor de varias direções diferentes e em fases diferentes que muitas vezes se cancelam (este fenômeno se chama "Multi-Path" – Caminhos múltiplos). Receptor de diversidade é composto de vários receptores posicionados de uma certa distancia um do outro. Cada receptor recebe os mesmos sinais em certo momento e compara a qualidade do sinal recebido nos receptores e transfere apenas a recepção onde o efeito de caminhos múltiplos não gera um cancelamento do sinal recebido. Desta forma é possível aumentar a qualidade de recepção significativamente. Por outro lado também aumenta o preço do receptor significativamente.

Sistemas de comunicação oculta

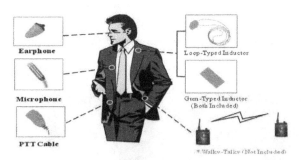

Composição do LOOP:

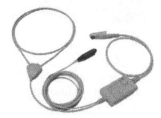

Sistema completo

Este sistema serve para comunicação oculta entre pessoas. Um receptor miniaturizado é inserido dentro do ouvido da pessoa. A pessoa carrega no corpo, embaixo das roupas, um conjunto (loop) composto de componente indutor, PTT (Push to talk), microfone e conector para um aparelho de radio (HT) ou celular.

O componente indutor recebe a transmissão que chega do HT ou celular e gera um campo eletromagnético (Indutivo) que é captado pelo receptor no ouvido e de-modulado para um áudio audível. O microfone do sistema capta a voz da pessoa e transmite pelo sistema de radio ou celular. O PTT é usado para abrir o canal de transmissão quando a pessoa quer transmitir áudio para a pessoa no outro lado.

Existem varias versões deste sistema. Por exemplo: versão onde a comunicação entre o componente indutor e o celular é feita via Bluetooth ou versão onde o PTT é baseado em sistema sem fio e não é conectado com o LOOP via cabo.

A seguir um desenho de um sistema que funciona via BlueTooth e o receptor que fica no ouvido:

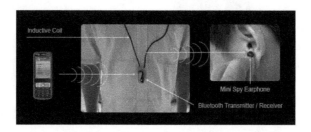

Sistemas de escuta via 3G/4G

Os aparelhos de GSM/3G/4G são compostos de um modem celular que transmite e recebe o sinal para o ERB (Estação de Radio Base) mais próximo (Ou o ERB disponível) ao local do usuário do sistema GSM. Este modem hoje tem um tamanho muito pequeno e pode ser facilmente empacotado numa caixa de tamanho pequeno e servir como escuta de ambiente. Neste modem pequeno pode ser inserido um cartão SIM. Um numero qualquer pode ser programado no aparelho e quando este numero vai chamar nenhum barulho vai ser ouvido e o microfone do sistema vai começar escutar o ambiente até um raio de 20 metros.

Alguns modelo possuem características mais sofisticadas como por exemplo: o aparelho pode ser proativo enviando um aviso de mensagem curta cada vez que alguém começa a falar no ambiente monitorado ou começa a mover no ambiente, e em seguida toca o celular de monitoramento e começa a escuta do ambiente. Isso é possível graças a função VAS do microfone (VAS – Voice activated System – sistema de ativação por voz) e sensor pequeno de movimento que pode ser conectado com o aparelho. O aparelho pode também conter um sensor de vibração e desta forma pode ser colocado dentro de veículos e cada vez que o caro começa a andar o aparelho vai enviar uma mensagem curta ao telefone de monitoramento que em seguida vai receber uma chamada e vai começar a escuta do ambiente. As mensagem recebidas avisam qual é o sensor que foi acionado (Voz, movimento ou vibração) para poder ter uma idea qual foi o motivo de acionamento do aparelho.

Alguns aparelhos podem também ser conectados com uma linha fixa com prioridade a uma chamada telefônica recebida ou feita pela linha. Quando não haja uma escuta telefônica o aparelho escuta o ambiente conforme explicado previamente.

O aparelho pode ser completamente controlado remotamente via SMS podendo ser acionado ou desligado no nível de sensores.

O aparelho vem em varias versões de camuflagem. Um dos mais procurados são aqueles que funcionam também como tomadas do tipo Benjamin ou filtro de linha e desta forma se alimentam pela própria linha elétrica podendo ser operados durante longos períodos (Enquanto a energia persiste na linha).

Sistemas de Escuta de Linhas Fixas

A Historia da Telefonia em Breve

Em 1800 Alessandro Volta produziu a primeira bateria electro quimica. Este desenvolvimento foi significativo já que abriu o caminho para invenção de muitos sistemas que necessitavam uma fonte sustentável de corrente elétrica mas o custo foi muito alto.

Em 1820 o físico dinamarquês Christian Oersted descobriu o eletromagnetismo que foi uma idea critica necessária para desenvolvimento da energia elétrica e da comunicação.

Em 1821 o Michael Faraday reverteu a invenção do Christian Oerested descobrindo assim um fenômeno chamado Indução.

Em 1837 o Sr. Samuel Morse inventou o primeiro telegrafo funcional.

Em 10 de Março de 1876, em Boston Massachusetts, o Alexander Graham Bell inventou o conceito do telefone.

Em 9 de Julho de 1877, Graham Bell junto com 2 sócios formou a primeira companhia Bell de telefonia.

A primeira central automática comercial começou a operar em La Porte, Indiana em 1892. Foi desenvolvida por Almon Strowger.

A invenção do amplificador baseado em tubo de eletrons (Diodo) possibilitou um avanço grande em telefonia e comunicação baseado em radio, transmissão de micro ondas, radar, Televisão e inúmeras outras tecnologias.

Em 1937 o Britânico Alec Reeves inventou um modem digital e desenvolveu a Modulação de Código de Pulso (Pulse Code Modulation – PCM) que abriu o caminho para a era da transmissão digital.

Em 1963 o primeiro telefone do tipo Touch – Tone foi introduzido (Western Electric 1500). No mesmo ano foi introduzido o conceito de transmissão em tronco digital (Tipo T1).

A última central telefônica manual em USA foi desativada em 1983 em Bryants Pond no estado de Maine.

Escuta Telefônica

Observação: A escuta de linhas fixas deve ser feita somente por autoridades legais e com autorização judicial. Qualquer escuta que não cumpra essas premissas é

48

considerada uma escuta ilegal. A lei permite a utilização da escuta em circunstâncias especiais. Maiores informações sobre esses aspectos podem ser encontradas no capito que discute os aspectos legais da escuta..

Existem vários locais ao longo da rede de telefonia onde podem ser feitas escutas de chamadas telefônicas de um assinante específico.

Caixa de distribuição interna do prédio - onde chegam todos os pares trançados dos telefones dos assinantes do imóvel. A caixa de distribuição interna possui extensões nos andares. Em cada andar passa a fiação de todos os andares superiores, sendo muito fácil a conexão com os fios já existentes e escutar ou gravar as conversas telefônicas dos vários andares. É obvio que há necessidade de tomar medidas para que o equipamento de escuta não seja detectado.

Caixa de distribuição interna

Central PABX da Empresa – Inicialmente centrais funcionaram somente com tecnologia analógica, passaram depois a funcionar com tecnologia digital e atualmente estão migrando para o sistema VoIP (Veja sobre as tecnologias no anexo A). Sistemas analógicas são poucos hoje. Podemos ainda achar sistemas digitais mas a tendência do mercado é migrar para o VoIP.

A escuta de tecnologia analógica é a mais fácil ja que sinal analógico de telefone não possui nenhuma codificação.

49

Ja a escuta direta de ramais digitais é quase impossível já que o trafego é gerado em pacotes e cada fabricante usa um protocolo diferente na transmissão destes pacotes. Para escutar linha digital teria que projetar um dispositivo especifico para cada tipo de fabricante. Alguns sistemas recentes (Como o TALAN da REI) já possuem tecnologia de decodificar 80% dos protocolos que existem atualmente no mercado. Felizmente (ou não) existem maneiras para contornar este problema. O único lugar onde passa a voz em formato analógico é entre o gancho e a base do telefone. É possível mexer com o circuito interno do telefone e jogar este áudio analógico também no cabo que conecta a base com a central PABX. Para isso é necessário que este cabo será composto de mais de um par já que 2 fios (um par) vão transportar os pacotes digitais e um dos outros pares vão transportar o áudio analógico. Este tipo de "arranjo" se chama " On Hook By pass e pode servir para transmitir na linha tanto o som do ambiente como chamadas feitas nesta linha. A seguir uma imagem de um aparelho fixo que foi encontrado em um dos nossos serviços no Brasil:

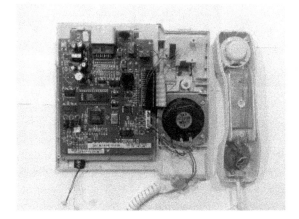

Nesta imagem é possível ver os cabos azuis que conectam a saída analógica do gancho com um dos pares não usados no cabo que vai para a PABX.

Quadro geral do prédio - é uma extensão do DG (Distribuidor Geral – veja a seguir) e se conecta com a caixa de distribuição interna já mencionada. Esses dois componentes geralmente se encontram no mesmo lugar.

Na figura a seguir os blocos pretos são as linhas que vem da telefônica. Os outros são os blocos de distribuição para os andares e os números representam a identificação dos cabos que vem da telefônica.

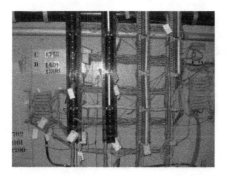

Caixa de distribuição geral (DG) da rua - onde chegam as conexões dos prédios e são agrupadas em cabos óticos e transmitidas até a primeira central da rede da operadora.

Armários ópticos - Em locais remotos podemos encontrar armários ópticos, como o apresentado na figura a seguir. Esses equipamentos são interligados às centrais telefônicas via interface digital E1 e possuem um DG (Distribuidor Geral) interno para distribuição dos pares trançados de assinantes.

Esse tipo de equipamento é utilizado para atender localidades ou bairros mais distantes.

Central Telefonica - A interceptação na central telefônica só pode ser feita com ordem judicial e como serviço da operadora de telefonia fixa para uma entidade policial, como Polícias Civil, Militar, Federal ou ministério publico.

Celular Espião de Linha Fixa

Uma forma interessante de monitorar uma linha fixa através de uso de um celular 3G ou 4G.

Um modem celular pequeno encaixa discretamente com uma linha fixa e cada vez que uma chamada é efetuada ou recebida através desta linha, o celular espião disca automaticamente um número pré-programado que começa escutar, passivamente, a chamada.

Avi Dvir

Sistemas de Escuta de Celulares

Celular Espião

Um software especial é instalado no celular espião (também chamado celular alvo). Um numero de um outro celular (chamado também celular de monitoramento) é programado no celular alvo e a partir deste momento o celular de monitoramento recebe a capacidade de monitorar o celular alvo no que se refere a escuta ambiental ao redor do celular (em raio médio de 10 metros), as chamadas feitas ou recebidas pelo celular alvo e as mesagens de texto feitas ou recebidas pelo celular alvo. Alguns modelos possuem também capacidades adicionais como: recbimento de uma copia dos contatos do celular alvo, localização do celular ou ate acionamento remoto da câmera do celular.

Todas esta operações são feitas sem o conhecimento do portador do celular alvo (o celular espião). Por exemplo: A escuta do ambiente é feita através de uma chamada para o celular espião. A tela dele não ascende e ele não toca. A ligação causa o acionamento do celular sem conhecimento do seu portador viabilizando a escuta da proximidade do local do portador. Quando ocorre uma chamada (Chamada feita ou recebida pelo alvo) o celular alvo mande uma mensagem de texto para o celular de monitoramento avisando a ocorrência de chamada feita ou recebida (incluindo o numero do chamador ou o numero discado pelo alvo) e logo depois disso o celular do monitoramento vai tocar e a escuta começará (em alguns modelos é necessário tornar mudo o microfone do celular de monitoramento para que não seja ouvido o áudio da vizinhança do celular do monitoramento). As mensagens de texto não são registradas na caixa de saída do celular e desta forma o alvo não pode suspeitar de uma atividade estranha. Caso o alvo vai trocar o cartão SIM do celular o software vai mandar o novo numero do cartão SIM para o celular de monitoramento e desta forma   o monitoramento não vai ser interrompido pela troca do cartão SIM. Algumas funções interessantes de alguns modelos:

Phone dead (Fone morto) – Quando o alvo desliga o celular monitorado o software instalado viabiliza receber chamadas do celular do monitoramento sem que isso seja percebido, viabilizando continuação do monitoramento do ambiente do alvo mesmo quando ele desliga o celular.

53

Outra função interessante é a gravação do ambiente ou das chamadas telefônicas e seu envio para a pessoa espião via email mesmo quando ele não esta com seu celular de monitoramento. Desta forma ele garante um monitoramento ambiental e telefônico sem parar em qualquer situação que seja.

Hoje se encontram sistemas que gravam o material monitorado em sites específicos e a pessoa acessa o site via login e senha para acessar o conteúdo gravado. O site acessado serve também para programar as funções que a pessoa que monitora quer ter, por exemplo: gravação de ambiente, gravação de chamadas, SMS, navegação de internet, localização, envio de arquivos, lista de contatos e muito mais.

Existe hoje também versões que viabilizam recebimento de coordenadas do celular caso ele esteja tendo um software GPS no seu celular.

Existem dois tipos de circunstancias onde este celular pode ser usado:

Deixar o celular em lugar onde queremos escutar o ambiente. Neste caso deixaremos o celular de uma forma natural que não levante nenhum suspeito.

Dar o celular como presente para uma pessoa cujo ambiente queremos monitorar.

Antigamente tinha celulares no mercado (não posso garantir que isso ainda existe) onde foi possível a programar-lo (sem instalar nenhum software especial) para efetuar escuta ambiental ou telefônica. Esta possibilidade não foi avisada no manual do usuário e assim se tornou uma atividade praticamente ilegal da parte de certos fabricantes. A razão desta função no aparelho pode vir de uma exigência de algumas entidades governamentais de algum pais. Será que isso continua de existir em algumas marcas de alguns fabricantes?

A seguir uma imagem de um sistema muito popular de escuta via modem celular ligado ao seu carregador (Local da inserção do cartão SIM é demonstrado)

Maletas de escuta (sistema de interceptação móvel)

Estes sistemas são usados de uma forma ilícita por pessoas não autorizadas ja que a lei determina que a escuta telefônica somente pode ser praticada mediante autorização judicial.

Existem 2 tipos de sistemas: Ativos e passivos.

Sistema ativo e um sistema que se disfarça ser um ERB (Estação de Radio Base) da própria operadora celular do alvo e assim o celular do alvo, ao invés de se comunicar com um ERB legitimo da operadora, se conecta com o ERB "falso" do sistema movel e este sistema por outro lado conecta com o ERB legitimo e transfere o trafego para o ERB legitimo assim como recebe o trafego orientado ao alvo do ERB legitimo e transfere para o celular do alvo. Desta forma o sistema ativo se cria um tipo de ataque chamado "Man in the Middle" ou seja, homem no meio ja que o sistema móvel entra na comunicação que ocorre entre o celular do alvo e o ERB da operadora.

A seguir uma desenho conceitual do sistema ativo:

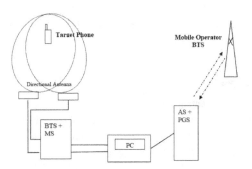

Nesta figura nos podemos perceber a unidade que imita um ERB da operadora (BTS) de um lado (a esquerda) e o ERB legitimo da operadora que fica do lado direto. O sistema ativo fica entre os dois ERBs e o trafego da chamada do alvo passa através do sistema.

Sistema passivo é um sistema que não interfere de forma alguma na comunicação entre o alvo e o ERB legitimo da operadora celular mas intercepta sem nenhuma interferência esta comunicação diretamente do ar sem entrar no meio da chamada. Desta forma o sistema consegue captar a chamada sem precisar interferir na comunicação do alvo. Um ERB pode transmitir em grandes potências que podem chegar ate 50 Watts. Em função disso o sistema passivo pode interceptar uma comunicação de uma distância de ate 200 Km enquanto sistema ativo tem que ficar perto do alvo de uma distância máxima de cerca de 200 metros.

Um fator importante é a criptografia da rede celular. O protocolo da transmissão da rede celular que também criptografa as comunicações era ate recentemente A5/2. A partir de 2006 as operadoras celulares adotaram um novo protocolo de transmissão denominado A5/1 que inclusive emprega uma criptografia muito mais forte do A5/2 (que foi decifrado por pesquisadores Israelense do Technion – instituto tecnológico de Israel). A partir da mudança das operadoras para o protocolo A5/1 a maioria dos sistema ficaram obsoletas e hoje tem no máximo 2 empresas no mundo (ate este momento) que possuem a chave do protocolo A5/1. Por outro lado varias empresas que possuem sistemas ativos obrigam o sistema do alvo a mudar (sem conhecimento do alvo) para protocolo A5/2 e assim conseguem captar suas chamadas (ja que o A5/2 é um protocolo que ja foi hackeado).

Escuta celular por hackers

Empresas e hackers tentam constantemente criar Trojans e procedimentos para hackear celulares via envio de uma mensagem de email ou SMS onde eles pedem para apertar um link para viabilizar a instalação de um software que vai monitorar remotamente todo que esta sendo feito no celular.

As empresas de celulares por outro lado tentam constantemente criar versões de sistemas operacionais cada vez mais resistentes mas os hackers sempre vao continuar a luta para gerar uma forma de entrar no celular e roubar sua informação.

A imagem a seguir demonstra parte das informações que ataque cibernéticos sobre celulares podem render.

Avi Dvir

Interceptação Legal de Chamadas

Os sistemas em uso institucional tem como natureza o sentido investigativo quando se trata de uma ação policial e de espionagem quando se trata de ações de agencias especiais do governo que atuam contra outros países. A curta descrição a seguir destes sistemas tem como objetivo a distinguir entre tecnologias de uso licito comparando com tecnologias de uso ilícito (espionagem). Em muitos casos pessoas e empresas podem precisar estes recursos de uma forma licita (Sequestro por exemplo).

Os sistemas de interceptação legal utilizados por entidades de cumprimento da lei são diferentes dos sistemas encontrados no setor privado, uma vez que o sistema de interceptação legal utilizado se conecta diretamente à rede das operadoras de telefonia e só pode ser feito com a colaboração da operadora de telefonia, que por lei só pode colaborar com uma entidade de cumprimento da lei.

Um sistema de interceptação legal conecta-se com todas as operadoras de telefonia e pode captar chamadas e dados, de alvos de interesse, que trafegam nas diversas redes. A figura a seguir mostra uma central de monitoramento localizada em um órgão de cumprimento da lei, por exemplo, a polícia, e essa central é interligada a todas as redes de telefonia que operam na região de interesse. Essas operadoras trabalham com tecnologias diferentes, tais como: RDSI (ISDN), PSTN (telefonia fixa), redes de voz sobre IP, operadoras de telefonia celular (CDMA, TDMA e GSM, 3G, 4G) e provedores de Internet.

Isso implica que cada operadora utiliza tecnologia e métodos de interceptação diferentes, conforme explicado a seguir.

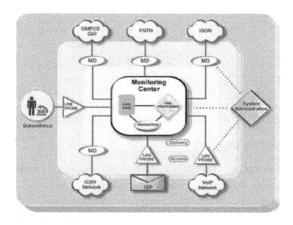

Interceptação legal de chamadas em redes fixas

No caso da rede de telefonia fixa, a interceptação pode ser feita de forma convencional, utilizando uma espécie de extensão da linha (sonda de linha) no segmento entre o ponto da operadora na rua e o aparelho do assinante (enlace do assinante), ou efetuada na própria rede da operadora por meio de um dos três métodos mais conhecidos, que serão especificados a seguir. Também pode ser feita a

Avi Dvir

interceptação por meio de uma conexão (chamada sonda na linguagem técnica) efetuada nos links de comunicação que passam entre as centrais. Da mesma forma pode ser colocada uma sonda nas conexões da operadora com a central da operadora que cuida do tráfego internacional. Podem, também, ser efetuadas interceptações de tráfego internacional que passa nas centrais da operadora internacional (essas centrais são chamadas Gateways).

No caso da operadora internacional, pode também ser realizada a interceptação por meio de sondas colocadas nos links das centrais Gateway com as estações de satélite ou os cabos de fibra ótica que trafegam entre os continentes. Estas opções são apresentadas na seguinte figura.

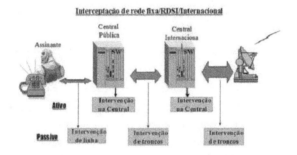

A seguir serão detalhados os principais métodos utilizados em interceptação de tráfego de redes fixas.

Método 1 – Interceptação Baseada na Central Telefônica (Switch)

Este tipo de interceptação depende da existência de um software especial na central telefônica (por exemplo, o software Surveillance, da Nortel Networks), que viabilizará a transferência do conteúdo das chamadas e dos dados relevantes a essas chamadas (os números dos telefones de cada lado envolvido na chamada, o horário de início, o término da chamada etc.). Essas chamadas e dados relevantes serão roteados (desviados / transferidos) para uma central telefônica (Switch), chamada Gateway, onde está conectado um aparelho denominado dispositivo de mediação, que identifica a natureza das chamadas (voz, dados ou fax) e relaciona os dados da chamada com o conteúdo das chamadas, uma vez que o conteúdo e os dados relevantes da chamada chegam à central do monitoramento em dois links separados. Os dados da chamada se originam de links específicos de sinalização, que são links onde passam os dados das chamadas em curso na rede da operadora.

Esses links fazem o correto encaminhamento da chamada ao seu destino e também servem para realizar a tarifação (Billing) da chamada. O conteúdo das chamadas (ou seja, a voz), por outro lado, trafega em links separados.

É um método ativo, uma vez que o alvo tem que ser programado na central da operadora em que a linha dele é conectada e o software transferirá as chamadas de interesse para a central de saída (Gateway).

Esse método de interceptação pode tornar a solução muito dispendiosa, visto que o preço do software cobrado pelo fabricante da central pode ser muito alto.

Esse método necessita de conhecimento prévio do número de telefone do alvo e da programação deste no sistema.

Método 2 – Interceptação por Roteamento Forçado da Chamada

Esse método não utiliza software especial, o que reduz o preço da solução. Utiliza comandos de controle da própria central para "rotear" uma chamada para uma central de saída (Gateway), onde a chamada é interceptada por um dispositivo de mediação, como no Método 1. A limitação dessa solução é a ausência de algumas informações relativas à chamada, porém isso é mais significativo em redes celulares, como veremos a seguir.

Esse método, como o inicial, também é um método ativo visto que envolve programação ativa na central telefônica e é orientado a alvo, já que a informação é captada por meio da programação do alvo no sistema.

Método 3 – Interceptação Baseada em Sondas (Probes)

Este método não é efetuado na própria central da operadora, mas nos links que passam entre as centrais da rede, por meio de um dispositivo chamado sonda.

O método de sonda é considerado superior aos outros métodos mencionados anteriormente e apresenta muitas vantagens operacionais e funcionais.

No conceito de sonda, o sistema opera de forma passiva e tem acesso a todo o tráfego que passa na rede da operadora, e não necessariamente a um único alvo. A solução é totalmente independente da tecnologia da central telefônica. A independência da central telefônica em relação à tecnologia faz com que o sistema não tenha que ser atualizado cada vez que ocorre uma mudança na estrutura da rede ou no software da central telefônica. O sistema de sonda é totalmente indiferente a essas mudanças, sejam elas de software ou hardware. Além do mais, a possibilidade de monitorar todo o tráfego que passa na rede permite pesquisas mais abrangentes, que não são baseadas apenas no número do telefone do alvo.

Com este conceito pode ser efetuada uma interceptação de tráfego mediante o conhecimento parcial de números-alvo, por exemplo, ou interceptações provenientes de regiões específicas. Isso é importante quando a informação sobre os alvos é parcial.

Interceptação Legal em Redes Celulares

A seguir, detalharemos as várias maneiras utilizadas por órgãos de cumprimento da lei na interceptação telefônica.

Estrutura Básica de Redes Celulares

A rede-padrão de telefonia celular é composta de:

- ERB (BTS na imagem)– Estação de Rádio Base – Atende a uma área específica. É a parte da rede de telefonia celular que efetua a comunicação com o celular do cliente.

- BSC – Base Station Controller (Controlador de Rádio Base) – Este aparelho recebe ou transfere o sinal de várias ERBs e os conecta com uma central móvel da rede da operadora.

- MSC – Mobile Switch Center – Unidade da rede telefônica celular que atende o assinante. É o MSC que recebe e transmite as ligações do assinante.

Formas de Interceptação em Redes Celulares

Na figura a seguir podemos ver os diversos métodos de interceptação de celular que podem ser efetuados.

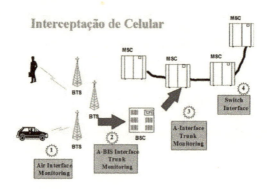

Métodos de interceptação em redes de telefonia celular.

Método 1

Interceptação da chamada quando é transmitida do celular do alvo (pelo ar – onde ocorre a comunicação entre o aparelho celular e a ERB). Essa interceptação é feita por meio de um sistema móvel, sendo necessário ficar relativamente próximo ao alvo (até 200 m) para poder captar as chamadas efetuadas por ele. Para cada tipo de tecnologia da rede (CDMA,TDMA ou GSM) existe um sistema específico, pois não há compatibilidade entre eles (3G e 4G no momento são degradados para GSM para efetuar a interceptação ja que se trata de uma transmissão com protocolo extremamente seguro). Esse tipo é utilizado muitas vezes pela polícia para descobrir o número do celular do alvo, que conseqüentemente passa a ser monitorado pela central de monitoramento, conforme descrito a seguir.

Método 2

A interceptação é feita por meio de sonda, como descrito no método 3 de interceptação em redes fixas. A sonda é instalada no enlace que passa entre a ERB e a

BSC (chamado interface A-bis) e pode ser efetuada apenas para interceptação de tráfego que passa em celulares na região das ERBs ligadas com o BSC específico.

Método 3 (chamado interface A)

A interceptação é feita por meio de uma sonda como descrito no método 3 de intercepção em redes físicas. Dependendo do tamanho da rede da operadora de telefonia, as interfaces da rede são concentradas em um lugar só, que viabiliza interceptação centralizada (conteúdo das chamadas e os dados relevantes a elas). Este método permite uma independência da tecnologia da rede e a possibilidade de efetuar a interceptação utilizando o número do assinante, como também outros parâmetros de interesse policial (por ex., região geográfica, ERBs, código de área etc.).

Como foi mencionado na análise desta tecnologia em redes fixas, o conceito tecnológico de orientação à informação viabiliza vantagens em termos de coleta de inteligência.

Por exemplo, com o sistema de sonda é possível implementar filtros para descobrir, em uma rede de telefonia celular, quais são as chamadas efetuadas por meio de uma ERB (Estação Rádio Base) em data e hora específicas. Isso abre novas possibilidades em investigações policiais quando o número de celular do alvo não é conhecido, porém há testemunhas que forneceram informações sobre o alvo em um local específico. Caso haja mais uma testemunha que viu o alvo em outro local, pode ser feita mais uma segunda pesquisa da ERB que serve aquele local e a informação pode ser cruzada com a informação obtida na primeira pesquisa. Com isto, poderemos obter o número do telefone do alvo. Esse tipo de investigação só pode ser feita quando a interceptação é baseada em sondas.

Método 4

Este método é igual ao método 1 descrito sobre redes fixas. A interceptação é feita por sistemas baseados em um software especial implementado na central telefônica e tem como limitação a dependência da tecnologia da rede, o software da central telefônica, a implementação da rede e as centrais telefônicas. Outra limitação é a possibilidade de efetuar apenas interceptações utilizando os números de telefone dos alvos, sem poder utilizar outros parâmetros, que possam ser de interesse dos agentes policiais.

Análise da Informação Interceptada

As interceptações geram um volume muito grande de informações sobre as chamadas interceptadas, principalmente números de telefone de alvos, telefones que eles chamaram e telefones que chamaram esses alvos. Esses números são acumulados em uma base de dados e servem para pesquisas adicionais. Por exemplo, números de telefones envolvidos em uma investigação podem ser envolvidos em outros casos recentes ou antigos. Isso pode ser descoberto por meio de cruzamento das informações e, conseqüentemente, o investigador pode ter caminhos adicionais que antes eram impossíveis de descobrir.

A análise desses cruzamentos pode, para agilizar o trabalho de investigação, ser feita por meio de um analisador visual, que mostra de forma gráfica as conexões entre números de telefone acumulados na base de dados. O sistema cria uma rede (chamado gráfico de teia de aranha), como mostra a figura a seguir.

O investigador pode ampliar partes da teia e concentrar-se em conexões de interesse.

Nas conexões que conectam os alvos a outros números, o sistema gráfico mostra também as freqüências das chamadas entre os números. Para cada conexão é possível receber uma lista das chamadas e as informações relevantes a elas, como também é possível acessar a gravação da chamada independentemente da data em que foi gravada.

Análise de cruzamento de conversas telefônicas (gráfico de teia de aranha).

Avi Dvir

Zoom em parte da teia

Outras ferramentas usadas hoje para facilitar a analise é reconhecimento de voz através de uma base de dadis de amostras de voz pre gravados, analise automático de conteúdo de chamada telefônica e voa a texto – transferência automática de voz para texto. Todas estas ferramentas ajudam a analise das conversas e reduzem o tempo necessário a chegar a informação de interesse.

Roving bug

Algumas agencias de espionagem e agencias investigativas (Como a FBI por exemplo) usam uma tecnologia de escuta que usa o celular pessoal das pessoas para escutar seu ambiente sem que ele perceba desta escuta. Esta tecnologia é chamada "roving bug" e foi aprovada pelo departamento de Justiçai de Estados Unidos. O interessante desta tecnologia é que pelo menos alguns marcas de celulares podem funcionar mesmo quando estão completamente desligados ou mesmo sem baterias.

Um dos casos era a escuta de membros da Mafia de Nova York John Ardito e seu advogado Peter Peluso. John Ardito foi considerado o homen mais poderoso da família mais poderosa da Mafia, família Genovese.

O departamento de comercio de Estados Unidos alerta que telefone celular pode ser usado para escutar a vizinhança. Um artigo publicado no Financial Times alertou a possibilidade que operadores podem instalar remotamente um pedaço de software em um celular e através dele escutar a vizinhança do alvo. O software instalado gera uma chamada para um numero predeterminado quando o alvo recebe ou inicia uma chamada pelo celular espionado. Nos sistemas mais novos a informação é garvada em site específicos e acessada posteriormente. No parágrafo anterior onde tratamos de escuta de celular que os hacker fazem ja tratamos deste assunto e demonstramos a vasta informação que possa ser recebida através destas tecnologias.

Interceptação Legal de Internet

Na figura a seguir podemos observar os vários pontos no ciclo da transmissão de dados onde uma chamada de Internet pode ser interceptada.

O primeiro ponto é a própria linha do assinante; o segundo é na central da operadora, o terceiro é nos links que passam entre a central e o provedor de Internet; e o quarto são os links que conectam o provedor com as empresas que possuem infra-estrutura básica (chamada de backbone de acesso) da Internet.

A forma mais conveniente de interceptar tráfego de Internet é no provedor, uma vez que o tráfego na Internet de um assinante (nosso alvo) deve passar na rede do provedor, independentemente de onde o alvo vai iniciar a conexão. Se, por outro lado, a interceptação for feita na central da operadora da região do telefone fixo de nosso alvo, caso o alvo ligue de outro local, nada será interceptado.

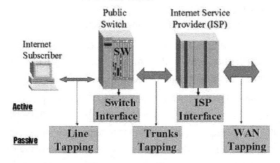

A interceptação de uma chamada específica pode ser efetuada por meio do nome do usuário, endereço IP (quando é estático como em linhas arrendadas – leased lines) e endereço de e-mail.

A figura a seguir mostra o esquema de interceptação feita no provedor de Internet (ISP). Este tipo de interceptação e limitado apenas para orgões qualificados do governo e so pode ser efetuado mediante ordem judicial.

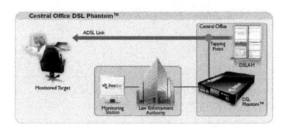

Por outro lado a próxima figura mostra o ponto de interceptação na linha do assinante e pode ser efetuada por qualquer um que tenha acesso a esta linha.

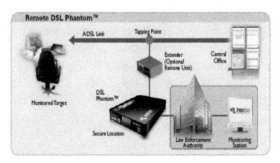

Capítulo 3

Sistemas de Espionagem - Vídeo

transmissão de vídeo, de ponto de vista tecnológica, é feita com as mesmas tecnologias que se usa para transmitir áudio:

- Transmissão de imagem e voz por radio freqüência
- Transmissão de imagem e voz pela linha telefônica fixa
- Transmissão de imagem e voz por celular (GPRS ou 3G ou 4G)
- Transmissão de imagem e voz pela Internet
- Transmissão por cabo

A gravação de vídeo é feita com gravadores especiais e pode ser feita tanto no lugar onde se encontra a câmera ou remotamente.

Transmissão de vídeo assim como a transmissão de voz, pode ser criptografada para diminuir a possibilidade de detecção.

Sistemas de vídeo

Sistemas de vídeo captam imagem por câmera e transmitem por qualquer meio de transmissão disponível (RF, 3G, 4G, Wi-Fi, GPRS, Cabos e Fios, PSTN) ou gravam localmente para um analise posterior.

Gravador portátil   Câmera camuflada em botão/parafuso

Outros objetos inocentes com gravação local de vídeo e áudio

Sistemas de vídeo podem gravar localmente ou transmitir a imagem para um lugar remoto onde a imagem vai ser gravada.

Sistemas de vídeo podem ter uma câmera instalada em lugar fixo ou uma câmera carregada no corpo ou incorporada com plataforma em movimento (Caro por exemplo).

Os sistemas portáteis de transmissão de imagem por celular ou por RF podem ser carregados de maneira dissimulada no corpo, permitindo transmitir imagens de qualquer ponto onde exista acesso à rede celular. Por meio desses sistemas é possível transmitir imagens sem limitações de distância. Outra possibilidade são sistemas que se conectam com rede Wi-Fi e desta forma, assim como com sistemas que conectam via celular, é possível assistir o lugar da instalação via internet em computador ou mesmo no celular. A próxima figura mostra um sistema com câmera minúscula com gravador local que grava em cartaz de 34 vGB. A câmera possui resolução de 1080P (Full HD) e grava com detecção de movimento alem de poder conectar com rede Wi-Fi e possibilitar monitoramento em tempo real ou gravação remota alem da gravação local no cartão SD.

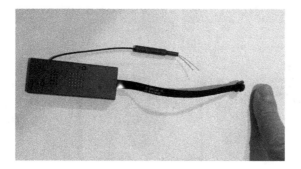

Câmera espião com gravação local e monitoramento remoto via Wi-Fi

Alguns desses sistemas possuem um botão de pânico; neste caso, se o agente estiver, por exemplo, em perigo, acionando o botão, a unidade ligará para a central de monitoramento e imediatamente os agentes na central verão as imagens.

Os sistemas também permitem que os agentes possam ligar para o equipamento, a partir da central de monitoramento, e receber as imagens ou escutar o ambiente, tudo isso sem a intervenção do agente que está portando o sistema (o sistema atende, de modo automático, à chamada e envia as imagens).

Avi Dvir

Sistemas Baseados em Radio freqüência

Um sistema baseado em radio freqüência possui um transmissor que transmite a imagem e o áudio, um receptor para capturar o áudio e o video e uma câmera de vídeo oculta. Um monitor e um equipamento de gravação poderão ser conectados ao receptor. O transmissor pode ser móvel, caso o sistema seja carregado no corpo, mala etc. ou fixo, quando se trata de monitoramento de um local específico.

O uso de sistemas de vídeo baseados em radio freqüência é recomendável em dois cenários:

- Quando não ha possibilidade de estar presente no local da gravação e a gravação tem que ser executada sem conhecimento dos alvos

- Quando a recepção da imagem (e áudio) tem que ser efetuada em tempo real para poder reagir dependendo da situação.

Em qualquer outro caso, por exemplo, quando a pessoa que grava não pode correr nenhum risco de vida, a gravação pode ser efetuada por pessoas que carregam o aparelho gravador no próprio corpo já que o tamanho do gravador é muito pequeno (do tamanho de um Disc Player).

Há um número grande de fabricantes e equipamentos no mercado. Para escolher o equipamento apropriado para um certo objetivo é necessário conhecer as tecnologias de cada tipo de equipamento. Mais informações podem ser obtidas no apêndice A.

Câmeras de vídeo podem ser praticamente escondidas em qualquer objeto e podem incorporar microfone ou não. É importante salientar que dependendo do equipamento a transmissão do áudio junto com imagem pode ter qualidade menor de um microfone dedicado para transmissão de áudio em função da combinação do sinal do áudio com o sinal do vídeo. Isso é principalmente pode ser perceptível quando a transmissão é analógica.

Transmissores

Existem vários tipos de transmissores no mercado. Como exemplo, citaremos um equipamento que opera com freqüência de 1,2 GHz, potência de 2,5 watts e pode aceitar transmissão de vídeo e áudio de 4 câmeras, utilizando uma antena Yagi (Figura 3.3), que pode transmitir vídeo a até 8 quilômetros, pesa apenas 200 g e cujas dimensões são de 120 x 55 x 38 mm. Câmeras de vídeo miniaturas com transmissor miniaturizado podem ser escondidos em qualquer objeto. Existem no mercado ate telefones celulares com operação normal que incluem câmeras que transmitem vídeo por RF a uma distancia de até 200 metros com potência de 50 mW usando a bateria do próprio celular (transmissão continua com a bateria do próprio celular pode continuar por 2 horas pelo menos). A seguir Antena Yagi (usada para grandes distâncias na transmissão de áudio e vídeo).

Transmissor de áudio e vídeo sem fio.

A transmissão pode ser através de uma sinal analógico ou digital. Sinal digital pode ter vários tipos de modulações. O mais popular hoje é o COFDM mais por outro lado se trata de equipamentos com preço bem superior aos equipamentos analógicos que continuam ter parte significativo no mercado mas vão ser cada vez com parte menor quando os sistemas digitais vão ser mais baratos.

Avi Dvir

Repetidores

Estes dispositivos recebem o sinal de um transmissor, amplificam-no e transmitem-no para um outro receptor que pode ser colocado a alguns quilômetros de distância.

O equipamento da figura XX é um exemplo de um repetidor que recebe um sinal em 1,2 GHz e transmite-o na freqüência de 2,4 GHz. A razão disso é que um sinal de vídeo em

ambientes fechados apresenta mais qualidade em freqüências mais baixas, já que o comprimento da onda é maior, podendo assim ultrapassar paredes e obstáculos. Já em ambientes abertos, uma freqüência mais alta propaga melhor em função do comprimento de onda menor.

Esse equipamento pode transmitir em campo aberto a distâncias de até 8 quilômetros, tem dimensões de 140 x 60 x 35 mm e pesa apenas 450 g. A antena tem ganho de 7 dB, comprimento de 40 cm e pesa 520 g.

A seguir Repetidor de sinal com antena Yagi de transmissão e antena Omni de recepção

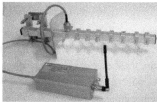

Receptores

O receptor a seguir recebe um sinal na freqüência de 2,4 GHz. Possui dimensões de 115 x 80 x 20 mm, pesa apenas 265 g e tem uma saída para monitor externo (vídeo/áudio out).

73

Alguns receptores já combinam um monitor com o receptor, como o apresentado na figura a seguir: Monitor de 5.5" com receptor de RF (áudio e vídeo) integrados.

Sistemas que transmitem por linha telefônica fixa ou celular

Transmitem imagem e áudio pela linha telefônica ou podem ser ligados em linha celular de qualquer tecnologia (3G ou 4G). Podem ser implementados tanto de forma oculta como convencional, para monitorar um local. Os aparelhos podem geralmente integrar de 4 a 32 câmeras. As câmeras podem ser acionadas por meio de sensores de alarme ou detecção de movimento por software de análise de imagem. Alguns modelos também permitem programar ações externas (acionamento de alarmes visuais ou ocultos, por exemplo), dependendo do tipo do sensor acionado.

A transmissão de áudio também é uma opção (mas depende da largura da banda disponível pela linha telefônica). Esses sistemas, quando detectam um alarme, ligam automaticamente para uma central de monitoramento (via linha telefônica discada ou celular) e enviam as imagens do evento do alarme para a central.

Quando encontrem a linha da central de monitoramento ocupada, ligam para outros números. Também podem ser acessadas a qualquer momento, remotamente (a partir de uma central de monitoramento ou via Internet), e alguns somente darão acesso às imagens gravadas e ao sistema com a entrada de uma senha apropriada.

Sistemas de Vídeo e Áudio com Gravação Local

Geralmente existem três modos de gravação de imagem:

- gravação por evento;

- gravação contínua;

- gravação pré-programada em tempos predefinidos.

Características importantes de DVRs (Gravador digital de imagem) são:

- Selecionar a resolução da imagem e o numero de quadros para poder planejar o tempo da gravação: o mínimo seria 320x480 (com 30 quadros por segundo) ate-1280 x 960.e hoje ja tem sistemas que vão ate 4000 (4K). Quanto menor a resolução e a taxa de quadros (quadros por segundo) maior seria o tempo que daria para gravar em cima da media do aparelho.

- Podendo captar uma foto enquanto gravando.

- Possibilidade de ajuste da taxa de quadros de 5 – 30 fps (Quadros por segundo).

- Modos variados de gravação: Continuo, pré-agendado, detecção de movimento ou detecção de movimento com gravação pré-evento (Grava 30 segundos antes do movimento e 30 segundos após o termino do evento.

- Proteção via senha para acessar o sistema e evitar roubo de conteúdo ou deleção de arquivos.

- Contagem de quadros para evitar qualquer tipo de edição não autorizada. Esta função é importante caso a gravação vai servir como prova em juízo.

- É importante ter um arquivo LOG que documenta todas as ações feitas com o gravador desde o momento que ele foi ligado ate o momento que foi desligado. Isso também é importante para fins de provas judiciais.

- Possibilidade de embutir numero ID do operador para fins de estampar este numero na imagem.

- Ter um numero serial do equipamento que também vai ser embutido na imagem.

- Output dual para câmeras de DC5V e DC12V.
- Acessórios: conector com transmissor sem fio, adaptador para uso no caro, controle remoto, bateria externa de alta capacidade.

Iluminação oculta

Existem duas formas de iluminar um ambiente escuro com iluminação infra vermelha detectada por sensores de imagem adequados: Matriz de leds de luz infra vermelho e Laser de Luz de infra vermelha.

O comprimento da onda deste luz não é visível para o olho humano e desta forma somente pode ser detectado por câmeras adequadas (câmaras térmicas) sem que a ação é percebida.

Existem diferenças entre alegações dos fabricantes destas tecnologias. A seguir uma tabela que nos foi fornecida por um fabricante de iluminação de LASER. Queremos salientar que fabricantes de iluminação de LEDS não aceitariam esta comparação.

Item	Laser	LED
Distância	Maior 30-300 m	Menos de 80 m
Brilho	Bom	Ruim
Consumo de energia	6W = 100m	30W = 5 – 15 m
Tempo de vida	8000 – 10000 H	2000-3000H
Concealment	Bom (Chip único)	Ruim (Multi-Chip)
Dissipação de calor	Boa	Ruim

Avi Dvir

Sistemas Especiais

Algumas tecnologias possibilitam a criação de uma imagem de um local através do conceito operacional do RADAR.

Um destes aparelhos é mostrado a seguir. O equipamento gera uma imagem (Em 2D e 3D) de um local através de paredes.

Este equipamento é usado hoje por varias unidades de SWAT onde há necessidade de ter informações sobre um local antes de invadi-lo.

Capítulo 4

Contra medidas de sistemas de espionagem

contra espionagem é composta de medidas de detecção e de medidas de prevenção.

Na parte da detecção vão ser analisadas sistemas que detectam e localizam a existência de um dispositivo ilícito e em seguida serão analisados vários sistemas que providenciam proteção continua e evitam a possibilidade de uso de certas tecnologias de espionagem (prevenção).

Uma estratégia efetiva de prevenção envolve, em primeiro lugar, medidas de segurança que controlam o acesso ao local onde a informação é armazenada ou gerada. Isso fará com que o espião procure medidas menos eficientes e mais arriscadas.

Alem de dividir contra medidas em medidas de detecção e medidas de prevenção podemos dividir a contra espionagem em medidas tecnológicas e medidas administrativas. Medidas administrativas são principalmente usadas para prevenção mas alguns procedimentos como por exemplo auditoria interna e externa podem ser usados também para detecção.

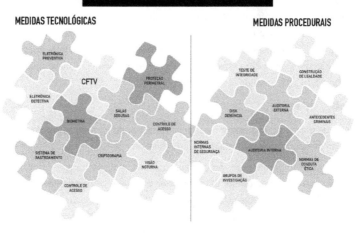

O principal objetivo deste capítulo é apresentar os métodos de proteção contra tentativas de espionagem e roubo de informações. Enquanto algumas das contramedidas envolvem um investimento relativamente alto, existem algumas medidas acessíveis, com eficácia significativa e que possam diminuir significativamente o risco de espionagem. Serão detalhadas as várias tecnologias e procedimentos utilizados para evitar ou detectar tentativas de espionagem.

As medidas administrativas incluem métodos e procedimentos baseados em politicas, planos e procedimentos que sua implementação não exige uso de tecnologias complexas e são mais de natureza administrativa e são baseados em analise de risco. Isso é demonstrado no lado direto da ilustração e inclui por exemplo, construção de lealdade, auditoria externa e interna, normas de conduta ética, disque denúncia, métodos de avaliação no processo seletivo de funcionários entre outras medidas. As medidas mais importantes serão analisadas com mais detalhes. A outra parte da contra medidas é a parte técnica baseada em tecnologias variadas como por exemplo, controle de acesso, varreduras eletrônicas, Criptografia, câmeras, proteção perimetral, biometria etc. São medidas tecnológicas que tem como objetivo gerar um ambiente protetivo as informações restritas ou detectar possível vazamento após seu acontecimento. A analise de risco é a base de composição de um plano de contra medidas e desta forma sera analisa inicialmente e posteriormente falaremos de Politicas, Planos e procedimentos de medidas administrativas e mergulharemos em seguida no analise das medidas tecnológicas.

Analise de risco

A base de planos de resposta a incidentes é um estudo compreensivo dos risco que existem em vazamento de informações e espionagem.

Este analise é geralmente feito pela unidade de segurança corporativa da organização, assistido por outras unidades. Por exemplo, o departamento de TI esta envolvido na parte de resposta a incidentes em caso de invasão a rede de computadores da empresa e eles que vão cuidar da parte do plano que se trata de informações sensíveis armazenadas e movimentadas na rede corporativa. Este plano se chama Plano de Resposta a Incidentes de TI. O departamento de RH vai ser envolvido na parte de politicas de contratação de funcionários para garantir que são contratados pessoas idôneas e confiáveis ou departamento de contabilidade na parte de politicas sobre prevenção de fraude, ou departamento jurídico referente procedimentos jurídicos em investigações corporativas. O analise de risco ajuda a organização definir sua politica em relação a segurança das informações sigilosas e serve com o base de preparação de planos e procedimentos que detalham as formas que as informações vão ser protegidas.

A seguir alguns dos possíveis pontos que o analise de risco dever ter.

- Qual é a informação que queremos proteger?
- Quem são nossos inimigos?
- Quais são os possíveis caminhos que eles tem para conseguir as informações?
- Quais são as tecnologias preventivas que temos disponíveis?

Avi Dvir

- Temos já indícios que pode haver vazamento de informações?
- Quem são as pessoas que possuem acessos para as informações classificadas como confidenciais?
- Temos procedimentos de como tratar informações confidenciais?
- Nossos funcionários são confiáveis?

A seguir detalhamento de alguns destes pontos:

O que queremos proteger?

- Informação critica da organização
- Valor da informação critica
- Exemplos: Produtos novos, plano de marketing, dados financeiros, senhas de segurança, procedimentos de acesso etc.

É necessário relatar todas as informações sensíveis e o workflow que eles fazem dentro da organização. A forma que a informação se encontra é importante porque determina como esta informação vai ser protegida, Ha necessidade de estimar o impacto que um vazamento ou roubo de informações pode causar. Este estudo, ajuda a decidir sobre a divisão dos investimento disponíveis entre os   pontos de vulnerabilidade.

Um estudo do impacto precisa ser feito com cada possível perda de informação. O estudo precisa ser similar ao exemplo demonstrado a seguir, onde precisamos avaliar a probabilidade de cada perda de informação junto com o possível impacto desta perda. A área verde (a primeira da esquerda) representa incidentes de pouca probabilidade e pouco impacto, enquanto a área vermelha (Na direita do gráfico) representa uma área de alta probabilidade com alto risco e esta é a área onde os recursos disponíveis precisam ser investidos.

Analise de impacto

Impacto

	Muito Baixo	Baixo	Médio	Alto	Muito Alto
Muito Provável					
Provável					
Possível					
Pouco Provável					
Raro					

Probabilidade

Quem são seus inimigos?

- Quem são seus possíveis inimigos?
- Quem são fornecedores com acesso a informação sigilosa?
- Quem tem acesso a sala de telefonia?
- Quem tem acesso a informação restrita na rede de computadores?
- Quem tem acesso a lixo da empresa?

Neste analise queremos saber e definir pessoas ou entidades ligadas com nosso negocio que podem ter acesso a informação restrita independentemente se suspeitamos ou não que eles estejam agindo em ma fe, isso inclui funcionários da própria organização. A verificação de pessoas com acesso a informação interna é

Avi Dvir

extremamente importante: na estatística mundial aparece 60-70% dos casos são provenientes de envolvimento de pessoas da própria organização. No lixo se encontram documentos e médias magnéticas. Se as pessoas ligadas com a coleta de lixo são mal intencionadas essa informação pode ser recolhida, analisada e vendida par competidores por exemplo.

Quando estamos mais vulneráveis?

• Quando o staff tem acesso as informações?

• Quando estão sendo conversados informações sigilosas?

• Quando a oposição vai precisar usar espionagem para conseguir informações?

• Exemplos: eventos políticos, negociações comerciais, movimento de Vips, desenvolvimento de novos produtos, fusões de empresas etc.

QUANDO responde a questão Quando é o momento que informações restritas são vulneráveis? Isso envolve analise do workflow de informações em varias formas: Informações vindo de conversas em salas de reuniões, dados em processamento, conversas telefônicas, uso de computadores fora da rede empresarial, so pra citar alguns exemplos. Estes momentos precisam ser identificados para que sejam analisadas as medidas necessárias para proteger a informação em cada momentOnde estão localizados as informações?

• Como é o acesso a lugar?

• Por exemplo – Onde se arquiva documentação importante, media magnética, arquivos digitais, informações nas paredes, flip charts etc.

ONDE representa os lugares onde as informações restritas se encontram. Isso pode ser gavetas, cofres, armários etc. Dependendo do nível de sigilo da informação é necessário definir como seria o procedimento de acesso ao local e quem são as pessoas autorizadas a acessar o local.

Nos vimos alguns temas que o analise de risco precisa levar em conta e a seguir nos vamos ver como este analise ajuda a desenvolver varias politica, planos e procedimentos que ajudam diminuir risco de quebra de sigilo.

Politicas, Planos e procedimentos

* A política é uma declaração da intenção de cobrir algum objetivo.
* O plano é um esboços de medidas e fases necessárias para cumprir a politica.
* Procedimentos - são os detalhes da implementação do plano

A política é uma declaração de uma intenção da organização em atingir algum objetivo. Isso pode ser por exemplo, escolher funcionários com a maior fidelidade e dedicação, ou, evitar acesso de pessoas não autorizadas para informações sigilosas, usar as tecnologia mais avançadas para proibir vazamento de informações em salas de reuniões etc. Politicas são pouco modificadas e geralmente é um documento assinado por um executivo ou vários executivos da alta diretoria da empresa . O plano, ja entra em mais detalhes e ja determina quais são os passos e atividades necessárias para implementar a política. Por exemplo, no caso de politica de escolha de funcionários o plano pode citar que ha necessidade de efetuar testes psicológicos entre outos tipos de testes. E por final os procedimentos compõem os detalhes dos planos, por exemplo, no caso de seleção de funcionários vai ser implementado testes específicos, como por exemplo, teste de integridade, teste grafológico ou qualquer outro teste. A seguir nos vamos ver algumas medidas administrativas baseadas em politicas de combate a vazamento de informações, como por exemplo, Politicas de avaliação de funcionários, politicas de combate a fraude interna entre outras. Serão analisados exemplos dos planos derivados destas politicas e os procedimentos que detalham como atender os planos e desta forma realizar o objetivo que a politica define.

Contra Medidas Administrativas

A seguir são algumas medidas administrativas que se adotadas serviriam para reduzir significativamente as incidências de casos de espionagem.

—> Política de Avaliação de candidatos em processo de seleção

—> Política de combate anti fraude

    Disque denúncia

    Auditoria externa

    Auditoria interna

—> Políticas de segurança Interna

    Segurança documental

    Circulação de visitantes

    Uso de mídias digitais,

    Segurança na contratação de serviços de limpeza,

—> Políticas de segurança Interna de TI

—> Politicas de sensibilização aos valores da empresa

    Políticas de Promoção de fidelidade

    Políticas de Construção de lealdade

A seguir um detalhamento de algumas destas politicas:

Escolha de funcionários honestos

Um soldado americano , Bradley Manning, transferiu dezenas de milhares de informações sigilosas as mãos do dono do site WikiLeaks. Manning esta preso e provavelmente vai ficar preso por muitos anos mas o fato é que ele como pessoa extremamente instável e com problemas mentais diversas chegou a ter uma posição extremamente sensível com acesso ilimitado para documentos de altíssimo sigilo. Não há duvida que pessoas deste tipo podem ser identificados bem antes que chegam a ter uma posição sensível que possa trazer problemas posteriormente ao organização.

Capítulo 4 - Contra medidas dose sistema de espionagem

De acordo com a ISO 27002, demonstrando no controle 8, é informado que existem alguns passos importantes para a contratação de pessoas. O objetivo maior do controle da ISO 27002 é demonstrado no seguinte texto que pode ser adotado como política em processo eletivo de funcionários: "Assegurar que os funcionários, fornecedores e terceiros entendam suas responsabilidades e estejam de acordo com seus papéis, e reduzir o risco de roubo, fraude ou mau uso de recursos". Disso pode ser derivado o plano e os procedimentos necessários para implementar a política. Por exemplo,

- Teste de integridade

- Checar antecedentes criminais

- Checar recomendações de empresas anteriores

- Checar se o nome do candidato não consta em cadastros restritivos tipo SPC, CCF, Serasa, Cadin etc.

- Pesquisa de redes sociais

Cada item do plano tem que ser detalhado por procedimentos mais detalhados, por exemplo, que tipo de teste de integridade ja que existem varias tipos de testes, ou definir que um tipo de funcionário vai ter teste de natureza diferente de outro (Gerente talvez precisa ter um teste mais complexo ja que ocupa cargo de confiança e assim por diante).

O problema é que são poucas as empresas que seguem estas recomendações.

A justiça do trabalho (TST) reconhece o direto das empresas exigirem certidões e atestados de antecedentes criminais de candidatos a empregos. Esta exigência ate aprece nos editais de concursos. Algumas empresas pedem uma declaração do próprio candidato de não ter sofrido nenhuma penalidade disciplinar por conduta imprópria. Outras empresas checam se o nome do candidato não consta em cadastros restritivos tipo SPC, CCF, Serasa, Cadin etc.

As certidões podem ser emitidas via Sites das secretarias estaduais de segurança publica ou no portal da Justiça Federal. Também existem empresas que fazem este tipo de serviço para os interessados.

Muitas empresas procuram hoje informações em redes sociais. É importante alertar que as pessoas que procuram se candidatar a uma função qualquer não coloquem informações que posam servir contra os interesses deles. Alias, mesmo ja empregado, não recomendo ninguém colocar informação que posteriormente pode trazer certos tipos de problemas.

Existe tendência de pensar que funcionários temporários são menos confiáveis comparando com os efetivos. As estatísticas mostram que isso não é verdade .

Um serie de mediadas podem ser adotados na escolha de um funcionário:

Teste de integridade

Estes testes tem como objetivo a descobrir se a pessoa pode ter algumas características perigosas na sua personalidade e se baseiam em conceitos psicológicos. Estes características podem ser: tendência a ser subornado, tendência a roubar, consumo de álcool ou drogas, tendência a mentir etc. Estes testes são feitas de uma forma direta com computador ligado a Internet e o resultado é recebido imediatamente ao terminar o teste.

Uma ferramenta de gestão da ética é a denominada Análise de Aderência à Ética, que tem como objetivo a identificar o nível de complacência individual dos candidatos com a cultura da organização e mitigar vulnerabilidades que interfiram na manutenção de um ambiente ético; sugerir aprimoramentos às normas e procedimentos da empresa em relação à sua clareza para prevenção de perdas e fraudes e reforçar a mensagem corporativa da importância da ética, levando a um aumento de inibição a má conduta. Esse processo é aplicado para candidatos a posições sensíveis em suas organizações, sensibilidade essa que pode estar atrelada à vulnerabilidade das atividades que seu cargo propicia ao lidar com informações confidenciais, bens, dinheiro, negociações, entre outras.

Uma das formas de identificar a verdadeira percepção de ética do profissional é buscar padrões de emoção em sua fala. Por exemplo, ao invés de perguntar ao candidato "você teve problemas na sua saída da empresa anterior?", peça para ele relatar o último dia dele na empresa anterior. Ao se lembrar desse dia, ele resgatará da memória emoções positivas ou negativas de sua saída, que serão expressadas através da sua linguagem verbal e não-verbal, possibilitando um maior aprofundamento do tema.

Esse tipo de análise não visa classificar o indivíduo como ético ou antiético, mas propõe identificar o grau de não aderência entre a visão individual e o que a organização espera da conduta ética de seus funcionários, aprimorando assim a capacidade de resistência às fraudes.

Algumas observações referentes a este tema:

- Existem testes que funcionam com tecnologia de identificação de mentiras pela voz da pessoa. Não existem muitos indícios que esta tecnologia é confiável.

- Antecedentes criminais – Estes são necessários para garantir que pessoas não confiáveis sejam contratadas. Esta informação é disponível para o publico em geral.

- Referencias de trabalhos anteriores – são necessárias para poder ter certeza que um candidato não teve problemas de qualquer natureza quando teve outros trabalhos.

- Comprovante de residência – tem como objetivo a garantir que o funcionário esteja disponível quando haja necessidade

- Algumas medidas podem melhorar a qualidade do processo seletivo, tais como: escolher uma agencia de empregados que comprovadamente efetua testes confiáveis na seleção de candidatos, estabelecer um perfil detalhado do funcionário, elaborar um contrato bem detalhado, descriminar os deveres e direitos do contratado, deixar o contratado ciente de possibilidades de monitoramento interno dentro das empresas, fornecer a ele o livro de conduta ética da empresa.

É necessário uma colaboração próxima entre departamento de recursos humanos e o departamento de segurança das empresas. Afinal, as estatísticas mostram claramente que nas maiorias dos casos de fraude e roubo nas empresas são cometidos na maioria dos casos por funcionários efetivos das empresas.

Disque denuncia

é uma forma de receber informações mesmo anônimas. Muita gente quer passar informações por varias motivos. As vezes os motivos não são legítimos e tem que tomar cuidado com as informações recebidas e checar cada informação com muito cuidado.

Pesquisa da ACFE (Association of Certified Fraud Examinars - Associação de investigadores certificados de fraudes) destaca a importância do disque denuncia como um meio de denunciar fraudes internas.

A empresa pode ter uma politica de combate a fraude que declara um compromisso de fazer tudo o necessário para ter conformidade com leis em vigor ou as melhores praticas. Um plano baseado nesta politica pode ter o disque denuncia como uma das atividades necessárias mas também pode incluir outras medidas como Auditoria interna e externa entre outras medidas. Baseado no plano serão feitos os procedimentos, por exemplo no caso do Disque denuncia vai ser definido a forma operacional como vai ser implementado o disque denuncia, ou seja, vão ser descritas todas as funções necessárias na operação do disque denuncia, e como vão ser tratadas as denuncias incluindo métodos investigativos e outras informações relevantes.

Política de sensibilização com os valores da empresa

Promoção de Lealdade

• Tratamento humano

• Remuneração justa,

• Não descriminação,

• Trabalho com condições justas e humanas,

• Reconhecimento,

Política justa e humana desenvolve pensamento positivo e aumenta também a eficiência e a produtividade do funcionário.

Capítulo 4 - Contra medidas dose sistema de espionagem

Promoção de lealdade e promoção de fidelidade não são a mesma coisa. Politica de promoção de Lealdade define o interesse da organização de tomar medidas que promovem a Lealdade dos seus funcionários e desta forma conseguir mais eficiência e produtividade junto com gratidão do funcionário o que em torno vai ser menos inclinado a tomar ações prejudicais contra interesses da organização. Enquanto a lealdade é a identificação do funcionário com a empresa como entidade que cuida dele mesmo, a fidelidade é a identificação do funcionário com a cultura e os objetivos morais da empresa perante a sociedade. Uma politica de promoção de lealdade pode incluir os pontos mencionados no começo deste item.

O plano derivado desta politica pode definir por exemplo: plano de remuneração, melhoria de condições de trabalho, reconhecimento por excelência etc. Cada item do plano vai acompanhar procedimentos mais detalhados que descrevem como conseguir cada item do plano, por exemplo, critérios específicos de remuneração, definição detalhada de condições de trabalho, critérios para remuneração por excelência e assim por diante.

Promover fidelidade

* Entender a importância da contribuição da organização para assuntos sociais
* Entender a importância da organização em atuação de preservação ambiental.
* Entender a ética corporativa nas suas atividades operacionais com o governo, fornecedores e terceirizados.

A promoção de fidelidade pode ser uma atividade dentro do objetivo de política de sensibilização aos valores da empresa e neste caso no que se refere a contribuição da empresa com a sociedade. Quando funcionário entenda a importância do seu trabalho com assuntos sociais ou globais ele se sente mais realizado no trabalho e mais satisfeito com sua contribuição em atingir estes objetivos. Os objetivos podem ser sociais, econômicos, ecológicos ou de qualquer outra natureza desde que o funcionário consegue enxergar sua contribuição. Os valores incluem, alem de objetivos sociais ou ecológicas ou de qualquer natureza tambem valores de ética interna que definem a moral da empresa no que se refere a seu comportamento com fornecedores e terceirizados assim como sua ética nos seus processo operacionais, por exemplo, atender leis do governo, pagar impostos sem tentativas de fraudar o sistema financeiro etc. O manual de ética pode definir estas políticas e será disponível para o conhecimento de seus funcionários.

Quando isso acontece a empresa pode ter mais produtividade e eficiência da parte do funcionário alem da diminuição da sua inclinação em tomar acoes ilícitas no que se refere a segurança da empresa.

Desta forma a empresa precisa tomar medidas que garantem com que o funcionário esteja ao par das ações da sua empresa no que se refere a estes objetivos. Por exemplo, vamos supor que a empresa faz doações para comunidades carretes de produtos que ela fabrica. O funcionário vai ter um sentimento de contribuição nesta ação comunitária e vai se sentir orgulhoso.

Confecção de manual de Ética Corporativa

O Manual de Ética Corporativa tem como objetivo de disseminar os valores da empresa junto com seus funcionários e desta forma promover atitudes positivas dos funcionários tais como:

- Lealdade a empresa e seus valores
- Aumento de produtividade
- Diminuir os riscos de fraudes e vazamento de informação
- Aumentar o bem estar e nível de satisfação do funcionário
- Diminuir as possibilidades de pontos de conflito entre funcionários ou entre funcionários e gerentes

Não é sempre o caso que empresas dão o valor correto para esta ferramenta, porem estatísticas mostram um aumento significativo nas questões levantadas em cima.

O manual é baseado em entrevistas pessoais com funcionários, gerentes e diretores e reflete as circunstâncias especificas da empresa.

Alguns dos assuntos cobertos no manual de conduta ética são:

o   valores de relacionamento pessoal e profissional

Capítulo 4 - Contra medidas dose sistema de espionagem

o   Cuidados com informações restritas e não restritas

o   Valores de relacionamento com fornecedores

o   Valores em cuidados de segurança interna

o   Conhecimentos sobre diretos e deveres jurídicos

o   Formas de comunicação interna dependendo do relevante assunto

É recomendado fazer uma revisão do manual após 6 meses com objetivo de fazer as necessárias adaptações após a divulgação da versão inicial.

Antes de emissão da primeira versão o manual deve ser submetido as criticas e sugestões de funcionários e gerentes.

O Manual de Conduta Ética deveria ser lido obrigatoriamente logo no ato da contratação do funcionário e ele teria que assinar que leu o manual e esta ciente do seu conteúdo.

Políticas Internas de Segurança

Política de segurança interna engloba medidas de segurança corporativa e define uma politica que procura adotar medidas de segurança que todos os integrantes da organização precisam tomar com objetivo de diminuir brechas que possam ser aproveitados para execução de atos ilícitas entre eles atos que envolvem fraudes, espionagem e vazamento de informações. Tais medidas incluem mas não são limitados a:

•   Tratamento de documentos classificados,

•   Uso de mídias digitais,

•   Segurança na contratação de serviços de limpeza,

•   Regras ligadas com circulação de visitas e fornecedores dentro da empresa

As políticas internas de segurança tem alta eficiência e geralmente são fáceis de ser implementadas. O plano derivado da politica deve ser um plano que define em linhas gerais como o objetivo vai ser conseguido e em seguida vai acompanhar os procedimentos específicos necessários para execução de cada item do plano. Por exemplo, vamos ver a seguir o plano e procedimentos referente segurança documental. Para que seja definido plano e procedimentos com mais eficiência possível ha necessidade inicialmente preparar um analise de risco como estudo prévio como ja vimos anteriormente.

Políticas de Segurança Interna – Segurança Documental

Política sobre segurança documental é um exemplo. É importante garantir que documentos somente seriam sob responsabilidade bem definida e que não teria possibilidade de ser acessados além do publico autorizado. A segurança documental é subsistema da segurança empresarial e colabora de uma forma expressiva com a segurança de TI, segurança pessoal e a segurança patrimonial. Sendo assim há necessidade de coordenação entre todos os departamentos relevantes para montar um plano efetivo de segurança documental.

Para montar um plano de segurança documental inicialmente precisamos preparar um analise de risco.

- Quais são as informações que representam ameaça para a empresa caso estejam expostos além do seu publico de uso.

- Situações onde documentos estão expostos além do ambiente do seu uso. Isso exige um entendimento de processos organizacionais (workflow) que possam definir o workflow ideal para evitar exposição desnecessária.

- A forma que esta informação encontra-se (Mídia digital, mídia impressa)

- Qual é o nível de risco e seu impacto que vazamento de um certo documento pode causar para a empresa (Lembre o gráfico que apresentei que analise probabilidade vs impacto)

- Analise histórico é fundamental para analisar os pontos de vulnerabilidade que comprovadamente já foram aproveitados em ações ilícitas.

Seguranca documental - Plano de proteção

- Definir que tipo de documentos precisam ser protegidos baseado no estudo de analise de risco

- Definir que tipo de informação NÃO precisa ser protegida

- Definir níveis de segurança para cada tipo de documento

- Definir quais níveis de funcionários podem acessar que tipos de documentos
- Definir a necessidade de descarte de documentos após termino do seu uso.

O plano de segurança documental vai definir o tipo de informação que precisa ser protegida e o que não precisa ser protegida, definir níveis de segurança para cada tipo de documento assim como definir níveis de pessoas com privilégios de acesso para cada tipo de documento. O plano pode definir necessidade de descarte após termino do uso de documentos, mas não definir, por exemplo, como vai ser destruído - isso vai ser detalhado nos procedimentos do descarte.

Segurança Documental - Procedimentos

- Definir as formas que tipos diferentes de documentos vão ser armazenados: Gavetas, cofres, quem vai ser com a chave etc.
- Definir de que forma vai ser o acesso para cada tipo de documento e como verificar os privilégios de cada pessoa que acessa documentação classificada
- Definir como vai ser impresso documento classificado
- Definir como documento vai ser destruído de uma forma segura

Para cada item no plano vai ser definido um procedimento detalhado. Por exemplo, qual seria a forma de guardar os documentos de acordo com sua classificação de segurança, ou seja, gavetas, sala de arquivamento, cofre etc., como as pessoas vão ter o acesso, fisicamente, para o documento, como vai ser verificado o privilégio de cada pessoa que quer acessar um documentos com certo nível de classificação de segurança, como vai ser impresso um documento classificado ja que é necessário ter controle destas impressões, como vai ser o processo para eliminação de documento - vai ser triturado ou queimado etc., como o documento vai ser tratado após seu uso, como o documento classificado vai movimentar internamento no workflow dele. Os procedimentos vão detalhar os pontos que o plano vai definir.

A maior dificuldade de disseminar políticas de segurança interna deste tipo é o reconhecimento dos diretores sobre as necessidades de implementar esta medida e reconhecimento do valor que isso pode trazer para a empresa. Isso envolve muita educação interna porque o diretor que atua no universo dele dificilmente quer se envolver em coisas que não estão ligadas diretamente com a área de atuação dele dentro da empresa. Ele so vai fazer isso se vai entender o beneficio que esta mudança de atitude vai trazer pra ele e principalmente para a empresa também.

Varias pesquisas mostram que somente cerca de 40% dos funcionários das empresas conhecem as normas de segurança das empresas e acham que é importante segui-los. Outros 35% conhecem as normas mas acham que não são importantes e outro 25% não conhecem e não acham interessante conhecer. Isso se aplica tanto para segurança patrimonial como digital e mostra que ainda precisam ser feitos muitos atos de educação interna para melhorar este índice.

Políticas de segurança de TI

Avaliação de risco de terceiros

A politica de segurança de TI define o compromisso da empresa em tomar as medidas necessárias para proteger a informação digital que a empresa gera, processa ou armazena. Dados pessoais possuem politica, plano e procedimentos específicos ja que existem leis que definem alta responsabilidade da organização sobre o sigilo de dados pessoais como por exemplo o LGPD da união europeia que o Brasil adotou em Maio de 2018. Existem varias formas que a política de segurança de TI pode ser definida e seus planos de implementação e isso é decorrente da natureza especifica de cada empresa. Empresa do setor financeiro vai ter política diferente de uma empresa de plano de saude. No caso de empresa do setor financeiro o foco vai ser na conformidade com os padrões ligados com setor financeiro (PCI por exemplo) e no caso da empresa do plano de saude o foco vai ser por exemplo no sigilo de dados pessoais dos conveniados. A política de seguranca de TI e o plano e procedimentos derivados da politica não vai ser discutidos aqui ja que merecem um escopo de analise amplo e separado. Mas vai ser discutido um caso especifico que envolve uma empresa do setor financeiro onde minha empresa teve que responder um questionário que serviu para o nosso cliente como base de avaliação de risco da nossa empresa como fase preliminar a nossa contratação ja que no processo da prestação do serviço nos teríamos acesso a uma informação privilegiada da empresa e houve necessidade de nos avaliar no aspecto de capacidade de manter em sigilo a informação do cliente. Nos podemos dizer neste caso que esta avaliação de risco faz parte de uma politica da empresa de avaliação de parceiros. No caso especifico este analise de risco envolveu questionário em 3 áreas distintas

- Permissões e Controle de Acesso a Informação
- Organização e tratamento de Informação
- Segurança de Operações de TI

Políticas de segurança de TI - avaliação de risco de terceiros

Permissões e Controle de Acesso a Informação

A seguir os pontos a ser considerados:

- Sistema que determina diretos de acesso a informação para cada funcionário.
- Sistema que aloca classificação de segurança para cada tipo de informação.
- Se existe logs que registram os acessos
- As contas dos usuários são bloqueadas depois de uma específica quantidade de tentativas sem sucesso?
- Qual é o tamanho mínimo solicitado para uma senha e sua composição?
- As senhas expiram depois de um específico período de tempo em que é solicitado aos usuários que alterem a senha?
- Os usuários são proibidos de compartilhar senhas/guardar senhas em papel ou pastas eletrônicas?

Políticas de segurança de TI - avaliação de risco de terceiros

Organização e tratamento de Informação

- Como você esta tratando informações de terceiros? - Você esta pedindo autorização antes de dividir/usar informação de terceiros com outras entidades (Caso Facebook-Cambridge Analitics)?
- Você solicita as suas empresas terceirizadas que assinem um NDA antes de compartilhar as informações da sua empresa com eles?
- A informação recebida via correios são processadas/armazenadas num ambiente seguro? Qual é a politica de distribuição interna dos objetos vindo via correio?
- Tratamento de impressão de documentos de acordo com sua classificação. Ter controle sobre impressão de documentos.
- Seu estabelecimento possui um sistema de alarme que funcione fora do horário comercial?
- Quando aparelhos de armazenamento de dados não estão mais sendo utilizados dentro da sua organização, eles são transformados em ilegíveis antes de serem retirados de serviço ou jogados no lixo? Existe uma politica que determina como tratar o apagamento destas informações?
- Existe processo que criptografa automaticamente dados restritos?
- Você providencia uma notificação para terceiros quando alguma informação deles que não é mais necessária esta sendo destruída?
- Você notifica o titular de certos dados quando ocorra um incidente envolvendo a perda de dados dele ou brecha de segurança no seu sistema que coloca a informação dele em perigo?
- Existe um plano de resposta a incidentes?

A organização e o tratamento de dados é assunto de alta importância.

O gráfico a seguir, feito por uma entidade de pesquisa de renome demonstra em porcentagem que tipo de dados foram encontrados em pen drives, pesquisando um numero muito grande de empresas. Por exemplo, a pesquisa monstra que 25% são registros de dados de clientes, 17% de dados financeiros, 15% Planos de negocio entre outros dados conforme mostra o gráfico. Uso não controlado de pen drive pode gerar uma grande vulnerabilidade. Em outro golpe conhecido o Hacker joga um pen drive no estacionamento perto do carro de uma vitima. Geralmente a vitima recolhe o Pen Drive e tenta ver o que esta dentro. Isso pode ser fatal ja que uma vez inserido no computador um Trojan pode ser instalado e toda a informação dele será aberta para o Hacker.

DADOS CORPORATIVOS SOBRE PEN DRIVES

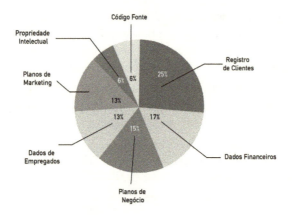

Políticas de segurança de TI - avaliação de risco de terceiros

Segurança de Operações de TI

- As últimas versões (ou lançamentos) de aplicações usadas estão sendo aplicadas dentro de X dias para as vulnerabilidades de alto risco?

- As últimas versões (ou lançamentos) de sistemas operacionais usadas estão sendo ajustadas dentro de X dias para as vulnerabilidades de alto risco?

- Se as pastas do Microsoft Office são inspecionadas contra anormalidades usando a ferramenta "Microsoft Office File Validation"?
- Você utiliza um software de antivírus/antimalware e esse é atualizado regularmente?
- O seu antivírus realiza a análise de e-mails enviados e recebidos contra anexos malignos?
- Pode usuário não administrativo desativar o software de anti vírus?
- Você esta usando o nome de usuário/senhas definido pelo sistema para roteador(es)/firewall(s)?
- As conexões sem fio são autenticadas com WPA/WPA2?
- Tem área isolada de acesso de dados para convidados e visitantes?
- Possui procedimentos de testes de vulnerabilidade e testes de invasão?
- Os usuários finais tem permissão para instalar software em Desktops/Laptops?
- Regras de navegação na Internet
- Política de backup
- Segurança de acesso a nuvem
- Uso de VPN quando o acesso é fora do escritório (Acesso remoto criptografado)

Contra Mediadas Tecnológicas

Tecnologias e métodos de Detecção

Tecnologias e sistemas para detecção que serão analisadas são:

•   Varredura do espectro do radiofrequência

•   Varredura de objetos com Detector de Junções não Lineares.

•   Varredura de linhas telefônicas.

•   Varredura de celulares

•   Busca física no local.

•   Detecção de lentes de câmeras escondidas com iluminação Infra Vermelha.

•   Detecção de Vazamento acústico

•   Varredura na rede 110/220 VAC

•   Varredura de emissores de Infra Vermelho

•   Varreduras especiais

Varredura do espectro do radiofrequência (RF)

A varredura do ambiente tem como objetivo a detectar a existência de um grampo assim como localiza lo.

Existem 3 tipos de tecnologias para detecccao de sinal RF: Detectores do campo magnético do sinal (Detecção pela potência do sinal), analisadores de espectro da freqüência e detector harmônico.

Detecção pela Potência

O mais simples é aquele que detecta sinal pela sua potência. Um gráfico de barras demonstra no display a potência do sinal mas não existe possibilidade de afinação do sinal e não se sabe sua freqüência. A potência é relativa e não se sabe exatamente seu valor. Geralmente é possível a identificação de sinais fortes somente e o equipamento tem que estar perto do local de onde o sinal é gerado. A capacidade de identificar sinais de saltos de freqüência (Frequency Hopping) e espectro espalhado (Spread Spectrum) é quase impossível.

Há no mercado uma grande variedade de produtos portáteis baratos que podem descobrir grampos simples de forma relativamente confiável, de até 6 GHz.

Detectores pessoais.

Este tipo de equipamento pode eliminar de 60% a 80% o risco de escuta por transmissores que funcionam à base de rádio freqüência principalmente com sinais analógicas e com modulações convencionais (principalmente VHF e UHF).

O funcionamento deste equipamento é manual e baseado em medição de potência com ajuste de sensibilidade do equipamento da seguinte forma: atingir um ponto onde a sensibilidade gera alarme no equipamento, diminuir a sensibilidade ate o ponto onde este alarme se apaga, mover se no ambiente ate o lugar onde o alarme dispara novamente, diminuir a sensibilidade novamente e repetir este processo assim chegando cada vez mais próximo ao lugar donde encontra se o dispositivo de escuta.

Detecção Diferencial

A tecnologia de detecção diferencial mede, em vez da força absoluta do campo magnético, o ritmo de mudança dessa força. Por meio dessa medição é possível rejeitar sinais fortes e distantes do local pesquisado que não fazem parte dos sinais de interesse, enfocando apenas os sinais relevantes ao objetivo da varredura, mesmo que eles sejam mais fracos do que o sinal com origem distante. O campo diferencial é medido entre um par de antenas. O campo diferencial de um transmissor RF diminui mais rápido do que a força absoluta do campo e esse ritmo é maior para um sinal originado próximo ao equipamento de detecção.

Na figura a seguir podemos ver um equipamento da empresa inglesa Audiotel, que utiliza este conceito tecnológico para detecção de sinais.

Detector pessoal baseado em tecnologia de detecção diferencial.

Analisadores de espectro de radiofrequência

Os analisadores de espectro, por outro lado, fazem varreduras do espectro do RF, detectam sinais de rádio analógicos ou digita is com indicação da sua freqüência e em muitos aparelhos sua potência absoluta também.

É importante lembrar que nos estamos mergulhando entre muitos tipos de ondas eletromagnéticas e nosso principal objetivo é "pescar" aquela onda que é proveniente de um dispositivo hostil no ambiente de interesse.

As ondas que nos cercam podem são variadas, por exemplo:

Radio AM	535 Khz a 1,6 MHz
Radio FM	88 a 108 MHz
Telefonia fixa sem fio	43,7 a 50 MHz
Pagers	54 a 72 MHz
Controle remoto, alarme de carro, contr. de portão.	27 a 75 MHz
Radio táxi	2,61 a 470 MHz
Radio de bombeiros, ambulâncias e policia	140 a 180 MHz
Radar de tempo	2,7 a 2,9 GHz
Celular GSM	1,8 a 1,9 GHz
Celular 3 G	1,9 a 2,1 GHz
Celular CDMA e TDMA	800 a 900 MHz
Microfone sem fio	470 a 608 MHz
Wi-Fi (comunicação sem fio entre computadores)	2,4 e 5 GHz
Aviões	190 KHz a 15,7 GHz
Forno de micro ondas	2,45 GHz
Radar de velocidade de automóvel	10 e 23 GHz

Varredura de rádio freqüência precisa ser feita no mínimo ate 6 GHz e para ter certeza absoluta – ate 21 GHz. As bandas incluem HF, VHF, UHF e micro ondas até 12 GHz (Com CPM-700 por exemplo) e até 24 GHz (no caso do Oscor Green) ou 30GHz no caso de Scanlock m3 da Audiotel. É aconselhado a utilização de no mínimo 2 aparelhos especializados para garantir um "Double Check", Checagem dupla, que garante que uma possível falha de um equipamento será coberto pelo possível sucesso do outro.

A varredura é feita de uma forma rápida e um analisador de freqüência identifica o tipo do sinal encontrado. Equipamentos avançados podem checar até 15 GHz em 5 segundos. A sensibilidade para detectar transmissores com potência baixa é um fator-

Capítulo 4 - Contra medidas dose sistema de espionagem

chave na avaliação da qualidade do produto. Um detector de qualidade pode descobrir também padrões de transmissores que tem como objetivo a enganar os detectores convencionais como detectores que funcionam a base de uma modulação sofisticada tipo surto de pulso (pulse burst), saltos de freqüência (frequency hopping), espectro espalhado (spread spectrum) entre outros". Transmissor tipo Surto de Pulso acumula o sinal de uma forma digital na sua memória e cada alguns segundos ele envia o sinal acumulado em um pulso único e volta e acumular mais dados. Salto de freqüência é um sinal que muda a freqüência constantemente e desta forma é difícil identificar o sinal ja que a freqüência não é constante. O receptor que receba o sinal com freqüências variadas monta o sinal original ja que sabe a chave do código que varia a freqüência na transmissão.

Todos os analisadores modernos mostram tambem a potencia do sinal em cada frequência. Anexo A fornece informações mais técnicos sobre características de qualidade e funcionamentos de analisadores de espectro.

Parâmetros de Equipamentos de Varredura de Sinal RF

O desempenho de um equipamento de varredura depende da sua qualidade e, assim sendo, o preço variará de acordo com a escolha. A seguir será detalhada uma lista de características que garantem uma boa relação de custo x benefício.

• Termal Noise Floor - A qualidade dos equipamentos depende principalmente na capacidade do equipamento a atingir um nível baixo de ruído interno (Thermal Noise Floor). Este ruído interno é resultado do funcionamento dos componentes internos que causam uma interferência interna em qualquer equipamento eletrônico. Nenhum detector de RF pode identificar um sinal externo que possui nível mais baixo de potência do que o próprio ruído interno do equipamento (Em outras palavras: isso é a sensibilidade do equipamento). Em função disso os equipamentos se diferenciam nas suas capacidades de ter um ruído interno mais baixo possível. Para obter mais sensibilidade, o ideal seria atingir o nível mais baixo de ruído interno que é de -174 dBm. Esse nível de ruído pode ser obtido com uma antena de alto ganho, cabos com baixa perda e pré-amplificadores de alta potência. É considerado um mínimo razoável entre -125 e -135

104

Avi Dvir

dBm.Equipamentos de detecção devem ter uma sensibilidade mínima de ½ mW (-3 dBm) a uma distância de 10 metros. Um transmissor de 10 a 15 mW de potência deve ser detectado a uma distância de 100 metros. Transmissores sem fio de banda estreita e com potência de 35 a 50 mW VHF devem ser detectados a cerca de 150 metros e microfones UHF a 250 metros.

- Modulação - A modulação é um processo que modifica um sinal de baixa freqüência, de acordo com certas regras, a fim de poder transmitir-lo através de um sinal de alta freqüência que possui capacidade de transmissão para distancias maiores. O equipamento deve possuir capacidade de demodular e analisar sinais modulados AM, FM, Phase Modulation, FH, Spread Spectrum, WFM, SSB, FSK, QAM, BPSK entre outros.O espectro do RF tem mudado muito nos últimos anos e continua sendo modificado diariamente em função de migração gradual de sinais analógicas para sinais digitais. Isso significa que a detecção baseada em demodulação de sinais de RF será cada vez mais complicada. Alem disso, comunicações sigilosas são criptografadas o que praticamente inviabiliza demodular e decifrar estes sinais mas não deixa de ser importante, obviamente, a detecção destes sinais mesmo que não seja possível a decodifica-los ou mesmo demodular-los. Existem alguns produtos no mercado que tem como objetivo demodular o sinal captado e podem efetuar certos depopulações digitais quando conectados com receptor de sinal. Um sinal digital pode ser modulado de tal forma que sua demodulação pode tornar extremamente difícil e em muitos casos impossível.

Para poder demodular um sinal digital precisa se combinar entre vários fatores para chegar na combinação certa:

- O tipo certo da modulação, por exemplo: FSK, PSK, QPSK, MSK, QAM, GMSK, etc
- Tamanho da unidade básica de dados (Word lenght): 8 bit, 10 bit, 12 bit, 16 bit, etc...
- Taxa de dados (que pode variar significativamente e precisa ser determinada experimentalmente
- Enquadramento dos bits (onde começa a unidade básica –Word)

105

- Algoritmo do correção de erros (Reed Solomon, Viterbi, etc..., existem varias possibilidades de correção de erros).

- Sinais multiplexados – o sinal alvo pode ser composto com outros sinais o que dificulta a isola-lo.

Para demodular um sinal digital é necessário achar a combinação certa destes parâmetros. Esta tarefa é muito difícil e em muitos casos isso seria impossível.

Em função disso empresas usam uma técnica chamada analise de traços (Trace analyse), que não pratica a demodulação do sinal mas somente sua detecção e seu origem (O sinal é proveniente do local da pesquisa ou fora do local?).

No local da varredura é necessário gravar o espectro em varias lugares (inclusive fora do local) e comparar os traços dos picos (Peak traces) para detectar um sinal suspeito no local alvo. Estes traços podem ser gravados em um arquivo para futuras comparações que possam ajudar em detectar sinais suspeitos no local da varredura. Neste método a gravação recebida fora do local alvo serve como referencia para os traços gravados no lugar alvo. A ideia é que os traços gravados fora do lugar não possuem traços de sinais ilícitos mas quando comparados com os traços gravados no lugar alvo pode ser comparados as duas gravações e a diferença dos traços seria proveniente de sinais suspeitos no lugar alvo.

- Freqüência - A cobertura de freqüência também depende do nível da ameaça, porém o intervalo mínimo é 9 kHz – 6 GHz. Equipamentos especiais de varredura podem chegar até 40 GHz.

- Antena - Quanto a antena utilizada, podemos também citar algumas regras (veja apêndice A para maiores informações sobre parâmetros de antenas):

☛Na faixa VHF é recomendada a utilização de uma antena com fator de, pelo menos, 10 dB 1/m entre 20 a 300 MHz e ganho de, pelo menos, 3 dB. Antenas bi-cônicas ou dis-cônicas podem ser utilizadas nessas circunstâncias.

☛Acima de 300 MHz a relação de fator da antena deve ter, pelo menos, 20 1/ m dB com ganho acima de 6 dB entre 300 a 1.000 MHz. Antenas apropriados nesta faixa: Log Periodic e Spiral Log.

☛Para freqüências acima de 900 MHz é recomendado a utilização de uma antena com fator de antena mínimo de 25 dB 1/m e ganho mínimo de 15 dB e 30 dB 1/m acima de 2 GHz.

☛De 3 GHz a 12 GHz, o fator de antena recomendada é 30 a 40 dB 1/m, com ganho mínimo de 20 dB, e mínimo 40 dB 1/m acima de 12 GHz, com ganho mínimo de 40 dB.

• Tempo da varredura - Em muitos casos ha necessidade de chegar a um local com tempo muito curto de preparação, por exemplo, quando um VIP precisa fazer uma reuniao em certos locais como hotéis, restaurantes ou qualquer outro lugar. Hoje é considerado tempo razoável de varredura de 10 GHz em 10 segundos

Analisadores harmônicos

A Audiotel, por exemplo, usa um processo patenteado chamado Compressão Harmônica que funciona na seguinte forma: Imagina um navegador que esta vasculhando o horizonte para descobrir um navio. Ele vai ter que mover sua luneta ao longo do leque inteiro do horizonte conforme mostrado no seguinte desenho:

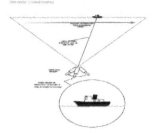

Escaneando o horizonte inteiro

Em Compressão Harmônica o horizonte é dividido em varias fatias e escaneamento acontece simultaneamente sobre todas as fatias. Obviamente que nesta forma o escaneamento vai demorar menos conforme mostrado na seguinte figura:

Capítulo 4 - Contra medidas dose sistema de espionagem

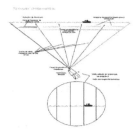

Escaneando o horizonte em fatias pequenas, todas no mesmo tempo

Em outras palavras: O espectro é dividido em fatias pequenas e elas são sobre impostas um a outra e desta forma o escaneamento é feito com banda estreita. Isso é demonstrado nas seguintes duas figuras:

O espectro escaneado dividido em fatias:

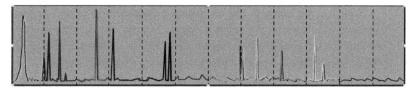

Em seguida o resultado daria:

O problema com este sistema é que sinais de potência baixa podem ser mascarados por sinais de potência alta e como resultado não vão ser descobertas. Nos lugares onde não há uma densidade de sinais esta solução é excelente.

A varredura do espectro no Scanlock M3 da Audiotel funciona exatamente desta forma viabilizando escanear um espectro de 10 GHz em 5 segundos (Opcional ate 30 GHz).

As seguintes empresas possuem equipamentos que utilizam este conceito: Audiotel com Scanlock M3, Datong com Ranger e TSA com Eagle.

Varredura com Detector de Junções não Lineares

Nesta categoria podemos encontrar um equipamento eletrônico projetado para detectar qualquer dispositivo eletrônico, mesmo que não esteja em operação. Circuitos eletrônicos contem componentes eletrônicos e circuitos integrados ou transistores que possuem junções não lineares (Non-Linear Junctions).

Quando expostos a um sinal de rádio de alta freqüência, os circuitos e componentes do circuito (transistores e CI – circuitos integrados) reagem e irradiam ondas eletromagnéticas harmônicas (sub freqüências) de uma freqüência fundamental. As freqüências das harmônicas são o dobro ou o triplo da freqüência fundamental (segunda e terceira harmônicas).

Essas emissões podem aparecer também em qualquer objeto eletrônico inocente, mesmo que não é grampo ou equipamento de espionagem. Esses equipamentos possuem um circuito eletrônico que irá responder ao estímulo do equipamento NLJD.

Como Funciona o NLJD?

O visor do NLJD mostra o sinal que representa a segunda e a terceira harmônica recebida do circuito verificado.

Quando o sinal da segunda harmônica é mais alto do sinal da terceira harmônica temos um circuito eletrônico.

Quando o sinal da terceira harmônica é mais forte do sinal da segunda harmônica temos um ponto corrosivo.

O NLJD possui um mecanismo que monitora as freqüências na região da pesquisa. Caso necessário ele muda a freqüência do sinal transmitido automaticamente para o sinal mais próximo que não sofre nenhuma interferência de algum sinal presente no ambiente pesquisado que possui freqüência similar.

Podemos ver isso na seguinte figura que demonstra o conceito de funcionamento de NLJD

Neste exemplo o NLJD transmite um sinal na faixa de 900 MHz e identifica as potências dos sinais que voltam: a segunda harmônica (x2) e a terceira harmônica (x3). Ele compara entre eles e tira a conclusão se se trata de semicondutor or ponto corrosivo.

Objetos não eletrônicos como por exemplo barras de metais podem reagir como circuito eletrônico e gerar um alarme falso. Neste caso é necessário bater levemente com martelo na região donde se gera o alarme. As vibrações causam o desaparecimento da junção ou mudam seus características eletrônicas.

Varredura de sinal de vídeo

Detecção de sinal de vídeo

No caso de câmeras sem fio podemos utilizar o ja mencionado Scanner de frequências desde que eles abrangem as freqüências adequadas, pois os sinais de vídeo sem fio trafegam, geralmente, com freqüência mais alta que os de áudio. Sinais de vídeo têm modulação específica e podem ser identificados, decodificados (demodulados) e mostrados na tela do equipamento, que funciona como receptor, com capacidade de atender a uma gama de freqüências variadas.

No caso de câmeras com fio e mesmo também de câmera sem fio, outra forma de descobri-las é utilizar o Detector de Junções não Lineares (NLJD), que tem a capacidade de detectar o circuito eletrônico destas.

Os equipamentos mais comuns no mercado conseguem captar e modular sinais como AM, FM, wide-FM e sinal de TV nas freqüências de 400 a 6GHz e nos sistemas NTSC M, PAL B ou PAL G.

Detector de câmeras por iluminação

Detector de lente   Lente sem iluminador

Lente com uso de iluminador

Esta tecnologia foi desenvolvida pelo exercito Americano que casava soldados inimigos iluminando seu localização e captando a reflexão vindo de superfícies brilhantes. O detector de câmera emite uma luz forte. A lente de câmeras ocultas capta esta luz e fica brilhante assim revelando sua localização.

Varredura de linhas telefônicas

A varredura de linhas telefônicas analógicas e digitais é bem diferente da varredura de linhas de VoIP. Analisaremos os métodos separadamente para um destas tecnologias.

Linhas Analógicas e digitais

A tecnologia de telefonia digital e analógica esta em fase de distinção abrindo lugar para a tecnologia de VoIP, entretanto estou prevendo que ainda temos pelo menos 5 anos para achar estas tecnologias e por isso temos obrigação para cobrir este tema.

A seguir as ferramentas principais usadas em varredura telefônica analógica e digital:

O Badisco é uma ferramenta para verificar o tom de linha para definir se é um ramal ou linha direta. Conecta nos blocos de conexão BLI ou MD10 da central telefônica. O tom de linha direta é contínuo e o de ramal depende do fabricante da central teremos tons diferentes.

O Line Tracer é um aparelho composto de transmissor e receptor. O transmissor é conectado no no aparelho telefônico. O receptor é usado no PABX. O operador vai tocar com o dedo os pares e o par correspondente com a aparelho telefônico vai apitar quando o dedo vai passar em cima dele. Desta forma é possível associar rapidamente os pares na central com os aparelhos nas salas.

Analisador de Linha Telefônica

Os equipamentos existentes conseguem analisar até 16 linhas simultaneamente, checando as variações da linha, como voltagem, corrente e impedância. Podem ser analisadas tanto de linhas digitais como analógicas.

A checagem das linhas precisa ser feita, através de comparação de resultados com uma situação conhecida quando nas linhas não tinha, comprovadamente, nenhuma escuta. Na ausência de tal medida o resultado pode ser comparado com linhas vizinhas.

Por exemplo - A voltagem do on/off hook esta dando resultados diferentes da medida anterior (se mudou nas linhas dos vizinhos também, a mudança era na central da operadora).

Usando grampo capacitivo conectado em analisador de linha é possível captar som do ambiente (pode ser gerado na hora da verificação). Se tiver dispositivo transmissor que transmite na linha vai ser captado pelo grampo capacitivo.

Checagem de Cabos

Capítulo 4 - Contra medidas dose sistema de espionagem

Para grampear o ambiente e transmitir o áudio para um local remoto podem ser utilizados cabos existentes em uso comum e/ou cabos obsoletos que não estão sendo utilizados. Como exemplos, podemos citar: a rede elétrica, uma babá eletrônica, microfones escondidos, grampos de linha telefônica, transmissores infinitos (Universal Infinity Bug), todos mencionados no capítulo 1, no tópico Sistemas com fio.

Equipamentos de análise da linha podem ser simples, como um multímetro, ou mais sofisticados.

TDR - Refletômetro de domingo do tempo (Time domain reflectometer) é uma ferramenta importante em varreduras de linhas telefônicas analógicas e digitais, viabilizando medir a distância até uma descontinuidade/grampo na linha. Funciona que nem um radar: um sinal é transmitido ao longo do cabo. Quando existe qualquer tipo de anomalia no cabo muda a impedância do cabo e parte da energia transmitida é refletida de volta. O tempo até a volta do sinal refletido é medido e o ponto da anomalia pode ser calculado.

TDR 1270A

Impedância – A relação entre voltagem e corrente. Para voltagem e Corrente continuo (CC), a impedância é igual a resistência elétrica do fio. A impedância de sinal AC vai variar de acordo com a freqüência do sinal.

A potência do sinal transmitido pode ser ajustada de acordo com a largura do pulso do sinal. Quanto maior é a largura do pulso (Pulse Width), mais energia é transmitida e o sinal pode atingir distâncias maiores. A largura do pulso pode ser por exemplo de 2nseg (nano segundos), 10 nseg, 1000 nseg, 2000 nseg etc.

O pulso gerado pelo TDR fica significativo apenas após um certo tempo que significa que existe uma distância no começo do cabo onde o sinal não vai descobrir anomalia se houver uma. Quanto mais potente o sinal esta área chamada "Blind Spots" seria maior.

É aconselhável estender o cabo com outro cabo com características semelhantes mas levar em consideração que qualquer medição mostra a distância a partir do começo do cabo estendido.

Variáveis do cabo podem gerar imprecisão na determinação da distancia de anomalia ao longo do cabo. Para minimizar o erro da medição é usado um fator chamado VOP – Velocity of Propagation – velocidade de propagação, que o cabo possui. O VOP é a especificação do cabo que indica a velocidade que um sinal se propaga nele. Cabos diferentes possuem VOPs diferentes. Na escala do VOP, a velocidade da luz é considerada 1. Um cabo que possui VOP de 0,65 significa que um sinal se propaga neste cabo com 65% da velocidade da luz. O VOP de um cabo é determinado pelo material dielétrico que separa os dois condutores. Em cabo coaxial, é a espuma que separa o condutor central e o condutor externo. Em cabo de par trançado é a distância entre os centros dos cabos:

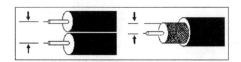

Cabo Coaxial Vs Cabo de par trançado

Ao efetuar a medição, o operador tem que determinar o VOP do cabo para garantir a precisão da medição. Geralmente o VOP pode ser determinado por tabelas que relatam o VOP de todos os cabos que existem. Caso não existe esta lista é possível escolher um cabo qualquer e calibrar o display do TDR para mostrar o tamanho do cabo. O VOP de um cabo pode mudar com o tempo ou com a temperatura ou de um fabricante do outro. Isso significa que podem existir erros de medição até +/- 4 %. Para diminuir este erro existem vários métodos. Um deles é medir a distância ate uma anomalia intencional dos dois lados do cabo. Se a soma das distâncias das duas medições da exatamente a extensão do cabo a medida é correta. Caso contrario o VOP precisa ser ajustado.

O TDR pode ser usado tanto no lado do aparelho telefônico como no lado do DG ou o PABX.

Teste de escuta passiva

Também chamado "Um contra o mundo" e pode ser feito com equipamento que pode captar sinal que esta sendo transmitido na linha. Para isso é preciso comparar todos os fios dos pares trançados no bloco do DG com todos os outros fios no bloco. Isso para achar uma possível combinação de qualquer dois fios que possam transmitir o som de um dos aparelhos telefônicos (ou cabos) que entram em alguma sala no local.

Este teste pode ser feito tanto pelo aparelho telefônico como no DG do prédio. A vantagem de fazer do lado do DG ou da central telefônica é que alguns modelos viabilizam checar varias linhas no mesmo tempo.

Teste de Resistência

Teste de resistência é feito no aparelho telefônico com a linha desconectada e tem como objetivo achar um ON Hook By pass – uma situação onde o audio que vem do microfone do gancho é desviado diretamente para 2 fios dos 4 fios de uma linha digital para transmissão a um lugar remoto.

Teste de energização da linha

Para energizar pares que estão com tensão zero (em linhas digitais). Esta energização pode acionar dispositivos conectados na linha e o audio do ambiente vai ser ouvido.

Varredura de Telefonia VoIP

Varredura de ramais IP possui procedimentos especiais em função das características da tecnologia VoIP.

Os seguintes procedimentos podem ser tomados todos ou parcialmente conforme o estado de funcionamento da rede e permissões especificas.

* Verificação da rede via Sniffer com objetivo de descobrir um desvio de chamadas na rede VoIP. Se a rede for criptografada este procedimento não poderá ser executado.

* Verificação do software da central para descobrir programação ilícita que possa trazer riscos. Dependendo do modelo da central e politicas internas da empresa este procedimento pode ser feito com ou sem conhecimento do administrador da central.

* Verificação física dos aparelhos VoIP na mesa dos usuários.

Observações:

No caso de varredura de rede VoIP precisaremos um desenho com a topologia da rede.

Precisamos a presença do profissional da empresa que trata da manutenção do sistema VoIP na empresa.

Procedimentos de varredura VoIP

Varredura de ramais IP possui procedimentos especiais em função das características da tecnologia VoIP.

Capítulo 4 - Contra medidas dose sistema de espionagem

A tecnologia VoIP apresenta desafios para os professionais que analisam redes VoIP já que possui características tecnológicas bem diferentes das redes de telefonia analógica ou digital. Trata-se de um conceito totalmente diferente que requer procedimentos diferentes e equipamentos diferentes na parte de hardware e software. O mercado alias, não possui ferramentas especificas para este tipo de trabalho e há necessidade de integrar varias soluções para ter uma solução adequada (Por exemplo: roteadores diferentes para centrais diferentes, software de interceptação de pacotes, software de decodificação de pacotes, software de visualização etc.).

1. VERIFICAÇÃO de trafego de rede via Sniffer

Neste caso nos usamos varias ferramentas de vários fabricantes entre elas switch gerenciável com sistema POE (Alimenta o telefone pelo Switch). Varias ferramentas de analise de pacotes sao usados como WireShark e ClearSight.

Switch Gerenciável PoE

1.1 Analise de pacotes de dados

São analisados os pacotes de dados com varias ferramentas de software.

Observação: Quando a rede é criptografada o analise de pacotes não pode ser feito.

É feita captação de pacotes via Sniffer em lugar especifico onde passam todos os pacotes da rede VoIP. São feitas ligações de teste entre telefones e os pacotes são gravados para posteriormente analisar se o roteamento dos pacotes é correto e não ha desvio para endereços de IP suspeitos.

Tela de gravação de pacotes no ClearSight

No exemplo acima estão sendo mostrados gravações feitas por nos como teste e ao tocar estes gravações so se pode ouvir um chiado ja que a chamada foi criptografada.

No processo de analise do ramal usamos algumas características de qualidade de transmissão de VoIP para poder identificar a possibilidade de ter um grampo na linha e principalmente a questão de Packet Loss (Perda de pacotes, Jitter e Latência). Linhas grampeadas vão apresentar resultados diferentes dos não grampeadas.

2. Verificação da central

Junto com o administrador do sistema são verificados se a central possui capacidade de gravação ou clonagem de linhas.

São verificadas as configurações gerais da central e dos ramais para garantir que não haja uma gravação não autorizada de ramais e que não é feito direcionamento não autorizado de ramais para outras ramais ou linhas externas. Esta tarefa envolve conhecimento especifico de cada central e capacidade de analizar arquivos de log específicos para cada central.

3. Verificação física dos aparelhos de mesa

A verificação física de todos os aparelhos é feita junto com a varredura ambiental.

Este procedimento tem como objetivo de checar a possibilidade e integrar grampo no aparelho que pode transmitir ou trafego VoIP pela rede ou trafego analógico usando pares não utilizados para VoIP no cabo da rede.

São abertos todos os aparelhos com finalidade de checar as possibilidades mencionadas a cima.

4. Verificação de sistema de áudio conferência e vídeo conferência

O teste destes aparelhos é feito com o software ClearSight da Fluke através de um Sniffer que capta os pacotes e analisa se existe alguma anomalia no endereçamento delas.

Varreduras de redes Wi-Fi

Na Varredura de Wifi utilizamos um analisador de rede WIFI (sniffer), e um sistema de detecção de intrusão (IDS - Intrusion detection system) tudo rodando em plataforma Linux , para redes 802.11 wireless. O sistema funciona com as placas wireless no modo monitor, capturando pacotes em rede dos tipos: 802.11a, 802.11b e 802.11g, gerando resultados como dispositivos conectados a rede, Fabricante da interface de rede, freqüência e MAC address,

É necessário checar se todos os dispositivos conectados são dispositivos legítimos a fim de detector dispositivos não legítimos conectados a nossa rede.

120

Avi Dvir

Procedimentos de varredura em celulares

Escopo do serviço

* Analise de RF – Transmissões quando em stand by – Checagem que descubra se o aparelho esta transmitindo mesmo quando esta em StandBy.

* Abrir o celular para analisar possíveis modificações que viabilizam transmissões via hardware.

* Analise de pacotes de dados no Wi-Fi do celular – Os software espiões enviam dados via 3G, 4G ou Wi-Fi com prioridade a Wi-Fi. Estes pacotes quando analisados nos da a informação para onde são destinados. Para esta tarefa usamos um sistema desenvolvido por nos ja que não ha uma solução que atende no mercado. A captação dos pacotes esta feita durante 30-60 minutos. São feitas ligações de teste e os pacotes interceptados estão sendo analisados.

* Analise do sistema operacional com checagem de base de dados de vulnerabilidades referentes ao sistema operacional.

* Analise de processos ilícitos – Analisamos se existem processos não legítimos.

Caso encontra-se alguma anomalia, em certos casos é recomendado deixar o grampo para tomar mediadas que possam entregar o executor do grampo e em outros casos é recomendável simplesmente apagar o grampo.

Os sistemas incluídos: Androide, IOS, Windows e BlackBerry

Tempo estimado por aparelho - Duas Horas

Detecção de sistemas de escuta por maleta

O uso de maletas ilícitas para escuta de celular esta crescendo cada vez mais.

No mercado existem soluções que viabilizam verificar ate uma distância de 2 KM que não esta sendo usada uma maleta para interceptação de chamadas de celular.

O conceito operacional se baseia em detectar comunicação entre a ERB falso que o sistema não autorizado usa para comunicar de um lado com o assinante interceptado e do outro lado com com a ERB legitimo da operadora Este tipo de

121

Busca Física no Local

Uma busca física pode revelar dispositivos muito bem escondidos, especialmente quando foram integrados com a construção, durante uma reforma ou decoração do ambiente. Esse tipo de busca é feita em qualquer objeto que encontra se no ambiente assim como em teto suspenso, tubos de cabeamento de luz, telefone e rede de computadores, tubos de ar condicionado , piso elevado etc.

Aparelhos que incorporam altofalante podem ser facilmente transformados em microfones se forem energizados. Microfone de aparelhos também podem servir como dispositivos de escuta. Fios podem ser conectados com estes dispositivos e estendidos para lugar remoto onde se faz a escuta. Desta forma é necessário checar qualquer aparelho para evitar esta possibilidade:

A busca física tem como objetivo complementar o serviço de detecção de equipamentos de espionagem como o detector de junções não lineares ou o analisador de espectro da freqüência do radio não podem descobrir todos os tipos de tecnologia. .

Alguns dispositivos como por exemplo microfone ótico não emitem nenhuma freqüência eletromagnética e por isso so podem ser detectados por meio da busca física.

Microfones sem fio ou câmeras podem ser escondidos dentro de objetos inocentes, como um relógio de parede ou um outro objeto qualquer. Podem ser parte de um imóvel ou estar escondidos dentro de uma tomada ou dutos de ar condicionado.

Capítulo 4 - Contra medidas dose sistema de espionagem

A tomada é um local muito utilizado para ser o esconderijo, especialmente para dispositivos de áudio e vídeo que utilizam a rede elétrica para transmitir para um equipamento receptor localizado na mesma fase da rede ou mesmo gravando localmente para analise posterior ou transmitindo via RF, wiFi ou rede celular.

Nos procedimentos da busca fisico é aconselhável adotar um sistema de filmagem das mesas e prateleiras e armários antes do inicio da varredura fisico afim de garantir que no final do procedimento será possivel devolver todos os objetos para seu lugar original na exata posição.

No processo de busca física é necessário usar alguns equipamentos de grande importância. A seguir alguns destes equipamentos:

- Haste retrátil e telescópico (Ate 3 metros) acoplado com câmera que viabiliza enxergar em lugares altos de difícil acesso. A câmera pode ter LEDs de luz branca ou visão noturno para enxergar nos lugares onde se chega luz.

- Cabo retrátil com câmera CCD a prova de água. Pode ser extendido ate 20 ou 30 ou 40 metros (depende do modelo). Usado para pesquisar lugares de difícil acesso assim como tubos de ar condicionado, tubos em geral, teto rebaixado ou piso elevado. Possui monitor para visualizar a câmera.

- Boroscópio

124

- Line Tracer
- Volt, Ohm Meter
- Stud Finder
- Marcadores e luz ultra violeta
- Ferramentas de mão: A seguir uma lista de ferramentas e seu uso de acordo com sua prioridade:

  (A) Deve ter ,

  (B) É bom ter,

  (C) É bom ter mas sua praticidade é questionável

- Ferramentas Básicas - Chaves de fenda(A), Alicates(A), Cortadores de fio & Strippers(B), Flashlight(A)

- Ferramentas Especiais - Espelhos de Inspeção (B), Small Crowbar(B), Soldering Iron(B), Line Tracer(C), Wall Repair kit(C), Furniture Probe(C), Stud Finder(C)

Varreduras especiais

Equipamentos de Raio-X

O uso de raio-x na varredura pode ser uma coisa bem importante. Quando é descoberto algum sinal de presença de emissor de RF ou mesmo alguma indicação pelo Detector de Junções não Lineares vindo de dentro de um objeto, imóvel ou mesmo parede é necessário descobrir se é um sinal falso ou mesmo algum transmissor ou equipamento eletrônico escondido dentro deste objeto. Isso é feito através de uso de equipamento portátil de raio-x. A alternativa seria quebrar a parede ou danificar um objeto para descobrir a razão do alarme.

O equipamento de raio –x é composto de uma câmara especial que emite um sinal de raio – x e um painel que registra a imagem. Este painel pode ser composto de CCD (Couple Charge Device), ou painel plano de silício amorfo que é o painel mais sofisticado no momento no mercado que viabiliza 14 bit por pixel que fornecem 16363 níveis de cinza comparando com 8 bits por pixel no caso da tecnologia CCD que fornecem somente 256 níveis de cinza.

Enquanto a tecnologia de CCD fornece uma resolução de 1.3 linhas per mm, a tecnologia de silício amorfo fornece ate 4 linhas por mm.

Na seguinte figura podemos ver como estamos usando o sistema da raio-x portátil para escanear uma parte de um parede.

Escaneando uma parede

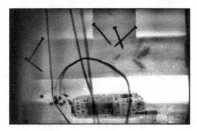

Dispositivos de escuta escondidos em paredes

Tecnologias e métodos de Prevenção

Um velho ditado diz que é melhor prevenir do que remediar. Os custos envolvidas com remediar são muito mais altos dos custos envolvidas com a prevenção. As vezes ignorar a prevenção pode trazer conseqüências d. esastrosas para as empresas. Remediar pode ser tarde demais.

Tecnologia e sistemas para prevenção incluem:

* Sistemas de Prevenção de Escutas Telefônicas

* Criptografia para sistemas de comunicações

* Injeção de ruído perimetral

* Prevenção de sistemas de video

* Bloqueadores de sinais (RF, Celular, Wi-Fi, Bluetooth e Vídeo)

* Bloqueadores de gravadores da áudio

Sistemas de Prevenção de Escutas Telefônicas

Telefonia Fixa - analógica e digital

Os sistemas de prevenção de grampos funcionam com o objetivo de neutralizar o funcionamento de transmissores e gravadores de linha.

A linha telefônica, por exemplo, tem um padrão de funcionamento que exige que a tensão da linha seja de 48 V quando o gancho está na base.

Quando o gancho está fora da base, a tensão cai para 7 a 10 V, aproximadamente. Existem gravadores no mercado que funcionam com relé, que é um dispositivo que aciona o gravador quando a voltagem da linha é inferior a uma voltagem específica, geralmente cerca de 15 V. Os equipamentos de prevenção mantêm a tensão da linha acima desse valor (algo em torno de 30 a 35 V) e, assim, impedem que esses gravadores sejam acionados.

Outra importante função é impedir o funcionamento de gravadores (tanto digitais como analógicos) que operam por acionamento de voz (chamado VOX – Voice Operated System, ou Sistema Operado por Voz). Os equipamentos que impedem o funcionamento desses dispositivos geram um ruído constante na linha telefônica (mesmo quando o gancho está na base), fazendo com que a fita (ou memória, caso seja utilizado um gravador digital) do equipamento acabe logo após a instalação do gravador.

Um dos modelos dessa categoria é o Clean Line 1, para linhas analógicas, e o Clean Line 2 para linhas digitais, desenvolvido para as condições e os padrões da rede no Brasil. Esse equipamento engloba a solução das duas técnicas mencionadas em um só equipamento, além de detectar dispositivos de baixa impedância na linha por meio de alarme e corte da linha.

Telefonia Celular

No caso de telefones celulares, há a possibilidade de usar um equipamento chamado Jammer (Bloqueador) que bloqueia o sinal do celular. Esta função pode ser eficiente quando suspeitamos que alguém esteja gravando ou transmitindo uma conversa por meio de uma ligação celular. Porém, a utilização desse equipamento é restrita pelas agencias que regulam o uso de dispositivos que emitem RF.

Contra o tipo de ataque chamado Men in the Middle (Homen no meio) que se refere a possibilidade de interceptar a chamada no meio do caminho a melhor forma é usar solução de criptografia. Existem soluções que criptografam somente chamadas. Outras que criptografam também chat proprietário da própria solução e outros que criptografam todo o trafego que sai do celular. Nestes casos ha necessidade de outro usuário possuir a mesma solução. Uma solução mais completa seria uma solução que criptografa as chamadas e também protejam contra ataques a celular e alertam de outros perigos como por exemplo quando esta tentando entrar em redes Wi-Fi considerados perigosas. Uma observação: Todas as soluções deste tipo são ponto a ponto, ou seja, precisa comunicar com pessoas que possuem a mesma solução.

Algumas soluções viabilizam chamadas a partir do celular seguro para celulares não seguras. Neste caso a chamada sai criptografada ate um servidor (Chamado Gateway) e o servidor completa a chamada ate o destino de uma forma não criptografada.

Precisamos prestar também atenção que o bloqueio de sinal de celular não garanta que conversas não vão ser gravadas localmente deixando um aplicativo de gravação funcionando durante a conversa. A tecnologia de bloqueio de gravadores digitais em geral será descrita em parágrafo separado.

Comunicação Segura via Criptografia

Sistemas de Scramblers (Misturadores de Freqüência)

É difícil encontrar hoje um fabricante que oferece esta tecnologia ja que se trata de uma tecnologia obsoleta com baixo nível de segurança e qualidade péssima de voz. A razão de incluir uma breve descrição desta tecnologia é derivada do fato que é possível achar ainda equipamentos deste tipo no mercado e alem disso é importante conhecer a historia e a evolução da criptografia para poder avaliar melhor a tecnologia de hoje.

A voz é composta de freqüências que mudam constantemente. Em misturadores de freqüência (scramblers), as freqüências que compõem a voz são misturadas de acordo com um código específico. Esse código é definido automaticamente por um dos aparelhos dos participantes da chamada, no começo da chamada, e depois é transmitido para o outro participante da conversa que detém o mesmo scrambler. Geralmente o scrambler é conectado entre o gancho e a base do telefone, conforme mostrado na figura a seguir. Estes sistemas mão eram confiáveis, a qualidade da voz não era muito boa de uma forma geral e hoje quase não existe mais em função das novas tecnologias explicadas a seguir.

Criptografia para sistemas de comunicações

Ao contrario de Scramblers que usam códigos para misturar e reordenar as freqüências da voz humana, os criptografadores misturam os bits da voz após a digitalização dele.

A criptografia pode ser feita através de um aplicativo instalado no smartfone ou através de modificação do ROM do celular ou mesmo via cartão SD.

Os sistema de criptografia celular funcionam ponto a ponto, ou seja, ha necessidade nos dois lados da chamada de usar a solução de criptografia.

Alguns sistemas viabilizam a ligação entre celular seguro e celular não seguro. Neste caso a ligação é feita inicialmente entre o celular seguro e um servidor do provedor da solução e o servidor completa a ligação para o celular não seguro.

Em ligação criptografara de ponto a ponto, cada vez que o assinante deseja efetuar uma chamada segura de seu telefone celular, seu diapositivo primeiramente estabelecera uma sessão de dados com um servidor de comunicação que fica nas nuvens e completa a chamada para um assinante que possui a mesma solução de criptografia.

O dispositivo que inicia a ligação gera uma senha que é transferida ao destinatário de uma forma criptografada usando um protocolo de chave assimétrica Diffie-Hellman (Chave publica privada). Esta chave será usada pelo servidor para estabelecer uma chamada criptografada de chave simétrica conforme protocolo AES ou 3DES). Uma explicação mais detalhada deste conceito é dada no próximo paragrafo.

No caso de telefonia fixa existe hoje soluções dos próprios fabricantes das centrais PABX que fornecem soluções que funcionam de uma forma similar ao solução de smartfones. Isso é principalmente disponível para telefonia VoIP mas estas soluções ainda tem um custo elevado. Eu recomendo instalar soluções deste tipo em telefonia VoIP pelo menos nos ramais que se trocam informações sensíveis principalmente diretores financeiros, jurídicos, marketing etc.

Existem vários níveis de segurança baseada em criptografia e algumas soluções fornecem funções adicionais como criptografar todo o trafego de dados e chamadas que o celular troca com outro usuário so sistema, ou mesmo identificar ataques de malware e tentativas de colagem de celular. A seguir uma lista de exigências que um dos fornecedores mais avançados desta área atende:

- Deve apoiar versão mais recente do Android, 6.0.1, com o apoio futuro para Android N
- Devem apoiar os patches de segurança mais recentes
- A solução deve estar disponível como uma solução off-the-shelf, com suporte para dispositivos de padrão alto
- A solução deve suporte de segurança a nível do sistema operacional e o Kernel, com checagem de integridade do boot
- Chaves de criptografia devem ser geradas apenas na zona de Confiança do dispositivo
- Todo o tráfego deve ser criptografado, ponto a ponto, incluindo voz, mensagens e IP (dados e Wi-Fi)
- Uma opção de instalação no local deve ser aplicável, sem a necessidade de acesso do fornecedor para a solução após a implementação
- Deve fornecer um aplicativo de mensagens criptografadas, com o recurso de auto-destruição da mensagem
- Deve fornecer VPN constante para toda a criptografia de dados
- Deve fornecer uma operação sem interrupções, quando comparado com as versões mais recentes do Android.
- Deve fornecer um console de gerenciamento para definir políticas de segurança para grupos específicos de usuários
- Deve fornecer módulo de detecção para detectar ataques WiFi, incluindo MITM (Man in the Middle) ataques
- Deve fornecer a instalação apenas de aplicações a partir da loja do Google Play, com a capacidade de controle de permissões peli console de gerenciamento

- Deve apresentar a postura de segurança e nível de risco do dispositivo, e detectado alertas, a ser distribuído para o console de gerenciamento.
- Devem ter a possibilidade de integração com um sistema de telefonia existente
- Deve ter a capacidade de criar ligações semi seguras (Somente a parte que possui o celular seguro quando fizer chamada para um numero nao seguro).

Como funciona a criptografia na comunicação segura?

O aparelho que chama cria uma chave de sessão e a transfere para o outro lado, usando um algoritmo de chave assimétrica (chave publica), Diffie - Hellman. A chave publica é a forma mais segura de comunicação protegida e é baseada no uso de pares de senhas: senha privada (particular) e senha pública. A chave publica pode ser divulgada abertamente para o uso livre das pessoas que precisam criptografar mensagens enviadas para o proprietário do par das chaves. Porém, somente ele vai poder decifrar as mensagens encriptadas com sua chave public,a usando sua própria chave privada que so ele possui. Desta forma a transferência da chave para o outro participante da chamada é completamente segura e, mesmo interceptada no caminho, a chave não vai poder ser utilizada para descriptografar a chamada já que a única chave que pode fazer esta função é a chave a quem esta mensagem destinada.

Após a transferência da chave da sessão, a chave é descriptografada pelo destinatário e começa uma transferência de comunicação digital criptografada nos dois lados da conversa de acordo com a chave da sessão. Este tipo de criptografia é uma criptografia simétrica já que usa uma chave só (Contrario de chave publica privada que usa 2 chaves e por isso é chamada criptografia assimétrica) e é baseada no protocolo 3DES ou AES considerados um dos mais seguros no momento. Nesta fase qualquer escuta que seja colocada entre os dois dispositivos vai captar apenas um chiado.

Injeção de ruído perimetral

Este conceito é desenhado para criar um perímetro de ruído ao redor de uma área protegida para eliminar funcionamento de microfones de contato, microfones com fio

Avi Dvir

dentro de paredes, e transmissores de audio escondidos no ambiente. O ruído injetado esta mascarando a voz gerado no ambiente e desta forma inibe o funcionamento dos dispositivos mencionados.

Alguns equipamentos possuem software de analise espectral do audio garante uma calibração adequada do ruído injetado sem que ele se torna ruído perturbante. É comum ter alguns usuários criticando este conceito alegando o ruído ser perturbador.

Alguns sistemas injetam o som/ruído no ambiente mas alguns injetam o som/ruído no perimetral do ambiente (Paredes, Teto, Tubos, janelas etc.). Quando injetado no perimetral o som perturba menos.

Bloqueadores de microfones

Através de emissão de sinal ultra sônico na faixa de 24KHz é possivel interferir com a ação de microfones de celulares e aparelhos de gravação em geral.

Um dos aparelhos de destaque é o US-120P que possui 120 emissores ultra sônicos e é montado na sala de reuniões no teto em cima da mesa de reuniões.

A seguir imagem do equipamento e sua montagem em sala de reunião

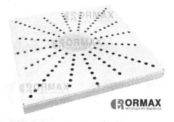

Prevenção contra Sistemas de Vídeo

Quando falamos de detecção no capitulo de varreduras explicamos que sistemas de vídeo como sistemas de áudio podem ser descobertas com scanner de freqüência, na medida que eles transmitem o sinal para um lugar remoto, ou por detector de junções não lineares caso eles transmitem, ou não, ja que este equipamento detecta circuitos integrados independentemente se o equipamento esta ligado ou não. Também foi mencionado o detector de lentes que ilumina o ambiente de tal forma que uma lente de câmera fica destacada no visor do equipamento.

Agora queremos focar na parte de prevenção.

Bloqueadores de sinal RF de vídeo tem como objetivo de bloquear os sinais através de uma varredura constante das faixas onde sinais de vídeo operam (geralmente 0,9/1,2/1,3/2,4 e 5.8 GHz) e com os padrões principais de video como NTCS, PAL, SECAM, CCIR, EIA. O tamanho deles pode ser pequeno podendo ser facilmente escondido, e com baterias Ni-Mh pode ter pelo menos duas horas de duração. Em utilização fixa pode ser ligado diretamente na tomada podendo funcionar sem parar o tempo que for necessário. Com potência de 2 Watts pode chegar a cobrir raio de ate 20 metros mas geralmente é possível ajustar a potência para poder limitar seu alcance, evitando assim possível interferência com outros equipamentos que operam nas faixas relevantes.

Salas Seguras

Aspectos de interesse

Salas seguras são salas protegidas contra tentativas de espionagem. Entre as características mais importantes deste conceito podemos destacar:

- Paredes, tetos e chão que protegem contra passagem de áudio- Isolamento acústico.

- Não existem janelas que possam servir para transferência de sinal óptico (por exemplo: microfone a laser ou microfone tipo flooding). Ou alternativamente usar cortinas tipo Blackout nas janelas para servir como barreira ao ondas sonoras

- Cabos de força altamente filtrados para evitar vazamento de sinal.
- Sistemas de bloqueio de sinal de áudio (White noise jammer) para neutralizar gravadores digitais e analógicos.
- Criptografia em sistemas de som internas e sem fio
- Quando microfones não possuem criptografia precisamos diminuir o sinal da saída para o mínimo necessário (Usando atenuadores). Usar transmissores com modulação digital aumenta a resiliência contra escuta.

Atenuador de potência.

- Bloqueadores de sinais de RF (FM, VHF e UHF) contra escutas de áudio, bloqueadores de sinais de video (Na faixa de 900 MHz, 1.2 GHz e 2.4 GHz e 5.8 GHz).

    Observação: O uso de bloqueadores de sinal é sujeito a lei. De uma forma geral o uso deste tipo de tecnologia somente é permitido em presidios.

- Construção especial da sala conforme o conceito de Gaiola de Faraday (Conceito que viabiliza o isolamento da sala contra possibilidade de vazamento de sinal de RF de dentro para fora e de fora para dentro).
- Detectores de Celulares – Existe interesse de detectar celulares já que um celular pode servir para transmitir conteúdo de uma reunião quando ele esta conectado com algum assinante remoto. Detector de celular garante com quem você esta ciente de celulares ligados que possam significar uma ameaça (Dependendo da

natureza da reunião). Estes aparelhos conseguem detectar um sinal ate uma distancia de 20 metros.

Blindagem de radio Freqüência (EMI)

No conceito de gaiola de faraday são usados painéis especiais para cobrir as paredes teto e chão da sala.

Dependendo do fabricante os painéis podem ser de alumínio ou de cobre.

No caso do alumínio é possível chegara uma atenuação de 100 dB para a faixa de frequência de celular. Cada faixa de freqüência tem outro desempenho de diminuição.

A seguir uma tabela que mostra a atenuação do sinal para varias frequências (No caso de alumínio):

RF Shielded Panels - 4' x 8' x ½" Panels joined using 5 mil Al tape with conductive adhesive	
Frequency	Attenuation (dB)
10 Hz, Magnetic Field	2
10 Hz, Electric Field	140
100 Hz, Magnetic Field	18
100 Hz, Electric Field	120
1 KHz, Magnetic Field	35
1 KHz, Electric Field	100
200 KHz, Magnetic Field	70
200 KHz, Electrical Field	80
1 MHz, Electrical Field	80
10 MHz, Electrical Field	80
400 MHz, Plane Wave	80
700 MHz, Plane Wave	85
1 GHz, Plane Wave	90
10 GHz Plane Wave	100

Controle de acesso

O controle de acesso faz parte importante no conceito de contra medidas.

A dificuldade de invadir um local pode gerar grandes problemas para o potencial espião e pode levar a complicar e dificultar a execução de seus planos. Por isso o controle de acesso tem que ser rigoroso e com alta eficiência.

A seguir vamos descrever os equipamentos principais que entrem nesta categoria com seus parâmetros principais.

Detector de metal tipo pórtico

* Níveis de sensibilidade – tem que ter no mínimo 100 níveis
* Qualidade de detecção – precisam ser feitos testes específicos para determinar a qualidade de detecção do sistema
* Interferência – Interferência pode vir de equipamentos que funcionam na vizinhança do aparelho como por exemplo outros detetores, aparelhos de raio-x, equipamentos de comunicação e outros equipamentos elétricos
* Numero de zonas e posição dos LEDs – As zonas viabilizam detectar a área do corpo que gerou o alarme
* Funcionamento em rede – funcionamento em rede viabiliza controle central sobre o funcionamento dos sistemas que operam em certa localidade
* Controle remoto – com controle remoto é possivel reprogramar o sistema de uma forma mais comportável
* Contagem de passagens e eventos de alarme – esta função é importante para analise estatístico de movimento e avaliação de incidentes
* Configuração do alarme – o alarme pode ser configurado de forma mais adequada ao lugar de operação dele em função de barulho ou outras considerações

Capítulo 4 - Contra medidas dose sistema de espionagem

- Acesso por senha – Desta forma é possível evitar que pessoas não autorizadas fariam uso do equipamento
- Display amigável – Um display amigável viabiliza a configuração do sistema de uma forma mais comportável

Inspeção por raios milimétricos

O uso principal é em aeroportos e entrada em grandes eventos mas o equipamento pode servir para controle em salas seguras. Usando um scanner especial é possível ver através da roupa das pessoas. É possível ver objetos e materiais tipo metais, cerâmicas, plásticos, materiais químicos ou explosivos. O objetivo no uso deste equipamento é substituir a revista manual das pessoas. O equipamento entretanto não pode ser usado em presidios ja que não descobre objetos inseridos dentro do corpo.

Grupos de direitos humanos como União de Liberdades Civis dos EUA lutam contra o uso deste tipo de equipamento. Eles reclamam que com o uso desta tecnologia é possível distinguir claramente o corpo do passageiro, suas formas e até mesmo suas genitais. O aparelho revela detalhes altamente pessoais do corpo, como rastros de cirurgia de mama, bolsas colocadas após a extirpação do cólon, implantes de pênis, catéteres, o tamanho do busto das mulheres e do órgão genital masculino.

Importante esclarecer que os equipamentos não mostram o corpo nu mas sim seu contorno somente e os objetos que estão abaixo das roupas.

A seguir uma imagem captada pelo equipamento:

138

BODY SCANNERS

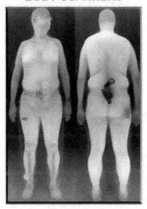

Inspeção por raios milimétricos

Detectores de traços explosivos

Podemos diferenciar entre 2 tipos de equipamentos nesta família: equipamento portátil e equipamentos de mesa que são fixos. A tecnologia usada nestes equipamentos é chamada Espectrometria de Mobilidade de Ions que é o processo de analise que ocorre internamente e possibilita identificar os explosivos.

Como funciona?

Traços de explosivos em formato de vapor ou partículas são coletados via um sistema de coleta que aspira estes material para ser analisado em compartimento especial. Neste compartimento as partículas são ionizados e através desta ionização que ele atravessa uma distancia entre 2 pontos. O tempo que ele demora para atravessar, serve para prever o tipo de material que ele representa. Estes vestígios (traços) podem também ser coletados via um papel especial que posteriormente é colocado num compartimento no equipamento onde ele é transferido para o processo do analise.

Capítulo 4 - Contra medidas dose sistema de espionagem

Na imagem pode ser visto o sistema de amostragem do QS-H150 da Implant Science. Para colher os fracos é gerado um mini tornado que gera um vacum que áspira vapor para dentro do sistema. Além disso o sistema esquenta o superfície o que aumenta a quantidade do material aspirada para dentro do sistema.

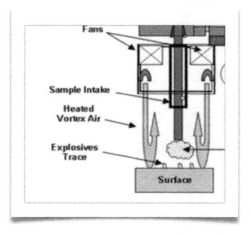

Amostragem de vapor pode ser usado para amostragem de ambientes e objetos fechados por exemplo caixas ou containers ou mesmo quartos fechados.

O processo de analise dos materiais é influenciado pelo ambiente. Isso pode causar problemas de ponto de vista operacional e mudanças de ambiente necessitam recalibração que demora tempo além de consumir materiais de validade curta e custo relativamente alto. Alguns equipamentos se adaptam automaticamente as mudanças climáticas ambientais e não necessitam calibração manual além de evitar um consumo de materiais de alto custo. Falha de calibrar o aparelho corretamente pode levar a falso positivo onde materiais inocentes são identificados como explosivos o que causa perda de tempo para verificar a vericidade do resultado. Falso negativo é mais perigoso ainda já que vai causar a não identificação de material verdadeiramente perigoso que pode levar a um resultado desastroso.

Recomendamos sempre usar aparelhos que possuem mecanismos de auto calibração para evitar os problemas mencionados acima. Alem disso sistemas que possuem mecanismos de auto calibração consumem menos materiais ou não consumem nenhum material o que diminui significativamente o custo de manutenção que é um custo muito elevado.

Outro fator muito importante é o tempo que passa entre uma amostragem com material explosivo ate que o sistema volta a ser pronto para a próxima amostragem. Se o sistema vai "Ingerir" uma quantidade grande de material, vai haver uma contaminação do sistema. Neste caso o sistema vai precisar de executar um processo de auto limpeza. Em alguns sistemas este processo pode demorar alguns minutos.

Planejamento de Contra Medidas

Ao planejarmos nossa estratégia de contra medidas precisamos nos perguntar perguntas tais como: Qual é a informação que queremos proteger? Quem são nossos inimigos? Quais são os possíveis caminhos que eles tem para conseguir as informações? Quais são as tecnologias preventivas que temos disponíveis? Temos já indícios que pode haver vazamento de informações? Quem são as pessoas que possuem acessos para sa informações classificadas confidenciais? Temos procedimentos de como tratar informações confidenciais? Nossos funcionários é confiava?.

Este processo e chamado: Analise de ameaças e a seguir um detalhamento:

Analise de ameaças – Quem? - Quem são seus inimigos? Quem são seus fornecedores? Quem tem acesso aos desenhos do prédio? Quem tem acesso a sala de telefonia? Quem tem acesso a rede de computadores? Quem tem acesso a lixo da empresa?

Analise de ameaças – O que? – Quais são as informações criticas da organização? Qual é o valor desta informação para a organização? Exemplos: Produtos novos, plano de marketing, dados financeiros, senhas de seguranca, procedimentos de acesso etc.

Analise de ameaças - Quando? – Quando estamos mais vulneráveis? Quando os funcionários tem acesso as informações? Quando estão sendo conversados informações sigilosas? Quando a oposição vai precisar usar espionagem para conseguir informações?

Exemplos: eventos políticos, negociações comerciais, movimento de Vips, desenvolvimento de novos produtos, fusões de empresas etc.

Analise de ameaças – Onde? Onde estão localizados as informações? Como é o acesso a lugar? Qual e o formato da informações?

Por exemplo – Onde se arquiva documentação importante, media magnética, arquivos digitais, informações nas paredes, flip charts etc.

Precisamos também considerar os meios de detecção e os meios de prevenção que iremos usar.

Quando a varredura encontra um dispositivo ilícito existem duas abordagens:

- Nulificação - Não interessa como chegou la, não interessa quem colocou la, Política de busca de destruição.

- Investigação - Queremos saber como chegou até la, Queremos saber quem colocou la, Deixar no lugar e montar uma armadilha (Por exemplo câmara escondida).

A medida que for adotada é uma consequência da necessidade e interesse organizacional de descobrir os autores do ato a fim de saber quem esta atras, avaliar o prejuízo e adotar as medidas necessárias para garantir que isso não vai se repetir.

Precisa também ter um plano para vários ambientes conforme necessidades operacionais: por exemplo: plano para varredura em escritórios, plano para varredura em locais alugados, hotéis, residências etc.

Os planos precisam incluir: Tecnologias disponíveis, procedimentos non alarmantes – passivos   (RF Passivo, analise visual, termal etc.), procedimentos alarmantes – ativos (RF ativo, detector de Junções não lineares, Raio-X etc.), política de tratamento em caso de descobrimento de dispositivos.

Capítulo 5

Espionagem Eletrônica de Computadores

E ste capítulo abrange os sistemas de espionagem de computadores que detectam e captam remotamente as informações exibidas na tela do computador ou guardadas na sua memória e não envolvem uma invasão direta por rede, assunto discutido no próximo capitulo deste livro, que descreve os aspectos de proteção de dados.

Captação Remota de Telas de Computadores

O sistema mais conhecido nesta categoria é o Van Eck Phreaking, que por meio de um equipamento especial possibilita captar um sinal ou dados de sistemas computadorizados, monitorando remotamente o campo eletromagnético que os sinais criam (como, por exemplo, de um monitor de um computador) ou transmissões de dados em rede de computadores ou mesmo dados enviados para a impressora. Uma das vantagens de interceptação de sinal eletromagnético de monitor é que a informação exibida na tela não é criptografada, visto que a informação criptografada não é significativa para o usuário.

Wim Van Eck foi o descobridor desse método de captura remota de dados, publicado em um artigo acadêmico em 1985.

Capítulo 5 - Espionagem Eletronica de Computadores

Vamos exemplificar aqui como isso acontece.

Uma imagem da tela de um computador é criada por meio de um raio de elétrons que varre a tela em movimentos horizontais da esquerda para a direita.

A intensidade do raio de elétrons determina os valores relativos de cada Pixel (Picture Element – Elemento de Imagem) em relação a três componentes básicos – vermelho, azul e verde. Como resultado, se cria um campo eletromagnético que contém toda a informação exposta na tela a qualquer momento. Esse campo eletromagnético pode ser detectado com equipamentos especiais a distância.

Projeto Tempest

Desde que Van Eck publicou sua teoria, inúmeras pesquisas intensivas foram iniciadas por várias agências de espionagem e contra-espionagem e, é obvio, muito pouco foi divulgado, uma vez que se trata de um assunto extremamente delicado e perigoso. Porém, nos Estados Unidos, houve um projeto secreto chamado Tempest, que divulgou padrões de proteção para telas de computadores para evitar esse tipo de monitoramento/espionagem. Esses padrões foram divulgados na diretiva 4 do documento NACSIM 5100, da National Communications Security Committee.

Para proteger sistemas de informática contra esse tipo de espionagem baseado no Tempest, é necessário um investimento muito alto, proibitivo, o que implica que muitos equipamentos ficarão vulneráveis a esse tipo de monitoramento. Foi criado um padrão novo chamado Zone, de custo inferior ao do Tempest, para proteger sistemas computadorizados, porém menos seguro.

O padrão Tempest oferece três categorias:

- Tipo 1 – Extremamente seguro e pode ser utilizado apenas por agências governamentais nos Estados Unidos ou fornecedores aprovados.

- Tipo 2 – Menos seguro, mas requer aprovação governamental (pelo governo dos Estados Unidos).

- Tipo 3 – Orientado para uso comercial.

144

Dependendo do tipo do monitor e da sensibilidade do equipamento de detecção e do nível da radiação dos campos elétricos no local, o equipamento de detecção pode interceptar informações a centenas de metros.

A tecnologia pode ser usada para detecção a partir de todos os tipos de monitores ou mesmo impressoras e modems.

Para se ter uma idéia do perigo dessa forma de interceptação de dados, uma das características do sistema operacional Tinfoil Hat Linux, para dificultar a interceptação remota de sinais provenientes do teclado, é gerar sinais de ruído em código Morse, o que impede captar o que está sendo digitado.

Alguns programas, para exibir textos planos, utilizam um tipo de fonte tipográfica especial que tem nível de emissão muito baixa de radiofrequência e por isso, são mais difíceis de interceptar.

Também é bom lembrar que computadores laptop produzem emissões radiantes menores e, por isso, são considerados mais seguros do que os monitores convencionais.

Espionagem de computadores **não** conectados a rede

Ataque USBee - Computadores desconectados - isolados da internet ou de qualquer outra rede - são considerados bastante seguros em relação aos seus pares conectados e essa tem sido a percepção geral, até um time de pesquisadores israelenses descobrir uma forma de extrair informações desse tipo de dispositivo usando transmissões de radiofrequência de conectores USB, sem a necessidade de qualquer outro tipo de hardware.

O ataque, que ganhou o nome USBee, é uma evolução do CottonMouth - dispositivo criado pela NSA (National Security Agency dos Estados Unidos) e mencionado nos vazamentos de Edward Snowden. A versão da NSA dependia que alguém "plantasse" o dispositivo modificado no local de extração. O USBee aproveita dispositivos que já existem no local, usando-os como transmissores de Radio Freqüência. Existem ferramentas (Baseadas em plataforma Raspberry por exemplo) que custam alguns dólares que podem ser adaptadas para instalar um trojan no computador uma vez são conectadas ao USB mesmo se o computador for protegido por senha.

Ataque via fonte de alimentação - este ataque capta os sinais RF gerado pelas fontes de alimentação quando passam dados nas fontes (Através do corante da linha). Esta ondas podem ser captados por um receptor ou mesmo um celular no ambiente do computador e transmitidos pela Internet.

Não se sabe muito sobre a forma que esta tecnologia funciona mas agencias de espionagem ja usam esta tecnologia nas suas operações.

Capítulo 6

Segurança e Espionagem em Redes de Computadores

A segurança de computadores (pessoais e servidores) pode ser comprometida por meio do acesso direto ao computador do usuário ou remotamente, por meio de redes como a Internet ou redes corporativas.

Existem vários motivos para ataques ou monitoramentos relacionados com redes de computadores. O objetivo dos ataques pode ser o de danificar o sistema de informação de uma entidade ou de um indivíduo, pode ser um hacker tentando derrubar um sistema sem nenhum motivo aparente, apenas para satisfação pessoal ou sensação de poder, por motivos ideológicos ou espionagem de uma empresa ou um indivíduo, por motivos de competição entre empresas ou chantagem. Os crimes virtuais são cada vez mais comuns e mais sofisticados.

Nesta parte do livro serão discutidas as técnicas utilizadas para executar essas atividades e quais são as medidas necessárias para se proteger dessas técnicas.

Serão discutidas as várias tecnologias de proteção de rede e as formas que atacantes utilizam para penetrarem em redes, segurança da informação utilizando criptografia, aspectos de deleção e recuperação de dados, os métodos utilizados em crimes virtuais, aspectos da computação forense e as tecnologias de monitoramento de computadores.

As Ameaças

Neste capítulo serão discutidas as formas de se obter informações, por meio da Internet ou do acesso direto ao computador do usuário-alvo, podendo servir, por exemplo, para descobrir informações sobre hábitos de navegação (os sites e os produtos que o navegador gosta de pesquisar na Internet) de pessoas, obter informações que possam ser aproveitadas para promoções comerciais ou informações sobre a situação financeira de pessoas jurídicas ou físicas. Em outros casos, esse tipo de informação serve para chantagear ou cometer fraude.

Um dos maiores problemas é que não existem leis que definam até que ponto um fornecedor de soluções de software pode utilizar informações gravadas no computador do usuário pelo software que ele fornece. Essas soluções podem informar dados sobre suas preferencias de produtos, hábitos, opiniões politicas, enviando propagandas orientadas a convencê-lo a trocar o produto que utiliza pelo produto do outro fornecedor, ou na pior das hipóteses, o software extrai informações sigilosas do seu sistema e informa a um interessado mal-intencionado. Os aspectos jurídicos de uso ilícito de crimes digitais esta sendo tratado em um capitulo especifico.

Nos podemos dividir as ameaças em 4 tipos diferentes:

- Rastreamento de informações com objetivos comerciais
- Tentativas de prejudicar o funcionamento do seu computador ou seus dados
- Tentativas de chantagem
- Espionagem com finalidade de roubo de informações

Para executar seus ataques o atacante usa ferramentas como por exemplo:

Spyware (Malware)

O Spyware é um programa instalado no computador para coletar informação sobre o usuário sem sua permissão e conhecimento. Outra definição seria qualquer software que utiliza a conexão de Internet sem conhecimento do usuário (chamado "Backchannel").

Avi Dvir

Vírus

O vírus é outro malware que é anexado a um outro software. Vírus de Boot é aquele que se instala no registro do boot, podendo, assim, ser executado cada vez que o computador é acionado. Um vírus de arquivo se instala dentro de um arquivo executável e se aciona cada vez que o arquivo é executado.

Worm (Verme)

Trata-se de um programa que se propaga infiltrando computadores e se instala neles. Da mesma forma que um vírus, esse programa se replica e chega a outros computadores de várias formas. Ambos podem ser destrutivos, mas se diferenciam em vários aspectos. O Worm pode substituir arquivo e o vírus pode se instalar dentro do arquivo (com algumas exceções).

Cavalo-de-tróia (Trojan)

O Cavalo-de-tróia roda no computador da vítima sem o conhecimento desta. Ao contrário de Vírus ou Worm, um cavalo-de-tróia não se replica. Podem ser classificados em várias categorias, tais como: ANSI Bomb, AOL Pest, Annoyance, DDoS, Dialer, DoS, Dropper, Hostile ActiveX, Hostile Java, Hostile Script, Key Logger, Loader, Password Capture, RAT, War Dialer e Worms.

Grande parte destes softwares não são identificados por software antivírus, firewall ou IDS (Sistema de Detecção de Intrusão).

Varias ferramentas podem ser usadas para varios objetivos uma vez que o hacker, quando consegue entrar no computador do alvo pode acionar varias atividades: Prejudicar o funcionamento do computador, corromper os dados, roubar informações sigilosas, chantagear o alvo etc.

A seguir alguns exemplos de ferramentas de ataque que possam ter múltiplos objetivos e outros que são mais específicos.

Ferramentas com uso multi objetivo:

Buffer Overflow

* O atacante envia uma quantidade de dados superior à capacidade que o buffer da aplicação pode processar.

* O atacante pode acionar um código malicioso.

Direct OS/System Command Injection

* O atacante inicia comandos do sistema operacional na máquina-alvo dentro de páginas HTML, parâmetros de URL ou cookies.

* O atacante pode executar funções do sistema operacional.

Codificação de URL e Unicode

* O atacante usa input codificado de URL para disfarçar código malicioso em strings de URL.

* Ataques desse tipo podem enganar sistemas de IDS (Explicado a seguir).

KeyLoggers (Keystroke Logger)

Trata-se de um programa que atua em background, gravando tudo que o usuário digita pelo teclado. Essas informações podem ser, posteriormente, recuperadas ou monitoradas e investigadas em tempo real. A possibilidade de interceptar o que é digitado viabiliza, também, determinar chaves de criptografia e decodificação de material criptografado.

A instalação no computador pode ser efetuada tanto por meio da Internet ou fisicamente no computador, na ausência do usuário. O próprio usuário do computador também pode instalar o software com o objetivo de detectar a utilização ilegal de seu computador quando ele estiver ausente.

A informação recolhida pode ser automaticamente encaminhada para um e-mail predeterminado. Pessoas da área de segurança podem utilizá-lo para monitorar funcionários e prevenir atos ilegais de espionagem ou similares, praticados por funcionários. Pais podem monitorar atividades de navegação inapropriadas feitas pelos filhos.

Existe também um hardware standalone que acumula as informações digitadas em circuito de teoria, geralmente embutido em cabo de impressora ou cabo de teclado.

O cabo KeyLogger é conectado entre o cabo do teclado e a entrada dele no computador, conforme mostra a figura acima. O dispositivo grava em memória não volátil toda a atividade do teclado e a informação só pode ser acessada com a utilização de uma senha.

O cabo pode ser retirado e a informação pode ser acessada em outro computador. Existem vários modelos conforme o tamanho da memória flash.

Alguns programas e sistemas operacionais estão sendo projetados para contornar o problema do tipo de interceptação por keyloggers. O Tinfoil Hat Linux, por exemplo, dispõe de um mecanismo baseado em matrizes aleatórias para evitar que senhas ou frases secretas utilizadas para acesso (Passphrases) sejam explicitamente digitadas, podendo assim ser interceptadas pelos programas do tipo KeyLoggers.

A seguir um exemplo de relação de atividades que possam ser registradas por Keylogger:

- A hora inicial da execução da aplicação.

- Troca de aplicação.

- Operações de entrada pelo teclado.

- Histórico de conversas em Chat.

- Histórico da navegação.

- Conteúdo das mensagens de e-mail.

- Inserção do conteúdo do clipboard.

- Operações com arquivos.
- Operações no registry do sistema.
- Instalação/desinstalação de aplicações.

Para cada evento são registradas a data e a hora. A pesquisa da informação necessária é bastante flexível e pode ser efetuada de acordo com vários critérios, tais como horários específicos, grupos de aplicações, palavras-chave etc. Relatórios podem ser gerados automaticamente em horários predeterminados.

RAT (Remote Administration Tool)

É um cavalo-de-tróia que, quando acionado, permite ao atacante controlar o computador atacado por meio de um software de cliente que reside no computador do atacante e um software servidor que reside no computador da vítima. Exemplos: Back Orifice, NetBus, SubSeven e Hack'a'tack.

Esse tipo de ataque está se tornando muito freqüente. O software é implantado quando o atacante consegue acessar o computador da vítima (por meio de File ou Print Sharing, por exemplo) e coloca o cavalo-de-tróia na pasta Start Up. Isso acionará o cavalo-de-tróia na próxima vez em que a vítima acessar o sistema.

Quando o atacante assume controle ele pode deletar arquivos, pegar senhas, desligar o computador etc. Alguns programas efetuam a verificação do conteúdo de discos sem deixar rastros, ou seja, a data e a hora do acesso aos arquivos não ficam registradas, escondendo assim tentativas de espionagem de computadores.

O rastreamento com objetivo comercial

A seguir algumas categorias de ferramentas desta categoria:

Adware

É um tipo de software que envia anúncios orientados aos hábitos do usuário com ou sem o consentimento deste. Algumas aplicações dessa categoria podem trocar anúncios de outras empresas por anúncios de interesse do fornecedor do Adware. Assim ele rastreará os hábitos de navegação e relatará a um servidor central.

Em geral, esse tipo de software é uma ameaça à privacidade e a sigilo do usuário.

A seguir exemplos de funcionalidade deste tipo de malware:

Envia anúncios orientados aos seus hábitos de navegação (após consentimento do usuário). Cada vez que você abre o navegador, ele informa um servidor central. Pode criar uma janela oculta cada vez que você abre o navegador. Utilizando uma porta especifica, ele envia ao servidor central seu nome (como aparece no registro do sistema), o endereço IP, o DNS reverso do seu endereço (que viabiliza identificar sua localização geográfica), uma lista de todos os softwares conforme aparece no registro do seu computador. Envia a seguinte informação cada vez que você visita um novo URL: os banners que você clica e informações sobre downloads: nome do arquivo, tamanho, data, hora, tipo do arquivo e senha de acesso, caso tenha sido armazenada.

Existem também cookies utilizados para identificar visitantes em sites diferentes e suas preferências. As informações são acumuladas, como, por exemplo, os sites visitados, o tempo de permanência em cada um deles, as ações efetuadas enquanto permanece no site e informações adicionais sobre o sistema, telas do computador, informação geográfica etc.

Trackware

É um programa do tipo cookie compartilhado entre dois ou mais sites para rastrear a navegação do usuário, obtendo informações e compartilhando-as entre vários usuários. Por exemplo:

Browser Helper Object (BHO)

Trata-se de um componente carregado pelo navegador cada vez que ele é acionado e pode executar várias ações sobre o conteúdo exibido na tela. Por exemplo, pode detectar eventos, criar janelas para expor informação adicional e monitorar mensagens e ações. Diversas empresas utilizam essa tecnologia para implantar propaganda direcionada ou monitorar e relatar hábitos de navegação.

Downloader

Trata-se de um programa que, quando acionado, vai baixar e instalar arquivos adicionais de um site de web ou FTP (File Transfer Protocol, ou transferência de arquivos de um site) para o computador do usuário. Pode servir para objetivos comerciais ou prejudiciais.

Hijacker (Programas Seqüestradores)

Trata-se de um cavalo-de-tróia que pode trocar a página inicial padrão de um navegador e as configurações de busca para apontar outros sites, por exemplo, como os de pornografia. Esse tipo de programa pode ter mecanismos que impedem a mudança da home page ou a visita a sites específicos, como sites de concorrentes. Alguns podem também ser classificados como Browser Helper Object.

Manipulação de cabeçalho HTTP

- O atacante altera o cabeçalho de pedido (request header) do código HTTP da máquina-alvo para incluir meta caracteres ou roubar cookies.

- Os cabeçalhos de pedido de HTTP são originados no cliente e por isso são fáceis de modificar.

Hidden Form Field Tampering

- O atacante modifica dados em formulários com campos invisíveis, que podem ser vistos com a função exibir código-fonte do navegador.

- Em sites de comércio eletrônico, os preços em campos invisíveis de formulários podem ser modificados.

Ferramentas de ataque

Para efetuar espionagem com objetivo comercial/promocional, os programas mencionados anteriormente utilizam, na maioria dos casos, uma ferramenta chamada Cookie.

Existem páginas na Internet que, cada vez que você as visita, registram a informação do que você estava procurando, criando um perfil de seus interesses e hábitos. Elas implantam um arquivo de informação, chamado cookie, que tem como objetivo identificá-lo cada vez que você visita as páginas desse site, expondo-o uma publicidade orientada a seu perfil de consumo. Quando o cookie contém um código chamado GUID, a empresa que instalou o cookie será avisada sobre sites de empresas comercialmente ligadas a ela que você visitou.

O cookie armazena informações sobre um usuário em seu próprio computador, porém a existência de cookies e a forma como funcionam não são conhecidas pelo usuário, que tem a opção de proibir a implantação deles em seu computador.

Existem empresas que distribuem software gratuito, mas exigem, em contrapartida, permissão para obter informações do usuário, e, em geral, essas informações não são especificadas e também como serão utilizadas. Não é recomendável aceitar este tipo de proposta. Algumas delas, possuem um parque instalado de dezenas de milhões de computadores. É recomendada a leitura dos termos de privacidade dessas empresas, apesar de que muitas não os cumprem.

O rastreamento com Finalidade Prejudicial

Este tipo de espionagem tem como objetivo vigiar computadores ou prejudicar o funcionamento deles, destruir dados inclusive dados guardados na nuvem. A seguir alguns exemplos:

Cross-site Scripting

- O atacante usa um script malicioso no site-alvo para poder chegar ao navegador de um cliente.

* O cliente perde a confiança no site e sua privacidade pode ser comprometida.

Injeção de SQL

* O atacante cria ou altera comandos de SQL.

* É perigoso para a integridade de base de dados.

Estou incluindo nesta categoria também uma subcategoria que tem como objetivo gerar prejuízo a terceiros, por exemplo:

Anarquia

Os hackers acreditam que na Internet não podem ser implementadas regras. A anarquia deve prevalecer e qualquer lei é uma grave infração aos direitos civis. Malware desse tipo têm como objetivo causar destruição.

Alguns exemplos de malwares nesta categoria:

Descrição

Como invadir casas.

Como falsificar dinheiro.

Como criar uma nova identidade.

Como roubar um caixa eletrônico.

Assassino efetivo.

Como matar seu vizinho.

Outra subcategoria são programas que tem como objetivo a irritar o alvo:

Annoyance (Aborrecimento)

Trata-se de qualquer cavalo-de-tróia que visa apenas irritar o usuário, como inverter a posição do texto ou confundir os movimentos do cursor do mouse.

A seguir alguns exemplos.

* Idiot – Um programa de piada que informa um erro, pergunta se você é um idiota e não recebe NÃO como resposta.

- Fake Delete – Simula uma deleção de arquivos do computador e não pode ser interrompido. Parece real, já que utiliza o diálogo-padrão do Windows.

- Crazy Num Caps Scroll – Este programa ativa/desativa as teclas Num Lock, Caps Lock ou Scroll Lock keys em intervalos predefinidos. O programa é totalmente oculto, não sendo possível detectar a origem do problema.

O rastreamento com objetivo de chantagem

Ransomware

O Ransomware é um tipo especial de malware, mas ao contrário de outros tipos de malware que simplesmente agem como ladrões para roubar ou apagar seus dados, este malware age de forma inteligente. Ele age como um sequestrador, e mantém seus dados sequestrados até que seja pago um resgate.

O objetivo deste tipo de malware é ajudar seu desenvolvedor a ganhar dinheiro. Outros tipos de malwares, como vírus, cavalos de Tróia etc, apenas danificam o sistema ou roubam alguns dados sensíveis, mas o ganho de dinheiro é feito de outras formas.

Este tipo de malware é acionado através de engenharia social atraindo voce clicar em links enviados em email ou sites falsos, através de arquivos infectados anexados a emails por exemplo ou através de visitar sites infectados que injetam o código do software no seu navegador. Outra forma são softwares "gratuitos" baixados da Internet com o código malicioso do malware. Windows users precisam checar se o programa RDP (Remote Desktop Protocol) não esta ativa. Este programa usa a porta 3389 e quando esta porta esta aberta o hacker pode usar para logar remotamente para o computador da vítima.

Algumas extensões comuns de arquivos que podem conter código malicioso de ransomware são: .exe, .bat, .cmd, .com, .lnk, .pif, .scr, .vb, .vbe, .vbs, .wsh, .jar and .zip.

Curiosamente, existe um site que sequestra suas informações e te oferece um mecanismo para infectar mais duas empresas para receber suas informações de volta gratuitamente. Sem vergonha…

157

O pagamento é exigido via Bitcoins (BTC) e ao pagar o hacker fornece uma chave para fazer a decriptografia. O destino do Bitcoin não pode ser rastreado e desta forma este tipo de pagamento serviu para o aumento tao significativo do Ransomware.

Os criminosos usam uma rede de Internet anônima chamada TOR para poder se comunicar com suas vitimas sem ser expostos.

Se você foi infectado você precisa:

1. Desconectar dispositivos de armazenamento, Wi-Fi, Bluetooth, USB, desconectar de qualquer rede.

2. Determinar o escopo da infecção: Computadores infectados, medias infectadas, armazenamento na nuvem, arquivos infectados, pastas infectadas, HDs etc. Arquivos na nuvem como Google Drive ou Dropbox podem ser recuperados versões recentes. Se o backup esta em dia os arquivos podem ser recuperados. No registro deve ter a lista dos arquivos criptografados. O Hacker usa esta lista para recuperar os arquivos nos casos quando o resgate é pago. Existem ferramentas e aplicativos que podem relatar os arquivos criptografamos.

3. Avaliar o tipo de Rensomware: Se existe data limite, o que acontece após a data limite, que tipo de criptografia esta usando. Avaliar o prejuízo causado caso não vai ser pago.

4. Avaliar o que pode ser restaurado e o que não pode ser restaurado: Medias de armazenamento e nuvem. Usuários de computadores Apple costumas usar software padrão da Apple chamado Time Machine que faz copias incrementais em media externa. O Windows usa um processo chamado Windows Snapshots que cria copias de arquivos chamados copias de sombra (Shadow copies). Existe software do Windows que viabiliza analisar estes arquivos.

5. Apos o processo da recuperação o computador precisa ser formatado e reinstalado. Implemente medidas de proteção (Antivirus, antimalware, firewall). Evite mapeamento de drives e compartilhamento na rede (É possível esconder isso). Limite as permissões de acesso a informações para o mínimo possível. Evitar abrir programas com extensões ja mencionados. Troque .doc e .rtf com .docx (.docx não aceita macros). O software "Software Restriction Policies"

da Microsoft possibilita o uso de softwares específicos no computador o que vai limitar a ação dos Hackers. A opção: "Controled Folder Access" limite a possibilidade de mudar arquivos e pastas por alguns aplicativos.

O rastreamentos com finalidade de roubo de informações

A seguir alguns exemplo que configuro nesta categoria:

Envenenamento por Cookie

* O atacante modifica um cookie para descobrir informações sobre o usuário.
* O ataque é usado para roubo de identidade e, assim, ter acesso as aplicações usadas pela vítima.

Forcefull Browsing

* O atacante adivinha nomes de arquivos e diretórios e entra em páginas normalmente acessadas por autenticação.
* O atacante pode conseguir acessar as informações confidenciais.

Inclusão de Metacaracteres

* O atacante inclui metacaracteres nos parâmetros codificados da URL em uma busca de seqüência para aproveitar-se de falhas de segurança.
* O risco varia conforme a aplicação e o sistema operacional.

Ferramentas de Ataque

Para efetuar invasões, os atacantes utilizam vários tipos de ferramentas, tais como:
* Firewall killers – Desabilita a função do firewall no computador da vítima.

- Binder – Anexa um arquivo de software espião a um arquivo de uso legítimo, a fim de esconder o arquivo espião.

- Droper – Em vírus ou cavalos-de-tróia é a parte do programa que instala o código hostil.

- IP Spoofers – Programas que os atacantes utilizam para disfarçar seus endereços IP.

- Loader – Um programa que tem a função de executar um outro programa.

- Mailer – Um programa que cria e envia e-mail com cabeçalho falso, assim a origem do e-mail não pode ser detectada.

- Scanner de Portas – Esta ferramenta tenta conectar-se com todas as 65.536 portas que existem em um computador para verificar os serviços disponíveis nesse computador.

- Packer – Um programa que compacta um arquivo e encripta-o, e também adiciona um cabeçalho que causa a decompactação do arquivo quando está sendo executado na memória da máquina-alvo, transferindo o controle do arquivo ao atacante. Alguns packers podem descompactar o arquivo sem executá-lo.

- Password Cracker – Uma ferramenta para descriptografar senhas ou arquivo de senhas. A abordagem pode ser algorítmica (descobrir a senha por meio de fórmulas e procedimentos matemáticos) ou por força bruta (tentar todas as possibilidades).

Extração de Dados

Os softwares de extração de informação viabilizam uma busca sofisticada que pode revelar inúmeras informações sobre pessoas.

Imagine que você entre em alguns chats ou grupos de discussão (newsgroups) na Internet para obter informações sobre uma determinada doença.

Empresas de seguros podem varrer a Internet com códigos de doenças, localizar nomes de pessoas que participam de fóruns e aumentar os prêmios de seguros em virtude de algum problema de saúde que possuam. Imagine uma pessoa que esteja pleiteando um trabalho e, durante a entrevista o empregador decida efetuar uma pesquisa em arquivos de grupos de discussão com o nome do candidato e ele constate que o candidato participa de um grupo de discussão político que adota idéias controversas às suas. O candidato nem irá saber que foi desclassificado por suas opiniões políticas. Este tipo de procura de informação é mencionado, às vezes, na literatura como ataque de engenharia social.

Alguns exemplos: Web Data Extractor e Web Stripper.

Privacidade na Navegação

Existem soluções de softwares, no mercado, do tipo Freedom Web Secure, da Zero Knowledge Systems, que permitem navegação anônima, ou seja, pode-se navegar na Internet sem ser identificado. O software criptografa (com chave de 256 bits) a informação do usuário e a encaminha através do servidor proxy do fabricante do software que esconde seu IP, e, assim seu endereço IP permanece em sigilo. O software protege o usuário contra sites maliciosos que contêm mecanismos que fornecem para os hackers informações sobre visitantes dos sites. O software bloqueia qualquer tentativa de coleta de informações dos visitantes que utilizam esse software.

Tipos de atacantes

Para entender melhor as formas de proteção contra hackers, vamos definir, inicialmente, melhor esse termo.

Antigamente hacker era um jargão utilizado por entusiastas de computadores que procuram cada vez mais aperfeiçoar seus conhecimentos e aprimorar suas habilidades de sistemas computadorizados; atualmente o termo refere-se ao indivíduo que procura acessar computadores sem a devida permissão, com o objetivo de roubar ou causar danos. A terminologia utilizada hoje para hacker, na verdade, se refere a cracker ou a outros tipos de atacante, conforme detalhado a seguir.

A palavra hacker associa-se a vários tipos de atividades. Conforme a atividade, o hacker é denominado de uma determinada forma. A seguir, algumas destas classificações:

- Cracker – Especialista em "quebrar" softwares sem pagar a licença do uso. Para isso, ele descobre senhas e números legítimos de licenças.

- Phracker – Comete fraudes de telefonia fazendo ligações sem pagar, utilizando grampos, programação remota de central telefônica ou utilização não paga de telefones públicos.

- Virii – Especialista em distribuição e desenvolvimento de vírus.

- Warez – Pratica a pirataria de software mediante a distribuição não autorizada do software.

- Carding – Pratica fraude de cartões telefônicos e magnéticos (por exemplo, clonagem de cartões).

- Coder – Especialista em linguagem de programação, procura pontos vulneráveis nos programas para utilizá-los na invasão de sistemas.

Planejamento dos Ataques

Para efetuar um ataque o atacante geralmente segue três passos:

- Varredura do site para identificação de pontos vulneráveis.

- Ataque aos pontos fracos no nível da aplicação ou da rede.

- Apagar os vestígios do ataque em logs da Web para prevenir a identificação.

Passo 1 – Identificação de Pontos Vulneráveis

Ao se conectar com a Internet, seu computador é designado com um número de identificação conhecido como endereço IP. Esse endereço é utilizado pelas portas de conexão do computador que pertencem aos aplicativos que rodam no sistema e necessitam dessas portas para conectar-se com o mundo externo. Por exemplo, um servidor POP3, utilizado para receber mensagens de e-mail, usa a porta 110.

O atacante procura descobrir qual porta ele pode utilizar para efetuar seu ataque. Existem várias ferramentas que podem realizar essa tarefa, como por exemplo Portscan.

As ferramentas utilizadas em ataques dependem da versão do serviço encontrado no computador da vítima ou do tipo do sistema operacional utilizado.

Quase todos os servidores da Web fornecem informações como tipo do servidor e versão e, às vezes, módulos (SSL, PHP, PERL etc.) e versões, tipo do sistema operacional e suas versões. Essas informações servem para o atacante planejar o esquema de ataque.

Algumas ferramentas como Whisker, Nessus e Nikto auxiliam o invasor, automatizando o processo da varredura das portas.

Alguns comandos que não são destrutivos, como ping, sing e traceroute, também conseguem obter informações preliminares sobre um sistema.

Passo 2 – Ataque aos Pontos Fracos

Uma vez efetuada a varredura do site, o hacker busca recursos não protegidos do sistema. As soluções de proteção necessitam proteger o site nas camadas de 2 a 7 do modelo OSI (veja explicação a seguir). Os ataques de aplicações (nível 7 do modelo OSI) estão crescendo já que muitas aplicações contêm falhas de programação. Ataques desse tipo podem propiciar o acesso as informações confidenciais ou implementar códigos maliciosos.

Para ter uma noção da forma como um ataque ou invocação de malwares podem ser executados serão detalhados a seguir alguns exemplos.

Informação Adicional sobre o Modelo OSI de Sete Camadas

Este é um modelo conceitual de camadas, utilizado para descrever uma arquitetura do conjunto de protocolos TCP/IP (protocolos usados na comunicação pela Internet).

Cada camada do modelo define funções que um determinado componente de software ou hardware deve realizar. Para cada uma das camadas foram desenvolvidos padrões que devem ser seguidos pelos fabricantes, para garantir a compatibilidade com componentes de outros fabricantes. As sete camadas do modelo OSI são: Física, Enlace, Rede, Transporte, Sessão, Apresentação e Aplicação.

A seguir alguns exemplos de ataques:

Cross-site Scripting

Este tipo de ataque ocorre quando páginas de Web criadas dinamicamente exibem um input que não foi corretamente validado. Essa característica do site permite que o hacker possa embutir um código malicioso de JavaScript nas páginas geradas pelo site e executar o código em qualquer computador que acesse essas páginas.

Vários programas disponíveis no mercado podem verificar a vulnerabilidade de um site para esse tipo de ataque ou outros ataques. Um deles é o WebInspect.

DoS (Denial of Service – Negação ou Indisponibilidade de Serviço)

Ataque de negação de serviço (ou indisponibilidade de serviço) reduz a capacidade de funcionamento de um site até a sua paralização. No mercado existem ferramentas (principalmente para o sistema operacional Linux) prontas para efetuar esse tipo de ataque. O ataque é executado de acordo com o endereço IP da vítima.

Invocação de Malware

Uma vez instaladas no computador, os malwares podem ser invocadas de várias formas.

Win.ini, por exemplo, é um arquivo de configuração do Windows onde pode ser inserido um comando de invocação. System.ini é um outro arquivo do Windows onde pode ser inserido um comando de invocação. Nesses casos, o nome do arquivo a ser inserido pode ser escrito na extrema direta da linha e, desta forma, não será exposto na tela, evitando um possível suspeito caso o usuário investigue esses arquivos.

A pasta C:\WINDOWS\Start Menu\Programs\StartUp também pode ser utilizada para invocar programas.

O registro é um arquivo com entradas de invocações conforme a licença dos programas. Existem muitos registros de entrada que podem ser utilizados para invocar programas automaticamente no processo de boot do computador.

Avi Dvir

Além disso, podem ser encontradas outras formas para invocar programas de malware de qualquer natureza (Por exemplo: Um link clicado que faz um download do malware para o computador).

Passo 3 – Prevenção de Modificações de Arquivos Log

Computadores rastreiam tentativas legítimas e ilegítimas de acesso. Para esconder suas identidades, hackers tentam eliminar vestígios que possam incriminá-los.

O invasor geralmente eliminará ou alterará as partes relevantes de arquivos de log. Como os arquivos registram também o evento de saída do sistema, invasores podem utilizar programas que limpam o arquivo log após a saída deles do sistema.

Proteção e Prevenção

Neste capítulo são analisadas as ferramentas de proteção que existem hoje no mercado, tais como antivírus, firewalls e IDS.

Dependendo do tipo do ataque podem ser tomadas medidas de prevenção que se baseiam em testes manuais ou automáticos de vulnerabilidade de um site, rede ou computador, mas a melhor forma de verificar uma possível vulnerabilidade em um computador, rede ou site é atacá-lo.

Firewall

O firewall fornece proteção contra ataques provenientes da Internet. No mercado podem ser encontradas diversas soluções para firewall, como, por exemplo, da Cisco (PIX), Checkpoint e NetScreen.

Os sistemas de proteção contra hackers funcionam de várias formas, entre eles, a varredura das 65.535 portas do computador e, principalmente, as mais vulneráveis, como a porta 25, utilizada em programas de e-mail, e a porta 443, utilizada para navegação segura da web (utilizando protocolos HTTP ou HTTPS, que servem para a transferência de arquivos de vários tipos entre aplicações de Web).

Para deixar passar o tráfego da Web, o firewall precisa deixar abertas as portas 80 e 443, o que significa uma vulnerabilidade de proteção contra ataques que utilizam protocolos HTTP e HTTPS. Muitos hackers utilizam HTTP e HTTPS, por meio de aplicações da Web, como meio de invasão ou para atrapalhar a disponibilidade do serviço (Denial of Service – DoS).

De forma geral, ataques no nível da aplicação do modelo OSI (mencionado no capítulo 7) podem ultrapassar os firewalls tradicionais por meio do uso do protocolo HTTP.

Um firewall possui características estáticas de proteção. O administrador do sistema deve constantemente criar ou modificar as regras para acomodar as mudanças na rede ou descartar as regras preestabelecidas para proteger novos serviços e aplicações.

Antivírus

Produtos de antivírus são essenciais para a proteção de qualquer tipo de rede ou computador pessoal.

Os vírus são programas ou macros desenvolvidos com o intuito de causar danos ao sistema operacional do computador, danificar arquivos no computador ou instalar programas espiões que possam enviar informações que estão no computador ou operações executadas via e-mail para, por exemplo, uma empresa concorrente. Existem também alguns tipos de vírus que não causam destruição de qualquer tipo, somente tomam tempo de processamento ou atrapalham o bom andamento do serviço.

Os produtos de antivírus são utilizados para analisar, corrigir e/ou eliminar a ação desses programas ou macros.

IDS Baseados em Anfitrião (Host)

O IDS (Intrusion Detection System, ou Sistema de Detecção de Intrusão), é um sistema que visa à detecção de tentativas de invasão ao computador ou à rede da empresa. O IDS fornece proteção principalmente contra vírus do tipo worm (verme) e ataques do tipo buffer overflow. Também não permite o acesso aos arquivos críticos do sistema operacional, impedindo assim a instalação de rootkits (arquivos modificados/contaminados que substituem os arquivos do sistema operacional, permitindo assim o completo controle da máquina).

Um dos problemas verificados em soluções deste tipo é o alto nível de taxa de alarmes falsos e a necessidade de atualizar continuamente a base de dados das assinaturas dos ataques (a assinatura de um ataque é a forma como esse ataque é executado e os sintomas apresentados no computador atacado, que permitem identificar o tipo do ataque). O processo de atualização é contínuo e a base de dados de assinaturas deve ser atualizada cada vez que surgirem novos tipos de ataques.

Sistemas de IDS podem ser programados para fazer downloads regulares de assinaturas de ataque e regras diretamente do site do fabricante do IDS. Mesmo assim, muitos sistemas IDS sofrem problemas como falsa detecção de ataque e bloqueio de acesso. Muitos administradores configuram o IDS para somente reportar eventos, sem tomar nenhuma ação de defesa ou prevenção.

IDS de Segunda Geração

O IDS de segunda geração é capaz de detectar tentativas de ataque, sem necessitar da base de dados de assinaturas e pode tomar uma decisão de prevenção em tempo real, com taxa muito baixa de alarmes falsos.

Nesta categoria se encontram ataques do tipo DoS (Denial of Service) e DDoS (Distributed Denial of Service, ou Negação de Serviço), que têm como objetivo obstruir o funcionamento de um site na Internet, impedindo o acesso ou diminuindo a largura de banda disponível para acessar o site. Também previnem atividades de varredura da rede ou varredura de aplicações (sondas pré-ataque) e propagação de Worm (vermes) na rede.

Esse tipo de IDS coleta informações de forma dinâmica sobre as conexões regulares e irregulares e consegue identificar anomalias e tentativas de invasão. Identificando uma tentativa hostil, o sistema pode impedir pacotes conforme o endereço IP ou portas, ou filtrar pacotes de acordo com os parâmetros no cabeçalho do pacote.

Uma solução criativa e eficiente denominada Net Protect foi primeiramente apresentada pela VSecure Technologies em 1999, que introduziu no mercado uma solução que consegue identificar ameaças em tempo real, sem depender de regras e políticas (chamadas assinaturas) para operar de forma confiável. Este produto funciona sem necessitar da atualização das bases de dados; analisa os dados nas camadas 2 a 7 do modelo OSI, sem falsa detecção e prevenção em tempo real e sem influir no desempenho da rede. Por não ter endereço IP, o sistema é transparente (invisível) para os hackers e, por isso, não pode ser atacado.

Características Adicionais de IDS e Firewalls

Algumas características de segurança podem ser encontradas em soluções IDS ou Firewall dependendo do produto e do fabricante.

Sondas Pré-ataque

A maioria dos ataques começa com uma inspeção preliminar. O cracker tenta mapear a rede, descobrir as regras de acesso do firewall, sistema operacional do servidor, os serviços disponíveis, aplicações, conexões remotas e pontos de acesso liberados para manutenção legítima da rede (backdoor de manutenção). O IDS identifica essas tentativas e as elimina na fase inicial do ataque. O IDS pode até eliminar varreduras de aplicações – método de inspeção cuja intenção é achar arquivos .exe vulneráveis, DLLs, CGI scripts e aplicações web.

Propagação de Malware

Certos tipos de malware utilizam mecanismos de varredura para identificar sistemas vulneráveis ao ataque. O IDS pode prevenir a infecção de vermes evitando fornecer informação essencial ao mecanismo da infecção do verme.

DoS e DDoS (Distributed Denial of Service)

Ataques que visam à paralisação de redes ou servidores de redes. São caracterizados pelo envio de grande quantidade de pacotes ou pedidos de aplicação (Application Request). Assim sendo, o servidor esgota todos os seus recursos ou gasta grande parte da banda disponível atendendo à demanda de largura de banda e, assim, nega serviço a usuários legítimos do sistema. Sistemas   utilizam algoritmos matemáticos sofisticados para identificar pacotes maliciosos e bloqueá-los sem mexer com o fluxo legítimo de pacotes.

Tentativas de Acesso Ilegal

A maioria dos servidores web e aplicações web não possuem mecanismos contra quebra de senhas. Os hackers utilizam ferramentas disponíveis no mercado para quebra de senhas (cracking), as quais podem, automaticamente, pesquisar um grande número de senhas possíveis (chamado ataque de força bruta – Brute Force Attack) ou, eventualmente, conseguir o acesso adivinhando a senha utilizando ferramentas baseadas em dicionário. Ganhando acesso, o invasor pode alterar, por exemplo, páginas de um site, roubar dados ou usar o site para operações de fraude.

Para proteger-se contra ataques que ocorrem na camada de aplicação do modelo OSI, soluções existentes no mercado finalizam as sessões de TCP e também decodificam o tráfego de dados codificados pelo protocolo SSL (Protocolo de Comunicação Segura), assim elas podem analisar os pacotes antes de orientá-los ao destino. O IDS executa varredura das URLs e cabeçalhos de pacotes para descobrir códigos ilegítimos.

Proteção Contra Spoofing (Endereço de IP Falso)

Para evitar detecção e, como conseqüência, uma perseguição potencial, hackers se escondem atrás de um endereço IP falso. Algumas soluções fornecem mecanismos anti-spoofing por meio da detecção de pacotes IP de origem falsa, antes que estes atinjam a rede.

Proteção contra Emulação de Terminal

Uma das ferramentas mais utilizadas por crackers é a emulação de terminal, como a aplicação Telnet. O atacante abre uma conexão a uma aplicação que utiliza os protocolos HTTP, SMTP ou servidor POP3 no computador da vítima e, manualmente, digita comandos tentando derrubar o sistema. O IDS é capaz de detectar tais tentativas e bloqueá-las enquanto aplicações legítimas continuam a funcionar normalmente.

Detecção Automática de Servidores

A maioria dos usuários não está ciente de que entre as aplicações executadas em seus computadores pessoais pode haver aplicações prejudiciais. Aplicações/servidores

170

do tipo Personal Web Servers (PWS – Servidores de Web Pessoais), serviços de mensagens instantâneas ou aplicações de swap de arquivos (troca de arquivos) podem ser utilizados de uma forma nociva. Combinado com um Firewall mal configurado, um servidor deste tipo pode causar um sério risco de segurança para toda a rede corporativa. O IDS pode proporcionar ao administrador do sistema um monitoramento constante dos servidores ativos na rede corporativa, podendo detectar servidores não configurados ou mudanças de comportamento em servidores já configurados.

Prevenção de Alteração e Deleção de Arquivos de Log

O atacante, ao sair de um sistema, tenta apagar as provas de sua identidade mediante a alteração dos arquivos de log que registram atividades. Esses arquivos registram informações tais como endereço IP, nome de autenticação do cliente, data e hora do pedido, cópia do pedido do cliente, código de estado de HTTP retornado ao cliente e outras informações.

Os sistemas de proteção possuem mecanismos para prevenir esse tipo de alteração de arquivos de log.

Balinhas de Mel (Honey Tokens)

É um tipo de defesa diferente, baseado na inserção de "balinhas de mel" em bancos de dados e sistemas. Essas balinhas parecem possuir informações aparentemente atraentes ao atacante (por exemplo, números de cartões de crédito), mas sem valor prático na realidade. As balinhas acionam um alarme quando o hacker as utiliza de alguma forma. Esta ferramenta é utilizada por governos para detectar e localizar pessoas que procuram informações sobre assuntos delicados, como armas, por exemplo.

Privacidade na rede

Manter a privacidade na rede pode ser questão de vida ou morte, pode influir a carreira da pessoas, seus relacionamentos com outras pessoas e as pessoas precisam se cuidar muito para manter suas informações particulares em sigilo.

Privacidade nas redes sociais

O que muitos usuários não sabem é que, de acordo com as condições do contrato que virtualmente assumem, ao fazer click no quadro "aceito", os usuários autorizam e consentem ao Facebook a propriedade exclusiva e perpetua de toda a informação e imagens que publicam.

Assim, os membros automaticamente autorizam ao Facebook o uso vitalício e transferível, junto com os direitos de distribuição , de tudo o que colocam na sua página Web.

Os termos de uso reserva ao Facebook o direito a conceder e sub-licenciar todo o "Conteúdo do usuário" a outros propósitos. Sem o seu consentimento, muitos usuários convertem as suas fotografías em publicidade, transformando um comércio privado num pertence público.

Muitas empresas, quando avaliam os C.V., consultam o Facebook para conhecer intimidades dos candidatos. A prova de que uma página no Facebook não é privada, evidenciou-se num conhecido caso da Universidade John Brown que expulsou um estudante quando descobriu uma foto que colocou no Facebook vestido de travesti. Outra evidência aconteceu quando um agente do Serviço Secreto visitou a Universidade de Oklahoma o estudante do segundo ano Saúl Martínez, por um comentário que publicou contra o presidente.

O assunto não termina quando os usuários cancelem a suas contas : as suas fotos e informação permanecem, segundo o Facebook, para o caso de quererem reactivar a sua conta: o

usuário não é retirado, inclusive, quando morre. De acordo com as 'condições de uso,' os membros não podem obrigar que o Facebook retire os dados e imagens dos seus dados, já que quando o falecido aceitou o contrato virtual, concedeu ao Facebook o direito de mantê-lo activo sob um status especial de partilha por um período de tempo determinado para permitir que outros usuários possam publicar e observar comentários sobre o falecido.

Sabe se de casos onde seqüestradores têm como fonte de informação directa e confiável nos blogs do Facebook e de outros sites. Seqüestradores que foram investigados falaram que entraram em redes sociais para ver rostos, a casa, os carros, as fotos de viagem e saber o nível social e económico que têm os utilizadores.

Ha necessidade de tomar cuidado com informações que pessoas colocam nas redes sociais.

Medidas Adicionais para Garantir a Segurança da Informação no Computador

Tratamento de senhas

Usar senhas é uma forma conhecida e utilizada pela maioria dos usuários de computadores.

Existem vários níveis hierárquicos de utilização de senha.

- Na primeira hierarquia, podemos encontrar uma senha gravada no BIOS. Essa senha pode ser inserida interrompendo o processo de inicialização do computador (geralmente apertando a tecla DEL durante a fase de inicialização do sistema). Essa senha é gravada na memória BIOS e é por isso que o roubo do computador (notebook) deixará o ladrão bastante frustrado, por não conseguir acessar o sistema.

- Na segunda hierarquia, podemos encontrar a senha que permite ao usuário acessar o sistema operacional e os seus dados.

- Na terceira hierarquia, existem as senhas no nível de pastas, arquivos e aplicações.

Existem várias soluções de softwares no mercado que têm como objetivo recuperar e quebrar essas senhas. Dois pacotes conhecidos nesta área são o AccessData e o CRACK.

A recuperação de senha é necessária caso o próprio usuário a esqueça, tenha saído da empresa ou deixado o computador ou os arquivos inacessíveis, ou, até mesmo, tenha falecido. Investigadores de polícia podem precisar acessar os arquivos de suspeitos a fim de descobrir informações sigilosas e protegidas por senhas.

Cuidados com armazenamento de dados

Uso de USB Disco Flash - De acordo com varios estudos milhoes de dispositivos USB são perdidos em estados unidos cada ano. A maioria destes dispositivos chegam

174

aos mãos de outras pessoas. Muitos destes dispositivos contem informações privilegiadas e podem ser usados de uma forma ilícita se cair nas mãos erradas.

Maioria das pessoas não estão cientes da possibilidade de perda de informação ou mesmo roubo de informação via pen drives (Disk on Key).

É fácil de usar Pen Drive a copiar informações restritas sem conhecimento de ninguém. Mesmo que a intenção não seja errada estes dispositivos podem facilmente ser perdidos ou mesmo roubados por pessoas mal intencionadas.

Empresas costumam deixar Pen Drives em gavetas e vimos muitos casos onde pessoal de limpeza que andam livremente nas salas ao fazer seu trabalho podem facilmente abrir gavetas e levar Pen Drives para pessoas mal intencionadas.

Sandisk (Maior fabricante de Disk on Key) divulgou a seguinte distribuição de de natureza de informações que se encontram gravadas em dispositivos de armazenamento móvel de dados.

No que se refere a dispositivos moveis e seu uso em redes corporativas sugiro usar soluções de redes que autorizam o uso de dispositivos que a solução autoriza para ser usados. Deleção e Recuperação de Informação Digital

A formatação de discos ou eliminação de arquivos não impede a recuperação da informação. Quando um arquivo é deletado, o apontador desse arquivo é apagado, mas o arquivo continua a residir no disco. Continua existindo a possibilidade da recuperação da informação apagada.

Este capítulo trata dos métodos de deleção de dados, assim como das ferramentas de recuperação que dominam esta área.

DADOS CORPORATIVOS SOBRE PEN DRIVES

Deleção segura de informações

O Processo da Deleção

Mesmo quando o arquivo é deletado fisicamente, pode haver uma cópia em outro lugar no disco. A informação pode ser encontrada em arquivos temporários ou arquivos de backup. Arquivos de swap (memória virtual) também podem conter informações que o sistema operacional escreve durante a execução de um programa e quando não há memória RAM suficiente para executá-lo. Essa informação pode conter chaves, passphrases (frases de senha) e textos decriptografados.

O processo de deleção permanente se chama Wiping, Clearing ou Scrubbing. Não se pode deletar qualquer tipo de arquivos, como, por exemplo, arquivos essenciais do sistema operacional, que geralmente são protegidos. A deleção de alguns tipos de arquivos pode ser fatal para o funcionamento do sistema operacional.

Existem três níveis de eliminação de dados por meio de regravações com informação nova e aleatória. O nível básico é aconselhado com disquetes ou arquivos muito grandes, pelo fato de ser rápido e utilizar o método US DoD 5220.22-M, recomendado pelo United States Department of Defence, com apenas sete regravações. Um nível maior utiliza o método Gutman, com 35 regravações. O nível mais alto utiliza 66 regravações e é indicado para ser utilizado quando a informação deletada é altamente secreta.

Dados de Sombra (Shadow Data)

Dados de sombra são os dados remanescentes de gravações anteriores que continuam a residir na trilha com os dados atuais.

Dados são escritos sobre uma mídia digital (disquete, disco zip, disco rígido ou fita) por meio de um mecanismo mecânico chamado cabeçote de leitura/gravação (head) usado para gravar os dados de uma forma magnética em forma binária que representa 1 ou 0. Os dados são gravados em trilhas (tracks) consecutivamente e em anéis concêntricos. As trilhas formam setores. Porém o braço do cabeçote não possui uma precisão absoluta e cada vez que o cabeçote grava uma informação nova em certa trilha, ele vai se posicionar de uma forma diferente nas coordenadas horizontal e vertical, escrevendo, assim, ao lado de gravações anteriores. Por esta razão, a deleção segura de informações exige regravação múltipla em cima da mesma trilha.

Quando o cabeçote muda a posição na vertical, modifica a força do sinal gravado e, assim, em que pode ocorrer uma situação em que sinal fraco gravado em cima de sinal mais forte não eliminará o sinal mais forte. O novo sinal será o sinal atual e será lido de uma forma normal, porém com equipamentos especiais será possível recuperar um sinal mais intenso que foi gravado anteriormente.

Ademais, o próprio material da mídia digital pode guardar sinais magnéticos em vários níveis. Esses sinais podem também ser resgatados.

Mesmo com várias regravações, ainda não será possível garantir de forma absoluta a deleção de gravações anteriores, mas sim diminuir sua chance de aparecer.

Porém a recuperação de dados de sombra não é uma tarefa fácil. São necessários equipamentos especiais e especialistas no assunto para efetuar a recuperação de dados de sombra. Esse tipo de equipamento custa caro. Mesmo quando recuperado, a identificação do nível (camada de gravação) dos dados não é fácil.

Também vale a pena mencionar que a mídia magnética nova é mais precisa e o processo de gravação é mais rápido, ae a gravação tem menos tolerância e a força do sinal gravado é mais fraca dificultando assim a recuperação de dados de sombra. Recuperar informações de um disquete é mais fácil que de um disco rígido, já que o cabeçote do disquete é menos preciso que o cabeçote do disco rígido.

Existem algumas soluções de software distribuídas gratuitamente pela Internet, porém geralmente são de baixa qualidade.

As soluções de computação forense mencionadas no capítulo 11 não irão descobrir dados de sombra, já que o HEAD do computador apenas é capaz de ler a última gravação efetuada na trilha.

Dependendo da importância da informação, sempre haverá gente disposta a pagar o preço que for para conseguir dados apagados.

Como Garantir a Deleção da Informação

Alguns sistemas operacionais já estão incorporando mecanismos que garantam a deleção definitiva. Um exemplo é o Tinfoil Hat Linux, que impossibilita a utilização de ferramentas de computação forense para a recuperação de informações sigilosas. A seguir, algumas dessas ferramentas específicas.

Funções de Deleção

A função Wipe pode ser encontrada em varias aplicações de segurança.

A função Speed Disk serve para otimizar o acesso ao disco, melhorando o desempenho do computador. O processo inclui a análise da fragmentação do disco e realoca os arquivos. Após o processo de realocação, o SpeedDisk fornece a opção de apagar (wipe) os espaços não utilizados no disco, de forma segura. Para isso é necessário entrar nas propriedades da função do SpeedDisk e clicar em opções e marcar "Wipe Free Space".

Programas podem ter a opção de regravação de dados aleatórias até 99 vezes para garantir a deleção.

No caso de deleção pontual programas contem recursos de busca de conteúdo ou de arquivos específicos, incinerador de lixeira (limpa de maneira segura a lixeira). Possui busca por palavras-chave ou parte de palavras e também níveis variáveis de delação de acordo com o nível necessário de segurança.

O PGP (Pretty Good Privacy) inclui a capacidade de wipe (limpeza segura dos arquivos). Esse software é destinado à criptografia de arquivos, pastas e e-mail (veja capítulo sobre criptografia). Possui um mecanismo que reduz a probabilidade de transferência de informações para a memória virtual (Swap file), já que essas informações podem ser acessadas.

O PGP não deixa as informações por muito tempo na memória RAM, eliminando assim a possibilidade de transferi-las para arquivos Swap, já que geralmente o sistema operacional transfere as informações mais antigas (menos utilizadas) para o arquivo Swap. De forma geral, esse risco pode ser reduzido não se utilizando arquivos Swap, porém isso exige o aumento da memória RAM.

Até um dado apagado de maneira segura (Wiped) pode ser recuperado. Soluções avançadas de recuperação funcionam por meio de resíduos magnéticos latentes, o que exige equipamentos especiais. Essa é a razão por que algumas entidades governamentais supersecretas devem destruir a mídia fisicamente.

Capítulo 7

Criptografia e Decriptografia de Dados

Para garantir uma comunicação segura é necessário, além da criptografia, a utilização de assinaturas e certificados digitais, para garantir que a pessoa ou o site com que você se comunica são aqueles que você realmente pensa que são e não impostores que tiveram acesso às senhas ou chaves do mecanismo da criptografia. Este capítulo explica os vários conceitos envolvidos na tecnologia de criptografia, assinaturas e certificados digitais.

Definição de Criptografia e Decriptografia

Um texto não criptografado é um texto plano que pode ser lido e entendido facilmente. O método de torná-lo incompreensível chama-se criptografia. Desta forma, o texto criptografado pode ser transmitido através de redes não seguras com a certeza de que só o destinatário poderá lê-lo por meio de processo contrário, chamado decriptografia .

A ciência de criptografar dados é chamada criptografia, enquanto a ciência que desvenda e quebra da criptografia é chamada análise criptográfico (cryptanalysis). A criptologia inclui tanto a criptotografia como a análise criptográfico.

A aplicação da criptografia somente se justifica na medida em que os recursos investidos em desvendar os segredos (senhas ou chaves) forem menores que o

Avi Dvir

benefício que a revelação trará, ou o tempo que se levaria a desvendá-los seja menor do que a relevância do conteúdo descoberto.

Como Funciona a Criptografia?

No processo da criptografia, um algoritmo matemático é utilizado para criptografar ou decriptografar dados. O algoritmo pode ser conhecido por todos e utiliza uma chave (ou senha) secreta. Essa senha precisa ser mantida em sigilo para não comprometer a segurança da informação.

Criptografia Convencional (Simétrica)

Na criptografia convencional, também chamada criptografia de chave simétrica, ou criptografia de uma só chave, é utilizada apenas uma chave, tanto para criptografar como decriptografar. Os algoritmos de criptografia mais conhecidos são DES – Data Encription Standard, AES, CAST, IDEA, Twofish e RSA.

Um exemplo conhecido é o sistema de criptografia que Júlio César utilizou para criptografar suas mensagens, baseado em mudanças de letras do alfabeto. A chave utilizada foi o número de letras que era necessário pular na escala alfabética, a partir de cada letra escrita na mensagem. Quando a criptografia é para uso local, este sistema é eficiente e rápido, porém quando é envolvida transmissão das chaves para outras pessoas, a segurança da chave pode ser comprometida. Isso é válido para qualquer meio de transporte, como e-mail, correio, telefone e até pessoalmente. Isso não garante perfeitamente a transferência, já que em qualquer lugar no processo da transmissão pode ter algum tipo de vigilância oculta. Este é o maior problema da distribuição de chaves. Outro problema do sistema de chave simétrica é a confiança que um lado precisa ter no outro, já que a chave precisa ser bem guardada e a pessoa idônea, uma vez que um dos lados pode passar a chave para as mãos de entidades/ pessoas hostis.

Criptografia de Chave Pública

Capítulo 7 - Criptografia e Decriptografia de Dados

O problema de distribuição de chaves foi resolvido no sistema de chave pública, introduzido primeiramente em 1975 por Whitfield Diffie e Martin Hellman.

Esse sistema de criptografia é composto de duas chaves: uma é privada, para uso exclusivo, e a outra é pública podendo ser usada por qualquer usuário que queira criptografar mensagens destinadas ao proprietário da chave. A chave pública não é capaz de de-criptografar mensagens, somente pode encriptá-las. É impossível descobrir a chave privada por meio da chave pública. Este esquema resolve o problema da transmissão (delivery) da chave pública, sem comprometer a segurança do sistema. Os algoritmos mais conhecidos nesta categoria são: Elgamal, RSA, Diffie-Hellman e DSA (Digital Signature Algorithm).

Chaves

Existem vários aspectos de segurança que se aplicam tanto a chaves públicas como a chaves simétricas. Analisaremos, a seguir, os aspectos de tamanho de chave e a divisão de chave (splitting) como forma de compartilhar a segurança entre mais de uma pessoa.

Quanto Maior, Melhor

A chave é uma seqüência de dados que, com o algoritmo criptográfico, gera o Texto Cifrado (Ciphertext). O tamanho da chave é medido em bits. Quanto maior a chave, há mais segurança. O tamanho da chave pública não pode ser comparado com o tamanho da chave simétrica para avaliar-se o nível de segurança do sistema criptográfico. Por exemplo, uma chave convencional (simétrica) de 128 bits tem o mesmo nível de segurança que a chave pública de 3.000 bits. Isso é resultado da natureza do algoritmo utilizado em cada um dos sistemas, porém, em cada sistema, separadamente, é válido o conceito de nível maior de segurança: quanto maior o tamanho da chave, melhor a segurança dele.

Na criptografia de chave pública, a chave privada e a pública são relacionadas matematicamente, porém é muito difícil descobrir a chave privada por meio da chave pública. Ao escolher uma chave, o usuário precisa conhecer o nível da ameaça e os

182

meios que os interessados podem utilizar. Hoje chaves de 128 bits são consideradas não muito seguras. O padrão do mercado atual é chave de 256 bits.

Divisão de Chaves

Muitas vezes é necessário que várias pessoas utilizem uma única chave. Se todas as pessoas tiverem a mesma autonomia, a mesma chave será distribuída a todas elas. Caso a responsabilidade seja dividida entre elas, cada uma terá parte da chave e apenas juntas conseguirão reconstruir a chave inteira. Também é possível definir um número mínimo de partes da chave que é preciso juntar para efetuar a sua função.

Assinaturas Digitais

Assinaturas digitais têm como objetivo propiciar ao receptor de uma mensagem a possibilidade de verificar a autenticidade da origem desta e que o seu conteúdo não tenha sido alterado, provendo assim uma garantia da integridade da informação. Neste sentido, a assinatura digital provê um nível maior de segurança comparada a uma assinatura física de um documento, que não pode garantir que o conteúdo do documento assinado não tenha sido alterado.

O sistema de chave pública pode ser utilizado como um método eficiente para prover assinaturas digitais. A assinatura digital é criada por meio da chave privada, pelo criador de um documento, e a chave pública é usada para verificar a assinatura dele. A verificação da assinatura poderá ser feita por qualquer pessoa que detenha o documento já que, pela natureza, a chave é pública.

Algoritmo Hash One Way

Este algoritmo opera com texto específico e gera uma seqüência de bits com tamanho fixo, independentemente do tamanho do texto. A função Hash garante que se o texto que originou a seqüência de bits for modificado, o resultado do algoritmo será diferente (no PGP, mencionado a seguir, esse resultado é chamado Message Digest).

O texto original não poderá ser reconstruído utilizando o resultado do algoritmo executado com algum texto específico. Por isso é chamado One Way, ou caminho único.

Certificados Digitais (Server IDs)

A assinatura digital fornece a autenticação da integridade da mensagem e o certificado digital a autenticação da identidade do criador da mensagem.

Em sistemas de chaves públicas é essencial que haja a certeza de que a chave pública utilizada é aquela que pertencia à pessoa a quem queremos mandar uma informação criptografada. Por meio de um ataque chamado Man in the Middle (Homem no Meio), uma pessoa disfarçada pode colocar em um servidor de chaves públicas uma chave falsa com nome e identificação de uma determinada pessoa, podendo interceptar mensagens destinadas a essa pessoa e decriptá-las. Na tentativa de cometer um crime perfeito, o atacante pode, depois de interceptar a mensagem, encriptá-la com a chave pública verdadeira daquela pessoa e retransmitir a mensagem a ele, e, dessa forma, tanto o transmissor da mensagem como o receptor não suspeitariam de nada.

Em outras palavras, os certificados digitais provêem autenticação da identidade. A autenticação permite ao receptor de uma mensagem digital ter a certeza da identidade do autor dessa mensagem.

Um site seguro dever ser autenticado por uma entidade de confiança, chamada CA (Certificate Authority – Autoridade Certificadora). A conexão com um site seguro envolve um certificado digital que atesta ao usuário que o site realmente pertence à empresa a qual diz pertencer. No envio de informações confidenciais a esse site, o usuário poderá ter a certeza de que ele realmente as envia a essa empresa idônea, e não a um impostor. No Brasil já foi aplicado um golpe de sites que se disfarçaram como sites de bancos a fim de captar senhas de usuários e utilizá-las em golpes financeiros.

O mecanismo funciona da seguinte forma: o administrador do sistema gera um pedido de certificado e recebe uma chave privada e outra pública. Este, por sua vez, envia a pública para a CA, que assina a chave pública com uma chave chamada "chave raiz de assinatura criptográfica" (Root Criptografic Signing Key). Para isso, a CA tem a responsabilidade de verificar a entidade antes de atestar a ligação entre a chave pública e a entidade que solicita o certificado.

A chave pública assinada voltará ao administrador do sistema que a implanta no servidor do site. Quando a chave pública corresponder à chave privada, o mecanismo SSL (Secure Socket Layer, ou protocolo de comunicação segura) irá funcionar, garantindo ao visitante do Web Site integridade e sigilo das informações trocadas com o site. Quando o visitante entrar em um site seguro, o navegador receberá a chave pública do certificado do site. Quando o navegador enviar informações utilizando o protocolo SSL para o site, ele utilizará essa chave pública do site para criptografar os dados transmitidos. A única forma de decriptografar esses dados é pela chave privada do certificado do site.

Os certificados digitais atestam que as chaves públicas pertencem ao proprietário delas. Elas contêm três partes:

- A chave pública.

- Informações do certificado como nome do usuário, identificação e outras informações desse usuário.

- Uma ou mais assinaturas digitais – Essa assinatura digital vem atestar que a informação do certificado foi confirmada por uma pessoa ou entidade.

Existem formatos-padrão para esses certificados, como o X.509. Os certificados X.509 são compatíveis com o padrão internacional ITU-T X.509. Assim sendo, o mesmo certificado pode ser utilizado com qualquer aplicação compatível com X.509. Na prática, isso não é bem assim, já que as empresas criaram suas próprias extensões do padrão X.509.

O padrão X.509 contém as seguintes informações:

- A chave pública do usuário do certificado.

- Número serial do certificado – Destinado pela entidade criadora do certificado.

- Identificador único do usuário – Chamado também DN (Distinguished Name). Pode conter: CN (Common Name) – nome do usuário, e-mail do usuário; OU

(Organizational Unit) – unidade organizacional; O – organização; e C (Country) – país.

- A data em que o certificado passou a ter validade e a data do término da validade.
- O nome único do criador do certificado, que é normalmente a CA.
- A assinatura digital do criador criada mediante o uso da chave privada deles.
- A identificação do algoritmo utilizado na assinatura do criador do certificado.

Revogação de Certificados

Os certificados têm uma vida restrita. Há, às vezes, a necessidade de terminar a validade de um certificado quando há uma suspeita de que a segurança da chave privada correspondente foi comprometida. Também existe essa necessidade quando um empregado da empresa está deixando a empresa. Esses certificados são chamados de certificados revogados. No caso de certificados X.509, a revogação da assinatura da autoridade certificadora (CA – Certificate Authority) significa a revogação desta.

Quando um certificado é revogado, os usuários potenciais devem ser avisados.

No sistema PKI (Sistema de Chave Pública), essa comunicação é feita por meio da lista de certificados revogados (CRL – Certified Revoked List), que é divulgada pela CA. Certificados revogados permanecem na lista apenas até o término da validade.

Distribuição de Certificados

O sistema de distribuição de certificados tem como objetivo garantir mecanismos seguros, armazenamento e troca de chaves públicas. Esses mecanismos podem ser implementados por meio de servidores de certificados, chamados também de PKI (Public Key Infrastructure), que visam a gerenciar uma base de dados em que usuários podem submeter e receber certificados digitais.

PKI (Public Key Infrastructure)

A PKI inclui as funções de servidor de certificados e também oferece um esquema de gerenciamento de chaves públicas, tais como produção de chaves e atestado de autenticidade. Os administradores de sistemas PKI são chamados Certificate Authority (CA), ou Autoridades de Certificação e Registration Authority (RA), ou Autoridades de Registro.

A CA cria certificados e os assina com sua chave privada. O usuário de uma chave pública verifica sua autenticidade utilizando a chave pública da CA e, assim, garante a autenticidade do conteúdo do certificado, ou seja, da identidade do proprietário da chave pública. Um exemplo de certificador é a Verisign. Para receber o título de CA é necessário ser qualificado anualmente, atendendo a um procedimento chamado "The statement of Auditing Standard 70, SAS 70", que foi estabelecido pelo American Institute of Certified Public Accountants. Empregados envolvidos no processo do certificado passam por uma verificação completa. Na Verisign, por exemplo, existem cinco camadas de segurança. As três primeiras requerem identificação por impressão digital.

A RA (Registration Authority) refere-se a uma entidade, pessoa ou processo envolvido no registro de usuários com PKI e na administração dos certificados. A CA, por outro lado, utiliza um software (e, em alguns casos, hardware) para produzir certificados aos usuários por meio da vinculação da chave pública e da informação de identidade do usuário. Desta forma, a CA garante às partes que utilizam o certificado que a chave é válida. Existe também uma hierarquia de validação, já que a CA pode nomear outras entidades autorizadas a validar certificados. Nesse caso, a CA seria chamada CA raiz e a entidade qualificada CA subordinada. A CA utiliza uma chave privada especial associada a um certificado especial, denominado certificado raiz da CA, para assinar certificados. A CA pode assinar certificados de CA subordinados e eles podem usar esse certificado para assinar outros certificados, criando uma corrente de validação de certificados. A detecção do caminho que o certificado passou até certo ponto não é fácil e existem modelos de confiança que empresas utilizam para validar certificados:

• Confiança Direta – Este é um modelo simples em que o usuário sabe que uma chave é válida porque sabe de onde esta veio.

Capítulo 7 - Criptografia e Decriptografia de Dados

- Hierarquia de Confiança – Este sistema é baseado em um certificado raiz que pode atestar certificados diretamente aos usuários ou pode certificar outras CAs que podem, por sua vez, certificar também usuários ou outras CAs.

- Teia de Confiança – Combina as duas formas de confiança. Qualquer um pode assinar um certificado e, assim, tornar-se apresentador (Introducer) dessa chave. O processo pode continuar montando uma teia de confiança. Essa forma é a adotada pelo software PGP.

Uma forma manual de verificar a validade de um certificado é a função Hash do certificado, que sempre fornecerá um número específico quando solicitada. Qualquer mudança no conteúdo do certificado mudaria o resultado da função.

Armazenamento das Chaves

Tanto chaves privadas do sistema convencional (chaves simétricas) como chaves privadas (do sistema de chaves públicas) precisam ser armazenadas de forma segura no computador.

Caso seja comprometida, a chave privada de um sistema de chaves públicas poderá servir para assinar documentos em nome do proprietário da chave privada, ou decriptografar documentos interceptados, destinados ao proprietário da chave.

A proteção poderá ser física, como, por exemplo, em disquetes com proteção contra escrita. Alguns sistemas operacionais, atualmente, estão tomando medidas adequadas para cumprir essa tarefa. O Tinfoil Hat Linux possui mecanismos de disco virtual em memória RAM, evitando assim a possibilidade de varredura do conteúdo de discos rígidos e a descoberta de dados sigilosos.

Outros sistemas possuem esquemas diferentes para esconder chaves. O PGP, por exemplo, que será descrito adiante, encripta chaves privadas do sistema PKI.

Uma forma adicional de proteção é a Passphrase (Frase de senha), que ajuda a recuperar a chave privada caso esta seja perdida ou esquecida. Nunca guarde sua chave privada com o passphrase, pois seria o mesmo que guardar seu cartão de crédito com sua senha. A melhor forma de guardar passphrase é memorizá-la.

188

Avi Dvir

Segurança em Transações Financeiras pela Web

As empresas que atuam pela Web conseguem ter vantagens competitivas porque atingem um público maior. O maior problema são os riscos da própria transação (financeira ou de qualquer outra natureza) e clientes somente submeteriam ao site informações como número de cartão de crédito, dados financeiros ou histórico médico se tiverem certeza de que a transação é segura. A maioria das pessoas não confia em transações financeiras pela Web.

Os processos efetuados pela Web são mais rápidos, têm menor custo de processamento e melhoram e estreitam o relacionamento com o cliente. Em uma loja, efetuamos o pagamento com cartão de crédito porque conhecemos o estabelecimento e temos o produto disponível. Na Internet, sem haver essas características físicas é difícil avaliar o risco. A seguir, apresentaremos alguns possíveis riscos que possa haver.

Spoofing

Uma forma bastante praticada por impostores é criar sites falsos de vendas diretas ao consumidor, para obterem, desta forma, números de cartões de crédito. Esses sites podem ser reais ou imitação de sites existentes, enganando os usuários.

Interceptação da Informação

A interceptação da informação pode ser efetuada de várias maneiras por um cracker. Ele pode interceptar a informação durante a transação ou quando já estiver armazenada no servidor ou computador do cliente.

Alteração da Informação

O conteúdo de uma transação pode ser intencional ou acidentalmente alterado tanto durante a transação como depois de concluída.

Podem ser efetuados vários tipos de ataques contra servidores visando a atrapalhar o seu correto funcionamento mediante ataques do tipo DoS, DDos ou outros.

189

Uma forma de garantir ao usuário a segurança da transação é por meio de certificados digitais descritos anteriormente. Para resumir o processo de comunicação segura com um site, a CA (Certificate Authority) irá verificar a empresa interessada em obter o certificado e por meio de um certificado, irá atestar que a identidade da empresa não é falsa e que o Web site pertence a essa empresa. O certificado digital contém o nome do operador do site, a identidade do titular do site, a chave pública e a assinatura digital da CA como certificação. A CA cria uma chave pública e uma chave privada para o operador do site. A chave privada é instalada no servidor da CA e ninguém tem acesso a ela. A chave pública, por outro lado, é distribuída livremente como parte do certificado digital. Na transação, essa chave é transmitida ao computador do visitante e é utilizada para criptografar e transmitir informação do computador do cliente ao site que detém o certificado. Essa informação só pode ser decriptada pelo proprietário do certificado digital mediante o uso da chave privada.

Um certificado digital funciona em conjunto com a tecnologia SSL (Secure Sockets Layer), que hoje é um protocolo-padrão para comunicação segura baseada em Web. O protocolo SSL pode ser acionado pelo certificado digital fornecendo:

- **Autenticação** – Por meio do certificado, o usuário tem a certeza de que se comunica com a empresa correta.

- **Privacidade** – O protocolo SSL encripta a informação trocada entre clientes e o servidor Web, inclusive números de cartões de crédito, dados pessoais etc., utilizando uma chave única durante a sessão. Essa chave é transmitida ao cliente após ser encriptada com a chave pública do cliente (o cliente poderá decriptá-la com sua chave privada). A chave da sessão é utilizada uma só vez. Esse processo também pode ser invertido, o cliente irá gerar uma chave de sessão e encriptá-lo com a chave pública do servidor, e depois mandar a senha para o servidor, que por meio da chave privada do operador do site poderá decriptá-la e utilizá-la naquele sessão.

- **Integridade** – Utilizando uma função Hash, o computador que transmite e o que recebe a mensagem criam um código único baseado no conteúdo da mensagem. Mesmo se um único bit de informação for alterado no caminho, o código gerado

190

pelo computador receptor será diferente do código gerado pelo transmissor, daí saberemos que houve um erro ou tentativa de adulteração da informação.

Quando a comunicação é segura, aparecem as seguintes marcações:

- O URL mostra "https" em lugar de "http".
- No navegador aparece um ícone de cadeado na parte inferior da tela.

Para obter informações sobre a segurança de um site, é possível clicar o botão direto do mouse na página do site e escolher a opção "Propriedades". Na janela que se abre, escolha a opção "Tipo de Criptografia". A janela que se abre mostra o nível da criptografia (até 128 bits). Nos sites seguros aparecem selos das entidades que certificam o site.

O certificado digital atestaria aos seus clientes não só a identidade do proprietário do site, mas também permitiria verificar e autenticar a identidade do visitante do site, caso houvesse a necessidade de restringir o acesso a certos tipos de visitantes.

Uma forma de fazer isso é solicitar a identificação e a senha do visitante. Outra forma é por meio de registro de certificados de clientes.

Outro protocolo é o SET (Secure Electronic Transactions), geralmente utilizado por instituições de crédito e que viabiliza transações diretas de pagamentos de empresas de cartões de crédito. A empresa emite um certificado digital para o operador do site e isso viabiliza o pagamento eletrônico direto. O certificado digital atesta aos clientes que o site é aprovado a operar pagamentos de um certo cartão de crédito.

A seguir uma demonstração do processo de comunicação entre João e um site XYZ:

- XYZ consegue um certificado digital de um CA. O certificado inclui a chave publica do XYZ. O certificado é assinado com a chave privada do CA. O certificado é valido por um prazo predefinido.
- João pede o certificado digital do XYZ.
- XYZ envie seu certificado para João.
- João usa a chave publica do CA para verificar a assinatura do CA no certificado.

- João verifique o certificado.
- João extrai a chave publica do XYZ do certificado.
- João envie uma mensagem para XYZ que contem uma chave secreta da sessão. Ele criptografa a mensagem com a chave publica do XYZ.
- XYZ recebe a mensagem e decripta-o com seu chave privada.
- XYZ extrai a chave secreta da mensagem e usa esta chave no resto da comunicação.

É importante perceber que João e XYZ mudaram de um sistema de chave publica/ assimétrica (que foi usada para criptografar a chave da sessão) para um sistema simétrica durante a comunicação, assim que João estava satisfeito com a identidade do XYZ. Esta foi em função da rapidez maior do sistema simétrica.

PGP (Pretty Good Privacy)

É uma forma muito popular para criptografia de informação. Foi desenvolvido por Phil Zimmerman com o objetivo de fornecer uma ferramenta gratuita e eficiente para qualquer usuário. O PGP utiliza tanto o sistema de criptografia simétrica (convencional) como o de chaves públicas.

Antes de criptografar, o PGP comprime o texto, viabilizando uma transmissão mais rápida e eficiente, economizando espaço de disco e aumentando a segurança da criptografia por meio da eliminação de padrões repetitivos no texto.

Primeiro, o PGP cria uma chave de sessão para cada sessão. Essa chave é utilizada, então, para criptografar o texto e, em seguida, é criptografara pela chave pública do recipiente da mensagem e enviada a este com o texto criptografado. A chave da sessão é uma chave privada. Para a criação da chave da sessão, o PGP utiliza um arquivo aleatório chamado Arquivo Semente (Seed File) e vários algoritmos convencionais como CAST, Triple-DES, IDEA e Twofish. O Arquivo Semente precisa estar bem protegido, uma vez que pode servir para derivação de chaves de sessão.

192

No processo de decriptografia , o receptor da mensagem utiliza sua chave privada para recuperar a chave da sessão que, então, o PGP utiliza para decriptografar o texto cifrado (ciphertext).

Desta forma, o sistema aproveita a rapidez do sistema convencional, encriptando o texto com a chave de sessão, e utiliza a chave pública do receptor da mensagem para criptografar a chave de sessão, resolvendo assim o problema da distribuição da chave.

Para criar uma assinatura digital, o PGP utiliza a função Hash (SHA 1 – Secure Hash Algoritm, de 160 bits) para criar o Message Digest (é o resultado da função Hash do texto analisado) e a chave privada para criar a assinatura. Depois, o texto original e a assinatura são transmitidos juntos. O receptor da mensagem utiliza a chave pública do transmissor da mensagem para recalcular o Message Digest, verificando assim a assinatura.

O PGP cria certificados em dois formatos: Certificados PGP, referidos como chaves PGP, e certificados X.509. Os certificados PGP incluem:

- A chave pública e o algoritmo da chave que pode ser RSA, RSA Legacy, Diffie-Hellman (DH) ou DSA (Digital Signature Algorithm).

- Informações sobre o usuário da chave, como nome, identificação, endereço de e-mail, número ICQ, fotografia ou qualquer outra informação relevante.

- Assinatura digital do criador do certificado – Assinatura especial que atesta que a chave e a informação de identificação do usuário estão relacionadas. Essa assinatura também é chamada Self Signature (Assinatura Própria). No PGP, várias pessoas podem fornecer assinaturas atestando a vinculação da informação com a assinatura. Esses atestados podem ser relacionados a apenas parte da informação, mas sempre com a chave pública do certificado.

- Prazo de validade do certificado.

O algoritmo preferido para a criação da chave simétrica (lembre-se de que o PGP cria uma chave simétrica no começo do processo de criptografia e depois encripta essa chave com a chave pública do destinatário). Esse al goritmo pode ser CAST, AES, IDEA, Triple-Des ou Twofish. Todos são algoritmos de criptografia simétrica.

Capítulo 7 - Criptografia e Decriptografia de Dados

Quanto ao sistema de validação de certificados, o PGP utiliza a forma de teia de certificados mencionada anteriormente. Nesse sistema existem três níveis de confiança que podem ser designados a uma chave pública: Confiança Absoluta, Confiança Marginal e Sem Confiança. Então, para validar uma chave pública, você irá assinar o certificado com sua própria chave privada e designar um nível de confiança. Se você atribuir um nível de confiança absoluta a um certificado, isso o torna proprietário desse certificado em um CA. O sistema de confiança do PGP requer uma confiança completa ou duas confianças marginais para considerar uma chave como válida, já que uma pessoa pode validar uma chave em confiança completa com objetivos desonestos, porém a chance de duas pessoas atestarem com má intenção a mesma chave, mesmo com confiança marginal, é considerada igual a uma assinatura mal-intencionada de uma chave com confiança absoluta.

Capítulo 8

Crimes Virtuais e a Computação Forense

N a literatura, podem ser encontradas várias definições para crime virtual, como: cibercrimes, delito ou fraude informáticos, criminalidade mediante o uso de computadores ou crimes digitais.

O escopo do tema "Crime Virtual" abrange aspectos sociológicos, econômicos, jurídicos e tecnológicos.

A área de computação forense procura analisar um sistema de computação comprometido por intrusos ou buscar provas digitais que incriminem um determinado indivíduo por alguma atividade ilegal.

O êxito do combate ao crime cibernético depende da colaboração entre os especialistas de Tecnologia da Informação (TI) e as agências de cumprimento da lei.

Em muitos casos, administradores de TI ainda não possuem a consciência dos crimes virtuais e não sabem como combatê-los. Por outro lado, as agências de cumprimento da lei no Brasil estão ainda começando os estudos nessa área e dedicam poucos e esparsos recursos a esta tarefa.

Este capítulo descreve a difusão do crime virtual no Brasil e no mundo e analisa algumas das ferramentas da computação forense utilizadas por agências de cumprimento da lei.

O Tamanho do Problema

Existem varia fontes de estatísticas de crimes cibernéticos mas por natureza não se sabe seu tamanho real. Se trata de bilhões de dólares por ano.

No Brasil, não existem sistemas que recolhem informações sobre os crimes mediante o uso de computadores e crimes virtuais, especificamente.

Ademais, muitas empresas não divulgam dados sobre fraudes e ataques de sistemas para não prejudicarem a credibilidade que desfrutam e intimidar os clientes em relação ao uso dos serviços oferecidos por elas.

A falta de estatística prejudica as agências de cumprimento da lei. Elas precisam planejar os recursos necessários para combater os diferentes tipos de crimes que, como veremos, necessitam de conhecimentos e especializações. Estatísticas apropriadas alertarão o público e as entidades expostas a esse tipo de crime a tomar as medidas necessárias antes que sejam prejudicados.

A idéia é bem clara: as fraudes virtuais estão crescendo cada vez mais. O perfil do criminoso também é diferente. Ao contrário do perfil do criminoso tradicional, os criminosos virtuais são, muitas vezes, pessoas de boa educação que tiveram oportunidades e a profissão deu-lhes as ferramentas necessárias para cometer crimes.

Definição do Crime Virtual

Existem várias classificações de crimes virtuais e diferentes categorias em cada uma delas.

O crime virtual pode ser definido, por exemplo, conforme a possibilidade de executá-lo na Internet. Este tipo se subdivide em duas categorias: a primeira categoria inclui crimes que podem ser executados sem a Internet e apenas a utilizam como meio de execução, como, por exemplo, jogos ilegais, troca de imagens de pornografia infantil etc. Neste caso, a Internet serve, apenas, como mais um veículo para executar um ato ilegal. Na segunda categoria se enquadram crimes que só podem ser executados em função da existência da Internet. Por exemplo, a invasão a um sistema bancário seguido do roubo de senhas de cartões de crédito é um ato derivado da existência do material roubado em servidores ligados à Internet.

Também podemos classificar os crimes virtuais pela natureza do crime: violento e não violento. Dentro dos crimes de natureza violenta encontram-se, por exemplo, crimes como pedofilia, ameaça ou terrorismo. No caso de pedofilia, podemos distinguir entre quem gera material pornográfico, quem distribui e quem o consome. Crimes de ameaça podem ter como objetivo chantagear uma pessoa ou deixar alguém apavorado.

O ciber-terrorismo pode ser considerado crime violento procurando executar atividades terroristas ou invasão de sistemas estratégicos (como redes de eletricidade ou água) para danificar o seu funcionamento.

Nesta classificação, podemos também encontrar os crimes que visam a causar danos ao sistema computadorizado ou atrapalhar o funcionamento deste como no caso dos ataques do tipo DoS e DDoS. Vírus, cavalos-de-tróia e worms são outras ferramentas utilizadas para execução do crime.

A maioria dos crimes virtuais não é violenta por serem executados por computadores remotos e sem contato físico com pessoas ou equipamentos. Na classificação de crimes de natureza não violenta, podemos encontrar:

- Penetração não autorizada de computadores sem causar dano – Este tipo de crime é feito, geralmente, por motivos de auto-satisfação.

- Roubo – Este tipo de crime pode incluir desvio de dinheiro tanto por pessoas com autorização de acesso ou por pessoas que conseguem acessar um servidor sem autorização. Roubo de informação sobre produtos, estratégias de marketing, dados financeiros etc. O roubo de números de cartões de crédito serve para criar cartões falsos com a informação roubada ou uso direto em compras pela Internet. Pirataria é o roubo de propriedade intelectual sem pagamento de royalties (direitos autorais) para o autor. Nesta categoria temos software, músicas, vídeos etc. Plágio é o roubo de direitos autorais na rede ou diretamente do computador onde a informação reside, com o objetivo de divulgar o material roubado com nome de pessoas não creditadas, a fim de se ganhar reputação ou dinheiro.

- Fraude – Fraude é diferente de roubo. Na fraude uma entidade ou pessoa é enganada para passar dinheiro ou informações a uma pessoa ou entidade falsa. Pode ser um pedido de esmola, a colaboração com empreendimentos falsos ou promessa de entregar algo (equipamento ou serviço) sem cumprir. A modificação de dados em sistemas computadorizados também pode ser considerada fraude.

O Processo e as Ferramentas da Computação Forense

O processo da computação forense exige regras e cuidados especiais, visto que é necessário tomar certos cuidados para garantir a integridade da informação investigada ter ferramentas poderosas capazes de descobrir e extrair integralmente toda informação relevante ao objetivo da investigação.

Mantendo a Integridade da Mídia Digital

Logo no começo da investigação, o perito forense precisa garantir que as provas não serão destruídas ou alteradas. Da mesma forma que a cena do crime convencional a cena do crime virtual também necessita ser preservada para a recuperação das pistas deixadas pelos criminosos. O perito precisa garantir e preservar a integridade da informação da mídia investigada. É necessário criar uma cópia idêntica do computador envolvido na investigação. A partir dessa cópia, o perito poderá fazer cópias adicionais e executar várias pesquisas com segurança, já que sempre terá o original.

Não é suficiente fazer um backup comum. A recuperação de informação apagada depende de um backup no nível de bits. Programas do tipo SafeBack da NTI fazem esse tipo de backup.

Um algoritmo Hash (por exemplo, MD5) cria uma assinatura digital (código que identifica o texto de uma forma única) do disco ou partição deste para garantir que a análise não seja feita utilizando uma cópia corrompida ou alterada. A função Hash pode ser aplicada tanto sobre arquivos ou diretórios.

Sistemas operacionais, como Linux, possuem ferramentas para copiar e depois calcular a função Hash do conteúdo. Existem vários aplicativos especiais no mercado que têm a função de copiar mídia digital, utilizado principalmente para copiar Discos rígidos, e pode transformar o conteúdo de um mídia em um arquivo executável, que, quando executado, recria a mídia original. A recriação pode ser protegida por senha e as cópias podem ser automaticamente numeradas para permitir o controle das cópias produzidas.

O disco examinado tem que ser escaneado para eliminar possíveis vírus que possam alterar a informação gravada nele. Os vírus encontrados têm que ser documentados. O software de análise também deve ser escaneado antes de ser utilizado na investigação.

Obtendo Informações sobre Arquivos, Diretórios e Sistemas Operacionais

Arquivos em qualquer sistema operacional possuem um i-node associado que armazena os parâmetros MAC Times (MAC – Modify/Access/Change) que mantêm as informações sobre um arquivo, conforme descrito a seguir:

- O parâmetro "Modify" mantém informação sobre a data da última alteração de um arquivo e quando esse arquivo é acrescentado ou deletado de um diretório.

- O parâmetro "Access" é alterado quando houver acesso ao arquivo ou ao diretório.

- A atualização de parâmetro "Change" ocorre quando as permissões de um arquivo ou diretório são alteradas.

É necessário levar em consideração que os registros de data e hora dos arquivos depende da precisão da hora e da data, conforme armazenados na memória do computador. Conseqüentemente é fundamental a diferença do tempo entre o registrado no computador e o tempo real para ter uma noção exata das datas e horas reais dos arquivos. Precisamos também salientar que o relógio do computador pode ser alterado pelo usuário a qualquer momento, assim, a informação sobre as datas e horas de arquivos e diretórios deve ser analisada cuidadosamente.

Durante a investigação de uma mídia, é importante utilizar ferramentas que não modifiquem os parâmetros MAC Times e informações das tabelas internas do sistema de arquivo. O sistema operacional Linux possui uma ferramenta chamada Loopback Device, que permite acesso às partições de um disco sem alterar nenhuma informação. O comando "dd" (duplicate disk) permite criar uma cópia idêntica que pode ser analisada em outro sistema Linux.

No processo da perícia é necessário observar se o invasor do sistema modificou o conteúdo do sistema para evitar que suas atividades fossem percebidas e rastreadas.

Existem ferramentas forenses do próprio sistema operacional e outras fornecidas por terceiros. A seguir uma lista de funções que possam ser encontradas em varias soluções do mercado.

- Coleta de informações sobre a mídia investigada, tais como arquivos de log, arquivos de configuração, processos do sistema, informação MAC Times etc. Essas informações alimentam outras ferramentas de análise.

- Função que analisa as informações do MAC Times, coletadas e que cria uma lista ordenada cronologicamente por acessos aos diversos arquivos e diretórios. Por meio dessa lista, o investigador pode acompanhar as atividades que foram realizadas durante um intervalo de tempo, no qual o intruso esteve no sistema.

- Análise de arquivos existentes. Examinar os i-nodes de arquivos deletados. Os i-nodes mantêm atributos relacionados com arquivos, tais como nome do arquivo, permissões, últimos acessos, criador do arquivo e endereços dos blocos de dados. Recuperar as informações nos i-nodes disponíveis para geração da lista do MACTimes.

- Ferramentas que permitem ao investigador recuperar arquivos deletados e informações adicionais que ocupam áreas não utilizadas no disco. Quando um arquivo é deletado, o núcleo (kernel) do sistema operacional apenas apaga um ponteiro a esse arquivo, que continua a residir no disco até ser sobreposto por um novo arquivo. Mesmo quando sobreposto, parte do arquivo ainda pode existir e ser recuperada.

- Ferramenta de análise de mídia que descobre formas não convencionais para gravar dados em em mídias "não formatados" ou acrescentar setores e trilhas a uma média convencional com objetivo de esconder informações. A maioria dos padrões de formatação de mídias digitais é suportada. O programa pode identificar formatações não convencionais e setores adicionais na mídia digital, o que pode servir como um truque para esconder informações sigilosas.

Para criar setores ou partições escondidas em mídia digital há vários soluções no mercado (Por exemplo, Partition Magic).

Busca em Mídia Digital

É necessária uma ferramenta de busca global para encontrar frases e palavras chaves em arquivos alocados nas várias partições da mídia digital, para detectar dados em partições diferentes.

Obtendo Informações sobre Dados Ambientais

Dados ambientais são dados encontrados em arquivos que a aplicação cria de uma forma não explícita ou dados que já foram apagados e não têm registro no sistema de arquivos, mas podem ser recuperados por meios especiais. Podem ser:

- Arquivos temporários criados pelo programa Microsoft Word ou outros programas para processamento de textos e também programas de base de dados.
- Informações em arquivos swap que são uma extensão da memória do computador.
- Área slack de mídia digital (Drive Slack) são os espaços que sobram entre os blocos dos arquivos que compõem os clusters.
- Área slack dos arquivos (File slack) são os espaços que sobram entre o final do arquivo e o setor onde ele reside.
- Espaços da mídia que não são alocados e contêm informações antigas.

Todas essas áreas que não são áreas de armazenamento convencional são chamadas coletivamente "dados ambientais" por algumas entidades que atuam em computação forense. Umas das atividades do processo forense envolve a pesquisa desses arquivos, já que muitas vezes os usuários não estão cientes da existência desses componentes e por isso eles se tornam uma fonte altamente importante no processo da análise forense da mídia digital.

Área Slack de Mídia Digital

Os arquivos possuem tamanhos diferentes. Em certos sistemas operacionais como DOS e Windows, os arquivos são armazenados em blocos de dados de tamanho fixo chamados clusters. Seria muita coincidência se os arquivos armazenados em certo bloco ocupassem exatamente o tamanho do bloco. O espaço entre o arquivo até o final do bloco é chamado Drive Slack e a informação inserida vem de dados armazenados na mídia digital anteriormente, por exemplo, remanescentes de arquivos deletados. O tamanho do cluster depende do sistema operacional.

Quanto maior o tamanho do cluster, maior será o espaço do drive slack. Porém, para pesquisa forense, o drive slack representa uma fonte de informações que pode ser muito importante.

Área Slack dos Arquivos (File Slack)

Outro tipo de slack é o file slack onde a informação do arquivo é colocada em blocos chamados setores. Os clusters são compostos de blocos de setores. Caso o arquivo não tenha dados suficientes para complementar o último setor onde ele reside, o sistema operacional complementará a diferença (processo chamado padding) do espaço remanescente com dados da memória do sistema operacional do computador. Esses dados também são chamados RAM slack, já que são originados da memória RAM do computador e são escritos no momento de salvar o arquivo. RAM slack pode conter qualquer informação criada, vista, modificada, baixada ou copiada em sessões de trabalho desde o último boot do computador. Se o computador for utilizado durante alguns dias, sem ser desligado, a memória do computador conterá dados antigos que serão usados como RAM slack. Essa informação pode incluir dados como login de rede, nomes, senhas e outras informações sensíveis. Em grandes discos rígidos, file slack pode ter grande volume de dados e conter fragmentos de mensagens de e-mail,

Avi Dvir

documentos de processadores de texto ou login de redes e senhas. File slack pode existir em qualquer mídia digital.

Ferramentas especiais podem ser utilizados para analisar esse tipo de dado ou verificar ou mesmo eliminar file slack. O programa pode ser acionado sem deixar provas da pesquisa e, por isso, pode ser utilizado de forma sigilosa, sem o conhecimento do usuário do computador.

Espaços que não estão Alocados

Em sistemas operacionais, quando um arquivo é deletado, na verdade ele não é deletado, o que ocorre é que o ponteiro para esse arquivo é apagado no sistema dos

Photon Detectors		Energy Detectors	
Intrinsic, PV	- MCT - Si, Ge - InGaAs - InSb, InAsSb	Bolometers	- Vanadium Oxide (V$_2$O$_5$) - Poly-SiGe - Poly-Si - Amorph Si
Intrinsic, PC	- MCT - PbS, PbSe	Thermopiles	- Bi/Sb
		Pyroelectric	- Lithium Tantalite (LiTa)
Extrinsic	- SiX		- Lead Zirconium Titanite (PbZT)
Photo-emissive	- PtSi	Ferro-electric	- Barium Strontium Titanite (BST)
QWIP	- GaAs/AlGaAs	Micro cantilever	- Bimetals

arquivos e ele continua residindo no mesmo lugar, até ser reescrito por um arquivo novo. Enquanto um arquivo não é reescrito, o lugar onde ele reside é chamado espaço de armazenamento não alocado. O file slack que foi anexado a ele anteriormente continuará a residir também.

Se ele for apagado com software especial, não continuará residindo no disco.

Assim como arquivos swap e slack, este espaço também é uma fonte importante de informações.

Além da informação de que arquivos deletados deixam espaços não alocados, esses espaços também podem conter informações de tentativas de o sistema operacional gravar informações de novos arquivos neste tipo de espaços, mas não terminar a operação por falta de lugar suficiente. O usuário receberá um aviso de que não foi possível terminar a gravação da mídia por causa do espaço insuficiente, mas na verdade parte das informações estaria gravada. Em outro caso, o usuário manda um arquivo para imprimir a partir de uma mídia. Uma cópia temporária do arquivo é

Capítulo 8 - Crimes Virtuais e a Computação Forense

criada no disco rígido do computador e, quando impresso, essa cópia é 'liberada' e fica como espaço não alocado no computador. Em outro caso, o usuário formata o disco rígido do computador antes de transferi-lo para um comprador. Formatando o disco, não elimina os dados pré-gravados nele. Esses dados permanecerão até serem sobre gravados com informação nova. Com ferramentas forenses seria muito fácil descobrir toda informação gravada no computador antes da formatação do disco. Em outro caso, o usuário cria uma nova partição (divisão) no disco para instalar um novo sistema operacional no próprio computador. Ainda assim, continuam as informações gravadas anteriormente nas áreas da nova partição até serem sobre escritas com uma nova informação.

Informações Escondidas ou Protegidas

Quando a informação investigada é protegida por meio de criptografia ou escondida por um método chamado esteganografia, o perito terá dificuldades de entender a matéria pesquisada. No caso da criptografia não existem ferramentas baratas e rápidas para decifrar texto e, no caso da esteganografia (quando o texto é escondido em outro tipo de arquivo, por exemplo, uma imagem), também é difícil descobrir o texto original. Essas duas técnicas são muito utilizadas na espionagem como forma de proteger ou disfarçar informações.

Capitulo 9

Sistemas e Tecnologias de Visão Noturna

A tecnologia de visão noturna destaca-se muito no âmbito da espionagem, visto que viabiliza a visão em condições em que o usuário utiliza a escuridão como um escudo, podendo observar seu alvo com mínimas chances de ser descoberto.

Dois métodos principais são usados em equipamentos de visão noturna: sistemas ativos e sistemas passivos.

No sistema ativo se usa um fonte próprio de iluminação (Luz Infra Vermelha) para observar contrastes termais de objetos e materiais que podem ser detectados por sensores. A vantagem deste sistema é a possibilidade de enxergar mesmo em escuro absoluto. As desvantagens são distancia limitada e a possibilidade de enxergar a feixe de luz infravermelho com equipamento adequado.

Já o sistema passivo se baseia em amplificação de fontes naturais de luz como a lua, estrelas, brilho do céu ou em detecção remota de diferenças de calor por sensor passivo infravermelho (Sistemas FLIR – Forward Looking Infra Red). Enquanto intensificadores de luz necessitam uma mínima quantidade de luz para observar o alvo o sistema FLIR (imagem termal) pode enxergar o alvo em escuro total.

A Tecnologia de Sistemas de Amplificação de Luz

Composição do sistema

O componente principal é o tubo intensificador de imagem, que se subdivide em duas partes principais: o tubo foto catódico e a lâmina de micro canal (Microchannel Plate).

O tubo foto catódico converte a energia da luz infra vermelha proveniente das imagens (transmitida através de partículas chamadas Photons) em elétrons. As diferentes gerações do sistemas de visão noturna utilizam tubos de materiais diferentes.

Lâmina de micro canal (Microchannel Plate – MCP) gera um fluxo de elétrons, milhares de vezes maior do fluxo do elétrons que atinge a lamina. O MCP consiste de um disco de vidro revestido de metal que multiplica os elétrons produzidos pelo tubo foto catódico quando os elétrons que atingem o MCP passam por um micro canal. Esse dispositivo normalmente possui de 2 a 6 milhões de buracos (ou canais). O número dos canais é fator-chave que determina a resolução da imagem e elimina distorções geométricas que caracterizam as gerações 0 e 1.

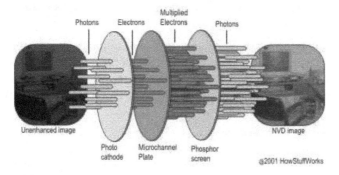

Gerações de Tecnologias

* Geração 0 – Esta geração possui uma imagem com distorções geométricas e precisa de iluminação infravermelha. A iluminação atinge os objetos do ambiente e o retorno da luz é captado pela objetiva do equipamento. Utiliza foto-catodo do

tipo S-1 que tem resposta máxima na região do azul-verde com foto sensibilidade de 60 mA/lm. Essa geração foi usada na década de 1950.

- Geração 1 (GEN 1) – Utiliza tubos intensificadores de imagem baseados em um eletrodo simples em forma de grade (grid shaped) para acelerar os elétrons através do tubo. Usa tubos de foto-catodo do tipo S-20 com foto sensibilidade de 180 a 200 mA/lm. Também sofre distorção geométrica e baixo desempenho quando a iluminação é baixa. O MTBF do tubo é ao redor de 1.500 horas. Geralmente são usados três tubos intensificadores conectados em série. Foi usada na década de 1970.

Conceito de funcionamento do tubo intensificador – partículas de luz chamados fótons passam através de um lente e atingem o foto catodo do intensificador (veja figura a seguir). Após que alguns fótons atingem um ponto do foto catodo, um elétron é liberado. Uma voltagem de 12.000 volts acelera o elétron em uma velocidade enorme em direção da tela de fósforo. Quando o elétron atinge a tela ele cria um brilho no lugar atingido. O brilho criado é cerca de 40 vezes brilhante do nível original que atingiu o foto catodo.

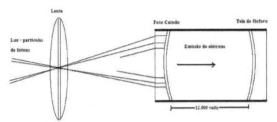

A primeira geração usa 3 tubos anexados serialmente como mostrado na figura a seguir:

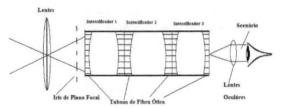

O intensificador desta geração é de boa qualidade, áspero e de resolução excelente (aproximadamente 40 lp/mm). Eles absorvam choque bastante significativo de 75 g.

Porem, o exercito Americano pensou que a unidade é grande demais para uso de campo e resolveu desenvolver uma unidade menor denominada Segunda Geração. Alem do tamanho também existia uma distorção nas margens da imagem.

* Geração 2 (GEN 2) – Utiliza foto cátodos S-25 com foto sensibilidade acima de 240 mA/lm. Fornece um desempenho satisfatório com baixo nível de iluminação e com distorção baixa. O MTBF típico é ao redor de 2.500 horas. Nessa geração, na década de 1970, foi introduzido o Microchannel-Plate (MCP) que eliminou a utilização de vários tubos conectados em serie, diminuindo, assim, o tamanho do equipamento e viabilizando o desenvolvimento de modelos carregados à mão ou em capacete.

O Microchannel- Plate aumenta a sensibilidade (ganho) do tubo intensificador da geração 1.

A figura a seguir mostra como funciona o tubo intensificador da segunda geração.

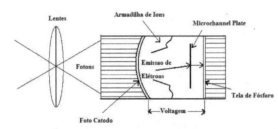

Microchannel Plate é um pequeno disco que i n t e n s i f i c a a sensibilidade (ganho) do intensificador. Estes i n t e n s i f i c a d o r e s funcionam igualmente as intensificadores da primeira geração exceto quando elétron atinge o MCP, estão sendo liberados uma quantidade maior de elétrons obtendo um ganho maior de três intensificadores da primeira geração conectados junto em serie. Ademais, a distorção é aproximadamente 20% da distorção do intensificador da primeira geração.

Vantagens e Desvantagens de Intensificadores de Segunda Geração

O tamanho, peso e distorção foram reduzidos. Por outro lado foi reduzida a resolução. O custo da fabricação também aumentou.

Com o tempo estes sistemas foram melhorados e fortificados ate o ponto de agüentar choque de 75 g.

- Geração 3 (GEN 3) – utiliza arseniato de gálio para o foto catodo que viabiliza a detecção de imagem para distâncias maiores e em ambientes mais escuros. Também foi introduzida uma barreira de íons (Íon Barrier) no MCP que viabilizou o aumento do MTBF do sistema. A fotos sensibilidade é de 800 mA/lm, com comprimento de onda de 450 a 950 nanômetro (próximo ao espectro do infravermelho). Essa geração tem um desempenho excelente com baixa iluminação e possui um MTBF do tubo de 10.000 horas. Essa geração foi utilizada no final da década de 1970.

A segunda e a terceira gerações de tubos (GEN 2 e 3) usam MCP (Microchannel Plate) complexo, que, além de acelerar os elétrons, também aumenta seu número. Esse aumento de elétrons faz com que o fósforo da tela brilhe mais, propiciando uma imagem mais nítida. As gerações 2 e 3 também fornecem uma imagem mais detalhada, com menos distorções e o tubo dura mais tempo.

Os produtos são fornecidos em várias formas, como binóculos, telescópios, goggles (dispositivo de visão noturna para uso militar, acoplado com o capacete), visores de mão ou adaptados a câmeras de foto ou vídeo.

Alguns equipamentos de visão noturna são vendidos com preço muito barato e especificações robustas igualáveis a equipamentos de custo maior. Porem, uma atualização (upgrade) do equipamento barato pode custar muito caro tornando o custo "barato" do equipamento a um custo maior de outros equipamentos. Você precisa entender a operação das funções adicionais, entender se são necessárias e perceber se estão incluídos no preço ou não. O custo de um adaptador fotográfico pode chegar ao metade do preço do equipamento original. Um adaptador, por exemplo, pode ser comprado só do fabricante do equipamento geralmente com preços muito altos ou em outros casos necessitam usar so uma marca especifica, Cannon, por exemplo.

Algumas características técnicas que precisam ser verificadas são:

- Sensibilidade ou Foto Resposta (photoresponse) – Capacidade do tubo intensificador de detectar a luz disponível, geralmente medida em "µA/Lm", ou micro amperes per lúmen. Esta é a razão pela qual muitos produtos não vem com iluminador de infravermelho.

- Resolução – determina a capacidade de resolver detalhes na imagem. Alguns fabricantes adicionam óptica de magnificação para criar ilusão de alta resolução.

- Automatic Brightness Control (ABC) – Controle automático de brilho – Reduz automaticamente a tensão para a lâmina do micro-canal para manter o brilho entre limites ideais, para proteger o tubo. Por exemplo: se uma luz intensa é direcionada ao observador o ABC automaticamente reduz o ganho para um nível seguro, Se o observador observa de uma região iluminada a uma região escura, o ABC automaticamente vai incrementar o ganho. Esta função facilita a operação do equipamento principalmente quando o operador não é experiente alem de proteger a unidade. Alguns fabricantes não incluem esta função ou cobram esta função como função extra.

- Diopter – Unidade de medida utilizada para definir a correção necessária ao olho, podendo ser implementada por meio de um adaptador ocular, geralmente na faixa de +5 a -5.

- Eye Relief – A distância que o olho precisa se posicionar do último elemento do sistema ocular para obter a imagem ideal.

- Íris de plano focal - é um Íris separado dos lentes do objeto e se localiza em frente do observador e atrás do lente. Permite ao operador a efetuar varias coisas:

  - Fechar e reduzir o tamanho do campo de visão.

  - Pode bloquear brilho nas margens da imagem, protegendo assim o intensificador.

  - Quando um objeto esta em movimento para longe do observador aparece uma luz no trecho do objeto e é difícil perceber detalhes do objeto (por exemplo: numero de placa do caro). Ao fechar o Iris a luz vai desaparecer viabilizando enxergar detalhes do objeto.

- Em cenas onde existem muitas luzes, detalhes podem ser observados usando o Íris.

- Fechando o Íris o operador pode enxergar uma área escura com luzes ao redor dela. Sem o Íris isso é impossível.

O uso de Íris em áreas urbanas ou suburbanas é indispensável. Alguns fabricantes não oferecem esta função em seus equipamentos.

- Guarda de fechamento de olho – Dispositivos de visão noturna emitem uma luz verde-amarela, da tela de fósforo. Esta luz passa pela lente ocular ao olho do observador, viabilizando a vista para ele. Porem, quando ele se afasta do ocular, a luz emitida ilumina seu rosto. Isso pode ser detectável pela pessoa observado. Isso é muito indesejável especialmente quando o observador esta tentando localizar franco atiradores ou criminosos armados. Para eliminar este risco, equipamento profissional usa uma guarda olho que se fecha quando o observador se afasta da lente ocular prevenindo o escape da luz.

- Luminance Gain – A taxa de amplificação de luz. O que importa é a taxa mínima. Alguns fabricantes escondam seu ganho baixo divulgando valor médio ou típico. Estes valores não significam nada.

- Peso – um dos parâmetros mais importantes. É difícil segurar o aparelho por um tempo prolongado. Quanto mais peso o aparelho tem seria mais difícil. Alguns fabricantes especificam o peso sem a lente objetiva. Verifique o peso com a lente.

Algumas características de visão noturna em relação ao ambiente observado:

- Através de visão noturna, objetos que têm aspecto claro durante o dia, mas têm uma superfície fosca, parecem mais escuros do que objetos que são escuros durante o dia, mas têm uma superfície refletiva.

- A percepção de profundidade em visão noturna é errônea.

- Em caso de neblina e chuva forte, o ambiente fica refletivo e degrada o desempenho do sistema.

- É comum em imagem de visão noturna aparecerem pontos pretos (chamados spots) em alguns regiões da imagem. São fixos e não crescem em número ou tamanho.

• Honeycomb é uma forma hexagonal leve, que aparece na imagem como resultado do processo de   produção, sendo bastante comum.

A Distância que podemos enxergar

Sistemas de visão noturna podem enxergar ate o horizonte como sistemas que operam com apoio de luz infravermelho. A distancia com que um objeto pode ser detectado depende em vários fatores, principalmente o comprimento focal e o f # dos lentes. Quando o comprimento focal das lentes aumenta, aumenta também a magnificência do alvo. Quanto mais baixo o f#, mais luz passa através da lente resultando em uma imagem mais clara.

A Tecnologia de Sistemas FLIR (Forward Looking IR)

A imagem térmica é formada pela captação da radiação Infra Vermelha emitida com faixas de freqüência de luz diferentes conforme a temperatura de cada região do objeto. Esta freqüências são captadas por sensores especiais e assim é formada a imagem térmica.

Todos os materiais no universo são compostos de átomos. O átomo é composto de um núcleo – o Proton e elétrons que estão em movimento constante ao redor do átomo.

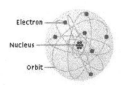

Os elétrons podem mudar de orbito quando existem variações de temperatura no ambiente e desta forma emitir energia em uma forma de partículas chamadas fotons. Os fotons são as partículas que compõem a luz. Os fotos emitidos tem um comprimido de onda especifico que depende no estado onde ele estava quando foram emitidos. O comprimento da onda determina sua cor. Os fotons emitidos estão no espectro da luz Infra Vermelha.

Avi Dvir

Vamos entender melhor sobre a luz Infra Vermelha para podermos entender melhor como é formada a imagem térmica. TODOS os objetos com temperatura acima de 0 graus Kelvin, emitem radiações a todos os comprimentos de ondas. Estas radiações estão nas faixas da luz ultra violeta, luz visível e luz infra vermelha conforme aparece na figura a seguir:

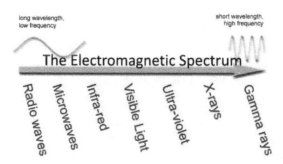

A luz infravermelha é parte do espectro eletromagnético e ocupa freqüências entre a luz visível e as ondas de rádio, ou seja, o comprimento da onda do sinal de luz infra vermelho é entre 0,7 a 1.000 um (ou mícrons – parte bilionésimo do metro). Dessa faixa, somente 0,7 a 20 mícrons são utilizados para aplicações de visão noturna por dois motivos principais: primeiro que a maior parte da energia emitida por um objeto a temperatura ambiente esta contida na região da luz infra vermelha, e segundo por que a irradiação desta banda é transmitida através da atmosfera (com algumas limitações), possibilitando detectá-la relativamente a longa distância.

Uma irradiação infra-vermelho, se propaga basicamente em LINHA RETA , não penetra em metais (a menos que tenha espessura muito fina), mas atravessa a maioria dos materiais plásticos, cristais, e gases, incluindo a atmosfera que envolve a terra.

Sistema baseado em luz infravermelha mede remotamente diferenças de temperatura no objeto e fundamenta-se em algumas fórmulas conhecidas como:

213

- A lei de Kirchhof, que determina que quando o objeto está em equilíbrio térmico, a quantidade de absorção é igual à quantidade de emissão.

- A lei de Stephan Boltzman, que determina que quanto mais quente o objeto está, mais energia de luz infravermelha irá emitir.

- A lei de deslocamento de Wien, que determina o comprimento de onda em que a maior quantidade de energia é emitida. Quanto mais aumenta a temperatura, mas curta é a onda.

- A equação de Plank, que descreve o relacionamento entre emissividade espectral, temperatura e energia radiante.

O sensor (Imager) traduz a energia transmitida no espectro IV, em dados que podem ser exibidos no monitor e no espectro de luz visível. Sistemas de qualidade podem detectar uma figura humana a distâncias de 1 a 2 km e veículos a até 10 km.

FLIR espectro

Sistemas FLIR absorvem luz com comprimento de onda maior que o da luz visível, mas menor que 1 mm. O espectro da luz infravermelha é dividido nas seguintes sub-bandas (m = mícron):

- Ondas perto da luz visível – NIR – 0.7 – 1.3 microns

- Ondas curtas de infravermelho – Short Wave Infra Red (as vezes também chamados Mid – Infra vermelho) – SWIR - 1.3 a 3 m.

- Ondas médias de infravermelho – Mid Wave Infra Red – MWIR- 3 a 5 m.

- Ondas longas de infravermelho – Long Wave Infra Red – LWIR - 8 a 12 m.

- Ondas muito longas de infravermelho – Very Long Wave Infra Red – VLWIR - 12 a 25 m

- Ondas distantes de infravermelho – Far Wave Infra Red - FWIR - 25 a 1 mm.

Composição do Sistema FLIR

Sistema FLIR pode ser dividido em 3 blocos principais: Componentes óticos, Detector com refrigeração ou sem refrigeração e processador de sinal.

214

1. Uma lente especial foca a luz infra vermelha emitida pelos objetos que estão dentro do campo da visão do sistema FLIR.

2. A luz focada é escaneada pelos elementos do detector de infra vermelho. Os elementos do detector criam um padrão de temperatura muito detalhado chamado termograma. Demora somente um tristíssimo de segundo para o matriz detector para obter os dados da temperatura e gerar a termograma. Esta informação é obtida de milhares de pontos no campo da visão da matriz do detector.

3. A termograma criada pelo detector é transformada em pulsos eletrônicos.

4. Os impulsos são enviados a uma unidade de processamento de sinal que transforma esta informação a dados que posteriormente vão criar a imagem na tela.

5. A unidade de processamento de sinal envia a informação para o display onde os pontos são representados em varias cores conforme a intensidade da transmissão infra vermelha de cada ponto. A combinação de todos os pontos criam a imagem na tela.

Tecnologias de Detecção

Existem duas tecnologias principais que os sistemas FLIR utilizam para detectar o objeto e formar sua imagem.

Detecção Direta (Photon Counting ou Non-Scanning Staring Array)

A detecção direta transfere os fótons detectados diretamente para os elétrons. A carga acumulada é proporcional à radiação do objeto. Exceto sistemas FLIR que funcionam na faixa SWIR, todos os sistemas FLIR baseados em detecção direta possuem detectores resfriados a temperaturas criogênica (perto de -200°C).

Estes sistemas são mais caros e sensíveis. O sistema é contido dentro de container que resfria o sistema abaixo zero graus.A vantagem destes sistemas é na excelente resolução da imagem. Estes sistemas chegam a ter temperaturas criogênicas e podem observar diferença de temperaturas tão pequenas como 0.1 °C de uma distancia de 300 metros que é suficiente a perceber se uma pessoa esta carregando uma arma por exemplo.

Sistemas resfriados geralmente operam em comprimentos de onda menores e isso gera uma resolução espacial melhor. Para o mesmo comprimento de onda, sistemas resfriados possuem elementos menores em tamanho comparados com sistemas não resfriados. Para a mesma resolução, detectores resfriados possuem lentes com comprimento focal menor. Detectores resfriados têm melhor sensibilidade (representada por meio do índice NETD mais baixo) mesmo quando a óptica usada é de qualidade inferior.

Por outro lado, sistemas resfriados possuem um consumo de energia maior, tempo de resfriamento relativamente longo (na faixa de alguns minutos) e MTBF (Mean Time Between Failure, ou tempo médio entre falhas) relativamente baixo, geralmente na faixa de alguns milhares de horas. Também são sistemas muito mais caros.

Esta tecnologia melhora a taxa de Sinal/Ruído e o sistema fica assim mais eficiente, mais leve, compacto e confiável.

Cada elemento do detector observe sua parte particular do cenário e é refrescado cada 1/60 de segundo (60 vezes por segundo) ou 1/30 de segundo (30 vezes por segundo). O elemento pode sentir uma temperatura entre -20°C a 2000°C com diferenças de temperatura de 0.2°C.

Os detectores podem ser construídos em várias matérias e ter vários tamanhos de matrizes por exemplo: Indium Antimonide (InSb) com matriz de 256 x 256, 320 x 240, 384 x 256, 384 x 288 na faixa de banda de 3 -5 microns.

Detecção de Energia Térmica (Energy Detectors)

A detecção térmica, por outro lado, utiliza efeitos secundários, como a relação entre condutividade, capacitância, expansão e temperatura do detector. Detectores dessa categoria são bolômetros, termopares, termopilhas, detectores piroelétricos, entre outros.

Não precisam de temperaturas criogênicas para operar. Este é o tipo mais comum. O sistema opera na temperatura do ambiente. A operação é silenciosa e o equipamento é ativado rapidamente.

No caso de sistemas não resfriados, o funcionamento geralmente é com comprimento de ondas maior e, por isso, fornece uma melhor penetração através da fumaça, poeira ou vapor. São menores e mais leves, o que viabiliza a montagem deles em acessórios móveis carregados no corpo, como capacetes. Também o fornecimento da imagem inicia-se imediatamente ao se ligar o sistema. O consumo de energia é menor e o MTBF maior. Também o preço é menor. A grande desvantagem desses sistemas é que utilizam óptica de qualidade inferior.

Gerações de sistema FLIR

De acordo com o tamanho do detector há quatro gerações tecnológicas:

- FLIR de Primeira Geração – Possuem detectores de poucos elementos. Um scanner mecânico bidimensional gera uma imagem de duas dimensões.

- FLIR de segunda geração – São detectores vetoriais que geralmente possuem pelo menos 64 elementos. O scanner é mais simples.

- FLIR de terceira geração – Contém duas matrizes bidimensionais com várias colunas de elementos.

- FLIR de quarta geração – Possui uma matriz bidirecional de detectores que não necessitam de mecanismo de scanner para adquirir uma imagem bidimensional.

Desempenho de Sistemas FLIR

O desempenho de um sistema FLIR depende dos seguintes fatores:

- Alvo – Tamanho, tipo, emissividade, contraste, clutter, camuflagem, movimento.

- Atmosfera – Visibilidade, absorção (Temperatura e umidade), Turbulência.

- Plataforma – tipo de vibração, velocidade, estabilização, Tempo de exposição.

- Sensor – Tipo da faixa espectral, FOV (Field Of View), MRTD (Minimum Resolvable Temperature Difference), Magnificação, sensibilidade, Numero de detectores, Cold Shiels efficiency.
- Display – Tamanho da tela, Resolução, Níveis de cinza e persistência do fósforo.
- Observador – Treinamento, Motivação, Experiência, Briefing anterior, Carga de tarefa, estresse, Fatiga, QI.

a – Alvo

A Lei do deslocamento do Wien mencionada anteriormente determina o comprimento de onda em que a maior quantidade de energia é emitida (emissividade do alvo). Quanto mais aumenta a temperatura, mas curta é o comprimento da onda onde acontece a maior emissividade de energia IV radiada. O objeto emite em todas as frequências do espectro porem a freqüência onde a maior energia de IV é emitida depende na temperatura do objeto (Lembra que a freqüência é proporcional ao inverso ao comprimento de onda do sinal). Em outras palavras podemos também dizer que quanto mais alta é a temperatura do objeto mais alta é energia radiada em todas as frequências nas faixas radiadas pelo objeto e no mesmo tempo seria mais curto o comprimento da onda onde acontece a emissão mais alta de energia IV. Estes são os básicos da Lei do Wien,

Por exemplo, a emissão máxima de objetos em temperatura de ambiente acontece em comprimento de onda de 10 μm (Microns). O sol tem uma temperatura equivalente de 5900 K e a energia máxima acontece em comprimento de onda de 0.53 μm (Luz verde). O sol por exemplo irradia em todas as frequências entre a faixa de onda ultra violeta ate alem da faixa do Infra Vermelho.

Este fenômeno pode ser observado na seguinte figura:

Avi Dvir

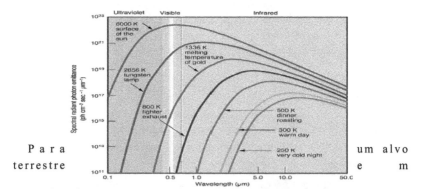

Para um alvo terrestre e m

temperatura típica de 300 K, a radiação máxima ocorre em 9.7 microns. A radiação máxima para a maioria dos objetos em temperatura do ambiente ocorre com ondas de comprimento de 8-12 microns. Um avião possui um escapamento que chega a temperaturas de de 600 K com maximiza radiação na faixa de 3 – 5 microns.

Para alvos terrestres em ambiente poeiroso onde a temperatura do alvo é perto ao temperatura do seu fundo, o contraste máximo do alvo contra seu fundo sera obtido com sistemas sensíveis a ondas na faixa de 8 – 12 microns. Porem, avanços recentes com sensores que detectam melhor ondas na faixa de 3 – 5 micro meters e superam radiação baixa e falta de contraste associadas com esta faixa estão ficando bastante atraente em termos de sensibilidade mais alta e custo menor dos sensores.

Objetos que não refletem ou emitem qualquer forma de radiação infravermelha são chamados corpos pretos (black bodies) e não existem na natureza. Para fins de cálculo, esses objetos são considerados com fator de emissividade igual a 1,0. O fator 0,998 é o mais alto que foi possível atingir. Quanto mais o objeto refletir, mas baixo será seu fator de emissividade.

Os objetos têm índices diferentes de emissividade e, conseqüentemente emitem luz infravermelha em intensidades diferentes dada uma certa temperatura.

Essa emissividade é decorrente da estrutura molecular e das características da superfície (quanto mais polida a superfície, mais energia IV irá refletir e o índice de

219

emissividade será mais baixo). Outro parâmetro que afeta a aparente emissividade do objeto ou gás é a sensibilidade de comprimento de onda do sensor do aparelho de visão noturna, conhecido como resposta espectral do sensor que opera em parte da faixa entre 0,7 mícron a 20 mícrons.

b- Atmosfera

A operação de sistema de imagem termina depende de uma forma significativa nas condições atmosféricas no ambiente observado. A atmosfera consiste de Nitrogênio, Oxigênio, Argon, Ne, Helium e agua em forma de vapor onde sua concentração depende entre outras coisas na temperatura.

Existem 4 fatores básicos onde a atmosfera pode influir uma radiação eletromagnética no espaço entre o alvo ate o sensor do sistema.

(a) Absorção – Gases atmosféricas no caminho podem absorver parte da radiação IV proveniente do alvo.

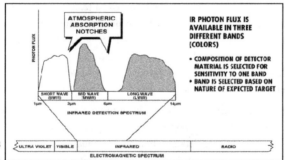

Nos podemos ver nesta figura que existem alguns regiões no espectro relevante do IV (1 – 14 Micro meter) onde o fluxo de fotons cai para 0, ou seja nestes comprimentos de onda a absorção atmosférica inviabiliza a recepção de imagem termina. Nestas faixas a radiação é absorvida por partículas de água e carbono dióxido.

• A faixa de comprimento de onda longa (LWIR) expande entre 8-14 aproximadamente, com praticamente 100% de transmissão na faixa de 9-12 micro meters. A banda de LWIR oferece uma visibilidade boa da maioria de objetos terrestres.

• A faixa de comprimento de onda media (MWIR) na faixa de 3.3 – 5.0 micro meter também oferece transmissão de quase 100%, com o benefício de ruído de ambiente muito baixo.

• A faixa da luz visível e comprimento de onda IV curta (SWIR ou perto do IV-NIR) – 0.35 – 2.5 micro meter corresponde a uma faixa de transmissão atmosférica boa com iluminação solar que gera detectores com a melhor claridade e resolução (comparando com as outras faixas de banda). Porem, sem luz de estrelas ou a lua a qualidade da imagem deteriora significativamente.

(b) Dispersão - Gases atmosféricos e partículas podem dispersar parte da radiação. A dispersão é significativa quando o raio da partícula esta igual a comprimento da onda da radiação IV que um objeto esta emitindo. A maioria das partículas na atmosfera esta entre 0.05 a 0.5 micrometer que corresponde com radiação de luz visível que em função disso tende mais a dispersar. Porem partículas em neblina ou nuvens possuem raio de 2 a 20 micro meters o que se compara com o comprimento da onda IV e por isso nenhum sistema de imagem térmica pode funcionar de uma forma ideal em todas as condições atmosféricas.

(c) Emissão – Gases atmosféricos e partículas podem radiar na faixa espectral do alvo e diminuir a qualidade da imagem recebida.

(d) Turbulência – Turbulência muda o índice refrativo do ambiente e pode embaçar a imagem no aparelho.

d - Sensor

MRTD - Existem duas funções que descrevem o desempenho do sensor de um sistemas FLIR:

§ Função de Transferência de Modulação (Modulation Transfer Function), que considera a capacidade do FLIR de ser representado por um sistema linear bidirecional.

§ Função do NETD – Noise Equivalent Temperature Difference – Valor que descreve a sensibilidade do FLIR (a capacidade para distinguir diferenças de temperatura).

Combinando essas duas funções, foi definida a função Minimum Resolvable Temperature Difference (MRTD). A maior vantagem dessa função é sua relativa simplicidade, podendo ser utilizada para prever a capacidade do FLIR de detectar e reconhecer alvos distantes.

Comparação entre sistemas que intensificam a luz e FLIR

Os sistemas de visão térmica fornecem uma imagem mesmo em escuro total já que qualquer corpo ou objeto emitem radiação IV provenientes de seu temperatura interna.

Alem disso esta tecnologia é completamente passiva e não necessita nenhum iluminador externo, é possível enxergar através de fumaça, neblina, nuvens, poeira etc, pode detectar objetos camuflados e contrario ao RADAR o sistema de imagem termina nao emite sinal e por isso é praticamente indetectável.

Instruções Legais para a Aquisição de Visão Noturna

A seguir serão detalhados os procedimentos necessários em caso de compra de equipamentos de visão noturna, para que ocorra uma venda legalizada, permitindo o livre trânsito do equipamento e impede seu eventual confisco:

- Somente pessoas jurídicas podem adquirir visão noturna.

- Podem adquirir visão noturna: Forças Armadas, polícias, empresas públicas e privadas que lidam com plantas energéticas (termo e hidroelétricas), vigilância de redes de alta tensão, vigilância de rodovias e outras atividades que possam ser relacionadas à segurança nacional.

Estão incluídos também os pilotos de avião e helicópteros (vôo noturno). Excepcionalmente, a autorização poderá ser concedida para usos especiais, desde que o pedido seja de uma unidade e bem fundamentado e documentado. Por exemplo, um pesquisador que estuda animais noturnos ou um espeliologista (que estuda cavernas naturais).

- Antes de fazer o pedido, o interessado deve efetuar a solicitação para a compra de visão noturna por escrito e endereçá-la à Diretoria de Fiscalização de Produtos Controlados em Brasília, no endereço: DFPC, QG Exército, bloco "H", 4º piso SMU, Brasília-DF, CEP 70630-901.

- Na solicitação, o interessado deve expressar de forma resumida:

- O motivo da compra (somente se for um caso relacionado à segurança nacional ou algum caso especial bem documentado, como os exemplificados anteriormente). É importante lembrar que, de acordo com a legislação em vigor, a segurança pessoal ou patrimonial não é aceita como justificativa para a aquisição e porte de equipamentos de visão noturna.

  - O nome da empresa importadora.

  - O CNJP dessa empresa importadora.

  - O CR (Certificado de Registro no Exército) da empresa importadora que a autoriza a importar visão noturna.

  - A marca do equipamento, o modelo que será comprado e o país de procedência.

Esses dados da empresa importadora devem ser incluídos no pedido para que o Exército verifique se a empresa importadora está autorizada a comercializar visão noturna (tudo isso é conferido pelo Exército via computador, a partir do número do CR).

  - Mediante autorização recebida pelo interessado, a importadora solicitará ao SFPC/3 a autorização da venda.

Capitulo 9 - Sistemas e Tecnologia de Visão Noturna

Capítulo 10

Biometria como meio de proteção

A biometria esta a serviço da contra espionagem providenciando um acesso seguro para instalações físicas e a sistemas computadorizados.
Biometria (Bio-Vida, Metria – Medida) é uma tecnologia utilizada para determinar a identidade única de uma pessoa por meio de suas características biológicas ou comportamentais.

Os principais sistemas são: Impressão digital, IRIS, veias da palma da mão e características da fase. Existem outros como forma da palma da mão, palma dos pés, forma do ouvido porem estes sao menos precisos e por isso menos usados. DNA também é uma forma biometrica de identificação porem não pode ser usado em aplicações de segurança porque não é prático nas questões como velocidade, custo, aspectos jurídicos, extração de amostra para teste entre outros aspectos técnicos.

O segundo tipo de Biometria é uma biometria comportamental que avalia parâmetros de voz (timbre, potência e freqüência), assinatura: medição de forca da assinatura e contornos da assinatura ou língua corporal: principalmente a forma de andar.

As características biometrica devem ser:

• universais - todas as pessoas tem.

- Únicas – em cada pessoa aparece esta característica de uma forma única.
- Permanentes - geralmente não mudam com o tempo (se vão mudar ainda vão ser únicas).
- Mensurável – podem ser medidas por equipamentos de medição.

Historia da Biometria

Ja no ano 1880 o Dr. Henry Faulds publicou um artigo no "NETURE" onde ofereceu a identificação de criminosos via impressão digital.

Sir Francis Galton publicou em 1892 um livro chamado " Finger Prints" onde detalhou como funciona um sistema de analise e identificação por impressões digitais.

O livro "Finger Prints" publicado por Macmillan and Co.

Em 1901 Sir Eduard Richard Henry publicou a Classificação Henry que providencia um método para classificação de impressões digitais.

Processo da Biometria

Avi Dvir

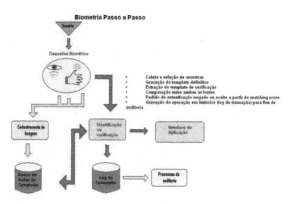

Na imagem podemos ver um usuário que esta acessando um dispositivo biométrico de qualquer natureza. Ao lado esquerdo ele esta sendo registrado como novo registro na base de dados ou esta sendo comparado com seu código biométrico previamente registrado na base de dados (Verificação ou identificação). O resultado é transferido para um aplicativo e o registro da transação é adicionado a um log de atividades.

Biometria comportamental

Forma de andar – este tipo de analise é baseado em captura de video de uma pessoa em movimento e a formação de um esqueleto do corpo e analise dos pontos de referencia no corpo (por exemplo: cotovelo, joelho, calcanhar, ombro etc.). Desta forma é possível criar uma assinatura da forma que a pessoa se movimenta e posteriormente comparar um movimento de uma pessoa com a assinatura ja existente em um base de dados anteriormente criado.

O processo pode ser mostrado na seguinte figura onde os pontos de controle (CP-Control Point – juntas por exemplo) são extraídos do esqueleto da pessoa e a trajetória deles ao longo do movimento criam um padrão que pode ser transformado em assinatura que posteriormente pode ser guardada em banco de dados e servir para identificar a pessoa de acordo com o movimento dele.

Detecção de pessoas conforme movimento do corpo

Biometria Biológica (Física)

Sistema de Reconhecimento pela Íris

A íris é a parte do olho que contorna a pupila é formada nos seis primeiros meses da gestação e se mantém fixa para o resto da vida de uma pessoa.

Para efeitos práticos, podemos dizer que não existem duas íris iguais no mundo. Para ser mais preciso, um sistema que funciona com reconhecimento pela íris gera um código que seu reconhecimento pela íris é mais seguro que a impressão digital.

O reconhecimento pela íris é utilizado para controle de acesso a lugares restritos ou como login para sistemas computadorizados. No cinema (como no filme Missão impossível, por exemplo), podemos assistir a tentativas de enganar sistemas, como o uso de lentes de contato, mas é impossível copiar o padrão da íris. Arrancar o olho de uma pessoa também não serviria como solução, pois a íris desaparece uma hora depois da morte.

Para efetuar o reconhecimento, a pessoa aproxima o olho à distância de 50 a 70 centímetros de uma câmera de vídeo e, dentro de 2 segundos, o sistema cria uma imagem da íris e compara-a com uma base de dados pré-gravados.

Um estudo interessante da Universidade Federal de São Paulo (Unifesp) foi realizado a fim de verificar a eficiência do sistema em casos pós-operatórios de catarata. O estudo comprovou que a cirurgia causa alterações na textura iriana do olho e, conseqüentemente, uma mudança do código de identificação da íris original em alguns casos, porém essas alterações não permitem eventos de "falsos aceitos".

Sistemas de Reconhecimento Facial

A tecnologia de reconhecimento facial é conhecida em sistemas de retrato falado, porém depois do atentado de 11 de setembro se destacou também em aplicações de reconhecimento facial.

Uma câmera digital registra a imagem facial. Em alguns sistemas é necessário que o identificado faça algum gesto com o rosto (piscar, sorrir etc.) para verificar que não se trata de um rosto falso. A imagem captada é padronizada conforme as características da base de dados do sistema (tamanho, resolução, posição etc.). A partir da imagem é criada uma assinatura biométrica normalizada. Essa assinatura é baseada em características especiais do rosto, como, por exemplo, os limites do rosto (pontos nodais) e a distância entre esses pontos e outros, como olhos, nariz, cavidade orbital etc.

Em seguida, a assinatura é comparada com as assinaturas existentes na base de dados para medir o grau de similaridade dela.

Essa tecnologia é menos confiável que sistemas de reconhecimento pela íris ou impressão digital, mas pode servir como alerta em casos de suspeito.

Recentemente foi divulgada pelo Technion – Instituto Tecnológico de Israel, uma tecnologia de reconhecimento facial tri dimensional. Enquanto os sistemas convencionas são bidimensionais e tratam os superfícies faciais como rígidos que não podem mudar, esta tecnologia leva em consideração que características do rosto mudam conforme gestos e inclinação da cabeça. Foi possível distinguir entre irmão gemios.

Sistema de Retrato Falado

O sistema FACES LE, da IQ Biometrix, mostrado a seguir é um exemplo de um software utilizado para montagem de retrato falado. O software tem uma base de dados com mais de 3.800 características faciais que podem ser combinadas para criar uma imagem de suspeitos. As características selecionadas se integram automaticamente.

Da imagem composta é gerado um código que pode ser transmitido para qualquer lugar e recomposto de forma exata. A seguir um exemplo de código:

LG26WF14avDbCXmgfJCtDf1U4hENKje2a9=-20

Esse código é composto de 38 dígitos.

Tela de composição de retrato falado.

Sistemas de Impressão Digital

Por ser um sistema muito utilizado e rápido, esta forma de identificação para fins de acesso é cada vez mais usada e está com preços cada vez menores. A confiabilidade do sistema perde apenas para sistemas de identificação pela íris.

A princípio podemos diferenciar entre 3 tipos de pessoas:

Tipo 1 – Pessoas que possuem uma digital com características difíceis de reconhecimento. Por exemplo pessoa que possuem atividades professionais que prejudicam a pele externa dos dedos como mecânicos ou pessoas que atuam com substancias químicas. São aproximadamente 2% da população mundial.

Tipo 2 – Pessoas que possuem digitais não estáveis. Por exemplo pessoas que suam demasiadamente em função de calor ou stress. Pessoas que possuem pela ressacado em função do tempo. São aproximadamente 9% da população mundial.

Tipo 3 – Pessoas com digital regular, são aproximadamente 89% da população.

Existem 2 modos de identificação de digital. Modo 1:N onde o digital da pessoa é comparado com uma base de dados de muitos digitais e ele é reconhecido pelo algoritmo de comparação e modo 1:1 onde a pessoa é identificado antes de fornecer seu digital e o sistema compara sua digital com seu digital que foi pre gravado no sistema para comprovar se é ele mesmo.

Sistemas de Reconhecimento pela Voz

A tecnologia por reconhecimento de voz é mais barata, porém é menos precisa comparada às tecnologias já mencionadas. Ruído de ambiente e possibilidade de mudar a voz dificultam a correta identificação. Sistemas de reconhecimento por voz são muito utilizados por agências de cumprimento da lei no processo de escutas, em que é necessário identificar a pessoa pela voz, comparando a voz com amostras pré-gravadas e armazenadas em base de dados vocal.

Os sistemas de reconhecimento de voz são cada vez mais utilizados por instituições financeiras em aplicações de serviços prestados pela linha telefônica. Os serviços continuam a exigir senha, mas também comparam a voz da pessoa com a voz original pré-gravada em uma base de dados. Caso não haja concordância na comparação, um atendente poderá interferir e pedir informações adicionais para verificar a identidade do chamador.

Biometria Vs. Senha

Dependendo do sistema de biometria usado, considera-se a biometria mais segura que senha.

Como código biométrico é a própria pessoa e por isso não se pode esquecer ou perder este código, nem precisar trocá-lo periodicamente, como é o caso de senha. O código biométrico de uma pessoa não pode ser copiado e por isso não adianta olhar por cima do ombro da pessoa quando ele coloca seu polegar no sensor de impressão digital, para descobrir seu código biométrico.

A segurança pode ser reforçada quando se junta dois códigos biométricos ou combinando um código biométrico junto com senha.

Padrões, Organizações e termos no campo biométrico

AFIS (Automated Fingerprint Identification System) – Sistema de identificação automática por impressão digital. O sistema compara a impressão digital de um dedo com banco de dados de impressões digitais

BC – Biometric Consortium – www.biometrics.org . Centro de pesquisa e desenvolvimento de tecnologias baseadas em biometria.

BioAPI – Interface para programação de aplicações na área de biometria. Foi desenvolvida pelo consortium BioAPI (www.bioapi.org) . Este padrão já foi aprovado pelo ANSI (American National Standards Institute) e pela INCITS (InterNational Committee for Information Technology Standards).

Este consortium também certifica produtos na área de biometria.

CBEFF – Common Biometric Exchange File Format – Também é chamado Nistir 6529. Especificações para um formato de arquivo que contem informação biométrica, e que facilita a troca de informações biométricas entre sistemas diferentes que suportam este padrão. Foi desenvolvido pelo NIST (National Institute of Standards and Technology).

DIN V 66400 – Especificações que definem um formato para codificação de impressões digitais, elaboradas pelo instituto alemão de normas técnicas DIN.

DFR (Direct Fingerprint Reader) – Leitor de Impressão Digital em Tempo Real. Leitor que interpreta a impressão digital de um dedo em tempo real.

FAR – Sigla de False Acceptance Rate, ou taxa de aceitação falsa. A probabilidade de identificar uma pessoa não autorizada como autorizada.

FRR (False Rejection Rate, ou taxa de rejeição falsa) – A probabilidade de rejeitar uma pessoa autorizada.

Capítulo 11

Espionagem via satélite

A espionagem por satélite engloba muitos aspectos, tais como a espionagem por câmeras sofisticadas que podem captar a placa de um carro a uma distância de milhares de quilômetros e também a interceptação de comunicações a distância, tanto de telefonia celular como rádio, e também links internacionais de dados e voz, inclusive da Internet.

Espionagem por satélites foi utilizada, por exemplo, pelos produtores de laranja da Flórida contra os seus concorrentes brasileiros. Foram contratados os serviços da empresa DigitalGlobe, que por meio do satélite QuickBird, filmou as áreas das plantações de laranja no estado de São Paulo, a fim de poder prever a safra e conseqüentemente, os valores de futuros contratos.

Este capítulo descreve a rede de espionagem Echelon, que é a maior rede de interceptação de informações no mundo.

Rede Echelon

A rede Echelon é uma rede internacional de escuta criada e mantida pela Agência de Segurança Nacional (NSA) dos Estados Unidos, com a participação da Inglaterra (GCHQ – British Government Communication Headquarters), do Canadá, da Austrália e da Nova Zelândia.

Avi Dvir

A NSA, criada em 1952, é a agência de inteligência mais poderosa nos Estados Unidos (mais do que a CIA) e possui hoje cerca de 20 mil funcionários, que são basicamente especialistas em análise de dados e informações.

A existência da NSA somente foi admitida em 18 de dezembro de 1998, graças à lei conhecida como Freedom Information Act – a lei da liberdade de informação.

O projeto iniciou-se na década de 1980 e tem como objetivo efetuar a escuta de linhas fixas que utilizam links de satélite, chamadas celulares por meio da interceptação das ondas de rádio e tráfego em cabos submarinos por meio de sondas. Esta informação inclui transmissão de dados, chamadas de voz, Internet e e-mail.

A enorme massa de informações coletadas pelo sistema é parcialmente processada por sistemas automáticos de inteligência artificial implementados em sistemas de computação de alta capacidade. Palavras-chave são pré-programadas e geram alerta em qualquer tipo de comunicação. Para identificar um indivíduo de interesse utilizam uma base de dados de gravações de voz para comparar assinaturas de voz interceptadas.

A informação proveniente da América Latina é processada na estação de Sabana Seca, em Porto Rico. A maior base de processamento de informação de espionagem é a Fields Station F83 da NSA, que se situa em Menwith Hill, Yorkshire, nos Estados Unidos.

No Brasil são famosos os casos da interceptação dos detalhes da negociação do governo FHC, no primeiro mandato, e da empresa francesa Thomson, quando foi negociada a compra de equipamentos de vigilância da Amazônia, por meio do projeto SIVAM. Foi publicado que com base na informação interceptada pela rede Echelon, o governo americano conseguiu que a empresa Raytheon ganhasse a concorrência internacional.

Capítulo 12

Sistemas de GPS

O sistema GPS foi criado pelo departamento de defesa dos Estados Unidos no fim da década de 70 para tornar bombardeios de inimigos mais precisos.

Sistemas de GPS são utilizados atualmente em inúmeras aplicações em que o posicionamento de objetos ou pessoas é importante, como em navegação, rastreamento de veículos e pessoas ou pontaria de mísseis e artilharia.

Neste capítulo serão descritos os aspectos tecnológicos do sistema GPS.

O que é GPS?

O sistema Navstar de posicionamento global providencia informação de PVT (Posicionamento, Velocidade e Tempo) para um número ilimitado de terminais terrestres, marítimos ou aéreos. A precisão ate o ano 2000 foi limitada e tinha um margem de erro de 100 metros por razões de segurança em função da possibilidade de usar a capacidade do GPS para uso não legítimo, como ataques terroristas etc. Desde então essa limitação foi diminuída a 5 a 20 metros para aplicações civis.

O horário é um fator crucial nos cálculos de posicionamento, já que um erro de tempo de 3 nanossegundos significa uma imprecisão de posicionamento de 1 metro. O horário do terminal receptor é tratado como desconhecido e, em conseqüência disso, o receptor não precisa de um oscilador de precisão ou relógio atômico para sincronizar seu relógio com o relógio do satélite e pode utilizar um oscilador de cristal barato.

Podemos dividir o sistema GPS em três segmentos:

- Segmento espacial – Consiste em 24 satélites Navstar da empresa Constelation, em órbitas semi sincrónicas (11 horas e 58 minutos para uma órbita). Os satélites são ordenados em 6 planos orbitais com 4 satélites em cada plano. Como a Terra gira e faz uma órbita em 24 horas e o satélite termina uma órbita no plano dele a cada 11 horas e 58 minutos, isso significa que ele será visto em lugar específico após 23 horas e 56 minutos. O plano orbital é inclinado em ângulo de 55° em relação ao equador e cada satélite tem distância média de 20.000 km. Esse planejamento orbital faz com que 4 a 6 satélites possam sempre ser vistos de qualquer ponto do globo.

- Segmento terrestre – Consiste em uma rede de facilidades de controle e monitoramento que gerenciam os satélites.

- Segmento do usuário – Consiste em receptores de sinal RF especificamente programados para receber o sinal satelital e decodificá-lo.

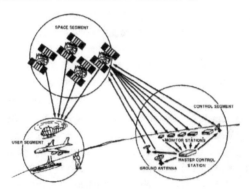

O Cálculo de Posicionamento

Para calcular o PVT, geralmente é necessário receber dados de 4 satélites que "enxergam" o local do receptor. Por meio do código de distância (Ranging Code), o receptor é capaz de medir o tempo de transmissão do código e determinar a distância entre o satélite e o usuário. Com a informação da posição do satélite no momento da transmissão do código (recebida da mensagem de navegação – Navigation Message) é possível calcular a distância do satélite e, conseqüentemente desenhar uma esfera imaginária com o satélite no meio. Tendo a mesma informação de mais três satélites, é possível calcular a posição do receptor.

Os satélites transmitem sinais em duas freqüências de Faixa-D (D-Band): um (L1) de 1.575,42 MHz e o segundo (L2) de 1.227,6 MHz. Esses sinais são transmitidos em um sistema de codificação chamado Spread Spectrum (explicada no apêndice A).

O sinal L1 se modula com dois códigos variáveis de ruídos pseudo-aleatorios (PRN) - código de distância (ranging code) de 1,023 MHz chamado C/A-code e de 10,23 MHz chamado P-code.

O sinal L2 se modula somente com o P-code de 10,23 MHz.

O C/A-code é usado para calcular o tempo que o sinal passou no espaço desde sua emissão pelo satélite. Multiplicado na velocidade da luz (300.000 Km/s) daria a distancia do satélite do receptor no tempo da transmissão do código.

O C/A-code é composto de código PRN (Pseudo –Random Noise) de 1.023 bits com velocidade de relógio (clock rate) de 1,023 MHz. O curto tamanho da seqüência viabiliza ao receptor adquirir os sinais do satélite rapidamente e, em seguida, passar a receber o P-code que é mais comprido. O C/A-Code é diferente para cada satélite, para minimizar a probabilidade de errar a origem do sinal. O código C/A-Code não é criptografado e, por isso, está disponível para todos os usuários de GPS.

O P-code também é composto de código PRN de 10,23 MHz e é normalmente criptografado a Y-code, para proteger o usuário de spoofing (a possibilidade de esconder a identidade). Como o satélite tem a capacidade de transmitir tanto o P-code como o Y- code, esse sinal é geralmente denominado P(Y)-code e é transmitido tanto no L1 como no L2. Esses sinais viabilizam o cálculo da distância entre o satélite e o receptor.

Sobre esses dois sinais são embutidos um sinal de mensagem de navegação (navigation message) de 50 Hz, que inclui várias informações orbitais (parâmetros efemérides e tabelas Almanac) utilizadas no cálculo do posicionamento do satélite no tempo da transmissão do sinal e também o código HOW (Hand Over Word) utilizado para transição do C/A-code a P(y)-code no receptor. Com essas informações podem ser calculadas as coordenadas do usuário e a compensação (offset) de relógio dele (o equipamento GPS possui um relógio interno que precisa ser sincronizado com o relógio do satélite para poder ter a precisão desejada no cálculo do posicionamento).

O sinal transportador L1 é modulado BPSK pelos sinais C/A e P(Y)-codes e o sinal da mensagem de navegação é sobreposto em cima desses dois sinais. O sinal transportador L2 é apenas modulado BPSK pelo código P(Y), sobrepondo-se pelo sinal de mensagem de navegação (a técnica de modulação BPSK reversa a fase do transportador L1 ou L2 quando o código modulador C/A ou P(Y) transforma de 0 lógico em 1 ou de 1 em 0).

No L1 o C/A code esta 90° fora do fase (out of phase) com o P(y) code.

A figura a seguir mostra o espectro dos sinais L1 e L2.

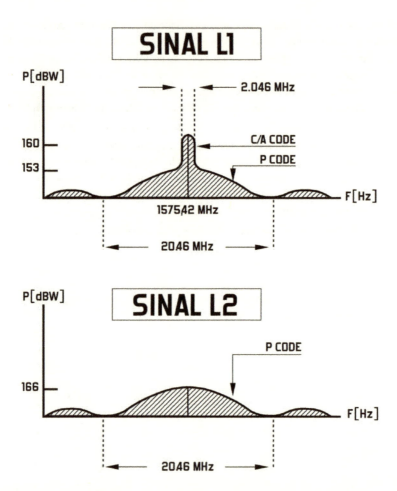

A figura a seguir mostra a esquema de modulação dos sinais L1 e L2.

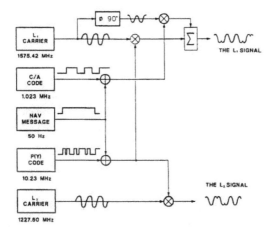

\Quando o tempo e a altitude são conhecidos com precisão ou fornecidos de fontes externas é possível utilizar dados de menos de quatro satélites.

Controle do Sistema

O sistema de controle consiste em uma estação de controle máster que fica na base da Força Aérea Falcon (AFB), em Colorado Springs (EUA), e estações de monitoramento (MS) com antenas terrestres (GA) em várias localizações no mundo. Outro componente do sistema são as estações de compatibilidade pré-lançadas (PCS), localizadas em Cabo Canaveral (EUA), e a capacidade de backup (MCS).

O MCS controla as manobras do satélite e atualiza as mensagens de navegação transmitidas pelos satélites. As estações de monitoramento rastreiam passivamente os satélites em órbita, coletam dados de distância e os transmitem para o MCS, para processamento e ajustes de relógio (clock) e efemérides (cálculo do posicionamento na órbita). O MCS utiliza as antenas terrestres para alimentar os satélites em órbita, que transmitem essa informação nas mensagens de navegação.

As comunicações entre o MCS, as MSs e as GAs são feitas via DSCS (Defence Satellite Communication System). Os PCS operam sob controle do MCS para suportar testes de compatibilidade pré-lançamento via cabos.

Receptores GPS

O receptor é projetado para receber, decodificar e processar os sinais de GPS vindos dos satélites. Dependendo da sua aplicação, os aparelhos GPS variam entre si. Equipamentos militares de GPS possuem arquitetura de rastreamento contínuo, porém outros utilizam arquitetura seqüencial ou multiplex.

Receptores Contínuos

Possuem pelo menos cinco canais de recepção para captar sinais de quatro satélites simultaneamente e outros canais para captar novos satélites que irão entrar em linha de visão e trocar aqueles que saem.

Receptores Seqüenciais

Rastreamento de um satélite por vez. Cada medição é captada com o tempo da medição para, depois, efetuar o cálculo quando as quatro medições estariam disponíveis.

Receptores Mutiplexadores (MUX)

O receptor alterna muito rápido (tipicamente em 50 Hz) entre os satélites, coletando dados para algoritmos paralelos. Além disso, as mensagens NAV (de 50 Hz) são continuamente lidas dos satélites. O receptor divide seu tempo entre os diferentes satélites para receber essas mensagens.

As operações básicas do receptor incluem a procura dos sinais dos satélites, a recepção do código C/A transmitido no L1, a sincronização com a mensagem de navegação e a demodulação dela, a recepção do P(y)-code, a remoção de SA conforme a aplicação e o cálculo das distâncias dos satélites em vista.

Avi Dvir

Os Serviços de GPS

Dois níveis de serviços estão disponíveis: serviço de posicionamento preciso (PPS) e serviço de posicionamento-padrão (SPS). O acesso aos serviços é controlado por duas características que utilizam técnicas de criptografia.

* Selective Availability (SA) – Disponibilidade seletiva.

* Anti-Spoofing (A-S).

SA é utilizada para reduzir a precisão do posicionamento, da velocidade e do tempo para usuários que não possuem autorização para utilizar o PPS.

O sinal A-S é ativado em todos os satélites e tem como objetivo negar um spoofing (disfarce) dos sinais de distância (range signals) que possam disfarçar a identidade do usuário informando dados errôneos sobre a distância deste em relação ao satélite. O P-code é criptografado e, então, torna a ser chamado Y-code (o código C/A, por outro lado, não é protegido contra spoofing).

PPS

Este serviço de posicionamento preciso está apenas disponível a usuários autorizados e, principalmente, para uso militar. A autorização é determinada pelo Departamento de Defesa (DoD) dos Estados Unidos. Usuários deste serviço atualmente são o Exército dos Estados Unidos, a OTAN e outros usuários civis e militares. O PPS fornece erro de posicionamento de três dimensões de 37 m, em condições típicas, e 197 nanossegundos de precisão de transferência de tempo (UTC – Universal Co-ordinated Time). O usuário desse serviço possui chaves de criptografia que lhe permitem remover os efeitos do SA e A-S e, assim, ter acesso a uma precisão muito alta. Receptores PPS que não foram carregados com chave criptográfica válida terão desempenho de receptores SPS.

SPS

243

Este serviço é menos preciso e, em condições típicas, fornece precisão de três dimensões de 156 metros e 337 nanossegundos de precisão de transferência de tempo (UTC – Universal Co-ordinated Time). A precisão pode ser degradada a qualquer momento em caso de necessidade, por exemplo, em períodos de guerra (essa mudança só pode ser efetuada com ordem do presidente dos Estados Unidos).

Capitulo 13

Aspectos jurídicos da espionagem

Os leitores da Bíblia talvez conheçam a primeira história de espionagem no mundo sobre o povo judeu. Quando este recebeu a Torá (o Velho Testamento) no Monte Sinai e estava pronto para entrar na Terra de Israel, houve um consenso que deveriam mandar espiões para verificar se era possível conquistar aquela Terra. Moisés sabia que a promessa do Todo-Poderoso de dar aquela Terra incluía, também, a garantia de sua conquista. Então Moisés, por decreto divino, enviou os chefes das tribos para espionar a terra.

Doze espiões foram enviados. Dez voltaram com o relato de que existiam grandes fortificações e gigantes, e incitaram o povo a não entrar na Terra. Jesué ben Nun e Calev ben Yefunê (cunhado de Moisés) tentaram se opor à rebelião, mas não foram bem-sucedidos. O Todo-Poderoso decretou que o povo Judeu vagará quarenta anos pelo deserto, um ano por cada dia que espionaram a Terra de Israel.

A punição na era moderna é baseada em leis civis (sem desmerecer a importância da religião e da fé) e, no caso da espionagem, os aspectos jurídicos são importantes, visto que a lei proíbe certas atividades e outras ela não proíbe, mas também não aceita como prova. Esta parte é importante já que mostra ao interessado os limites que ele pode exercer em atividades de espionagem, sem correr o risco de infringir a lei.

Embasamento Legal

A Constituição brasileira de 1988 aborda aspectos relacionados com a atividade de espionagem ao estabelecer os direitos e deveres individuais e coletivos do cidadão brasileiro ou dos estrangeiros residentes no Brasil. O assunto é tratado no Artigo 5º da Lei Fundamental, que é constituído por 77 incisos e diversas alíneas.

Entre esses direitos estabelecidos pela nossa Constituição, temos o direito à segurança, que abrange os direitos relativos à segurança pessoal, incluindo o respeito à liberdade pessoal, a inviolabilidade da intimidade, das comunicações pessoais, entre outros. A finalidade é assegurar que as comunicações, tanto telefônicas como as realizadas por telegramas ou cartas, não sejam interceptadas, pois isto ocorrendo, tanto a liberdade de pensamento quanto o sigilo estarão sendo violados.

Relacionamos a seguir as principais leis, além da Lei Maior, que tratam do assunto e, então, explicaremos as conseqüências em razão de sua violação.

O Artigo 5º, XII da Constituição Federal, e a Lei 9.296/96 disciplinam apenas a interceptação telefônica, ao passo que o Artigo 5º, X da Constituição, rege a escuta e a gravação telefônica, e, ainda, a interceptação, escuta e gravação ambiental.

Constituição Federal

Objetivando garantir direitos fundamentais, o Inciso X do referido Artigo 5º diz que "são invioláveis a intimidade, a vida privada, a honra e a imagem das pessoas, assegurado o direito à indenização pelo dano material ou moral decorrente de sua violação".

Na linha da garantia a direitos fundamentais, o Inciso XII diz que é "inviolável o sigilo da correspondência e das comunicações telegráficas, de dados e das comunicações telefônicas, salvo, no último caso, por ordem judicial, nas hipóteses e na forma que a lei estabelecer para fins de investigação criminal ou instrução processual penal".

Para dissuadir qualquer tentativa de inobservância a direitos fundamentais, sob qualquer pretexto, diz o Inciso LVI da Magna Carta Brasileira que "são inadmissíveis, no processo, as provas obtidas por meios ilícitos".

Artigo 5° Inciso X da Constituição Federal:

São invioláveis a intimidade, a vida privada, a honra e a imagem das pessoas, assegurado o direito a indenização pelo dano material ou moral decorrente de sua violação.

Artigo 5° Inciso XII da Constituição Federal:

É inviolável o sigilo da correspondência e das comunicações telegráficas, de dados e das comunicações telefônicas, salvo, no último caso, por ordem judicial, nas hipóteses e na forma que a lei estabelecer para fins de investigação criminal ou instrução processual penal.

Artigo 5° Inciso LVI da Constituição Federal:

São inadmissíveis, no processo, as provas obtidas por meios ilícitos.

Lei 9.296 de 24 de julho de 1996

Ainda na seqüência da normatização infraconstitucional brasileira no campo da espionagem, foi editada a Lei 9.296, de 24/07/1996, que regulamentou o Inciso XII, parte final, do Artigo 5° da Constituição brasileira, tratando das situações que permitem a "interceptação de comunicações telefônicas, de qualquer natureza", ou ainda a "interceptação do fluxo de comunicações em sistemas de informática e telemática".

Lei 9.296 de 24 de julho de 1996, regulamenta o Inciso XII, parte final, do Artigo 5° da Constituição Federal.

Artigo 10 - Constitui crime realizar interceptação de comunicações telefônicas, de informática ou telemática, ou quebrar segredo de justiça, sem autorização judicial ou com objetivos não autorizados em lei.

Pena – reclusão, de 2 a 4 anos e multa.

Capítulo 13 - Aspectos jurídicos da espionagem

Pela lei, só podem ocorrer interceptações que objetivem o colhimento de provas em investigações criminais e em instruções processuais penais, e mesmo assim, mediante ordem judicial, e os procedimentos devem tramitar sob segredo de justiça. O Art. 10 da lei 9.296/96 preconiza sanção penal, com pena de reclusão de dois a quatro anos, e multa, para quem praticar o delito de "realizar interceptação de comunicações telefônicas, de informática ou telemática, ou quebrar segredo de Justiça, sem autorização judicial ou com objetivos não autorizados em lei".

LEI Nº 9.296, DE 24 DE JULHO DE 1996.

Regulamenta o Inciso XII, parte final, do Art. 5º da Constituição Federal.

O PRESIDENTE DA REPÚBLICA

Faço saber que o Congresso Nacional decreta e eu sanciono a seguinte Lei:

Art. 1º A interceptação de comunicações telefônicas, de qualquer natureza, para prova em investigação criminal e em instrução processual penal, observará o disposto nesta Lei e dependerá de ordem do juiz competente da ação principal, sob segredo de justiça.

Parágrafo único. O disposto nesta Lei aplica-se à interceptação do fluxo de comunicações em sistemas de informática e telemática.

Art. 2º Não será admitida a interceptação de comunicações telefônicas quando ocorrer qualquer das seguintes hipóteses:

I – não houver indícios razoáveis da autoria ou participação em infração penal;

II – a prova puder ser feita por outros meios disponíveis;

III – o fato investigado constituir infração penal punida, no máximo, com pena de detenção.

Parágrafo único. Em qualquer hipótese deve ser descrita com clareza a situação objeto da investigação, inclusive com a indicação e qualificação dos investigados, salvo impossibilidade manifesta, devidamente justificada.

Art. 3º A interceptação das comunicações telefônicas poderá ser determinada pelo juiz, de ofício ou a requerimento:

I – da autoridade policial, na investigação criminal;

Apêndice A - Teoria básica de Tx e Rx de sinal de radio

II – do representante do Ministério Público, na investigação criminal e na instrução processual penal.

Art. 4° O pedido de interceptação de comunicação telefônica conterá a demonstração de que a sua realização é necessária à apuração de infração penal, com indicação dos meios a serem empregados.

§ 1° Excepcionalmente, o juiz poderá admitir que o pedido seja formulado verbalmente, desde que estejam presentes os pressupostos que autorizem a interceptação, caso em que a concessão será condicionada à sua redução a termo.

§ 2° O juiz, no prazo máximo de vinte e quatro horas, decidirá sobre o pedido.

Art. 5° A decisão será fundamentada, sob pena de nulidade, indicando também a forma de execução da diligência, que não poderá exceder o prazo de quinze dias, renovável por igual tempo uma vez comprovada a indispensabilidade do meio de prova.

Art. 6° Deferido o pedido, a autoridade policial conduzirá os procedimentos de interceptação, dando ciência ao Ministério Público, que poderá acompanhar a sua realização.

§ 1° No caso de a diligência possibilitar a gravação da comunicação interceptada, será determinada a sua transcrição.

§ 2° Cumprida a diligência, a autoridade policial encaminhará o resultado da interceptação ao juiz, acompanhado de auto circunstanciado, que deverá conter o resumo das operações realizadas.

§ 3° Recebidos esses elementos, o juiz determinará a providência do art. 8°, ciente o Ministério Público.

Art. 7° Para os procedimentos de interceptação de que trata esta Lei, a autoridade policial poderá requisitar serviços e técnicos especializados às concessionárias de serviço público.

Art. 8° A interceptação de comunicação telefônica, de qualquer natureza, ocorrerá em autos apartados, apensados aos autos do inquérito policial ou do processo criminal, preservando-se o sigilo das diligências, gravações e transcrições respectivas.

Parágrafo único. A apensação somente poderá ser realizada imediatamente antes do relatório da autoridade, quando se tratar de inquérito policial (Código de Processo Penal, art.10, § 1º) ou na conclusão do processo ao juiz para o despacho decorrente do disposto nos Arts. 407, 502 ou 538 do Código de Processo Penal.

Art. 9º A gravação que não interessar à prova será inutilizada por decisão judicial, durante o inquérito, a instrução processual ou após esta, em virtude de requerimento do Ministério Público ou da parte interessada.

Parágrafo único. O incidente de inutilização será assistido pelo Ministério Público, sendo facultada a presença do acusado ou de seu representante legal.

Art. 10. Constitui crime realizar interceptação de comunicações telefônicas, de informática ou telemática, ou quebrar segredo da Justiça, sem autorização judicial ou com objetivos não autorizados em lei.

Pena: reclusão, de dois a quatro anos, e multa.

Art. 11. Esta Lei entra em vigor na data de sua publicação.

Art. 12. Revogam-se as disposições em contrário.

Brasília, 24 de julho de 1996; 175º da Independência e 108º da República.

FERNANDO HENRIQUE CARDOSO

Código Penal Brasileiro

A Constituição recepcionou o preceituado no Capítulo IV do Código Penal Brasileiro, que estabelece sanções para os "crimes contra a liberdade individual". Enfocando os objetivos deste livro, merece ser destacada a Seção IV do referido Cap. IV, que trata "dos crimes contra a inviolabilidade dos segredos". Com o objetivo de proteger segredos de divulgações indevidas, o Art. 153 do Código Penal prevê pena de detenção de 1 a 6 meses, ou multa, para aquele que divulgar, "sem justa causa, conteúdo de documento particular ou de correspondência confidencial, de que é destinatário ou detentor, e cuja divulgação possa produzir dano a outrem".

Dependendo dos fins do agente ou da espécie de sigilo, a divulgação de um segredo pode se configurar em outro delito ou delitos: violação de segredo profissional (Art. 154); violação de sigilo funcional (Art. 325); violação de sigilo de proposta de concorrência (Art. 326) entre outros.

Lei 9.034 de 03/05/1995

Relacionada ao emprego da atividade de espionagem enfocando o controle da criminalidade no Brasil, foi editada a Lei 9.034, de 03/05/1995, que dispôs "sobre a utilização de meios operacionais para a prevenção e repressão de ações praticadas por organizações criminosas". Conhecida como "Lei de combate ao crime organizado", ela não propiciou nenhuma condição de emprego da atividade de inteligência, contra-inteligência e espionagem em benefício da repressão às atividades delitivas a que se propunha combater.

Lei 10.217 de 11/04/2001

Mais recentemente foi editada a Lei 10.217, de 11/04/2001, que alterou dispositivos da Lei 9.034/95. No curso das alterações, e decorrente de ações semelhantes empregadas em países como a Itália, que empregou ferramentas da espionagem para combater a Máfia, as alterações estabelecidas na "Lei de combate ao crime organizado" passaram a permitir determinadas ações voltadas para o colhimento de provas, até então não permitidas.

Com a nova redação dada pela Lei 10.217/2001, a Lei 9.034/95 passou a definir e regulamentar em seu Art. 1º, os "meios de prova e procedimentos investigatórios que versem sobre ilícitos decorrentes de ações praticadas por quadrilha ou bando ou organizações ou associações criminosas de qualquer tipo", estabelecendo em seu Art. 2º os procedimentos de investigação e formação de provas permitidas (portanto legais, lícitas). No rol destes, estão a "captação e a interceptação ambiental de sinais eletromagnéticos, ópticos ou acústicos, e o seu registro e análise, mediante circunstanciada autorização judicial" (inciso IV do Art. 2º), e "infiltração por agentes de polícia ou de inteligência, em tarefas de investigação, constituída pelos órgãos especializados pertinentes, mediante circunstanciada autorização judicial" (inciso V do Art. 2º).

Assim, além da permissão para as interceptações de comunicações telefônicas, do fluxo de comunicações em sistemas de informática e telemática, já previstas na Lei 9.296/96, com as alterações ocorridas na Lei 9.034/95 passaram a ser permitidas também a captação e a interceptação ambientais de sinais eletromagnéticos, ópticos ou acústicos, bem como a infiltração (técnica operacional desenvolvida por órgãos de inteligência que permite a entrada e a permanência de profissionais especializados em ambientes operacionais hostis, com o objetivo de obtenção de dados negados).

É importante destacar que todos esses procedimentos só podem ocorrer mediante autorização judicial e são, em sua essência, sigilosos. As ausências de autorizações judiciais os tornam ilegais, passíveis de sanções penais, e as provas obtidas tornam-se espúrias, sendo, portanto desprovidas de valor legal.

Implementação das Leis

Tratamos, no capítulo 21, do embasamento legal no campo da inviolabilidade das comunicações. Neste capítulo trataremos de alguns aspectos fundamentais para o entendimento das leis já vistas e, ainda, mostraremos como os tribunais têm se comportado em relação a esse assunto.

Terminologia Jurídica

Existem alguns termos que podem causar certa confusão, por isso, definiremos alguns conceitos a seguir.

•   Interceptação telefônica - Quando a violação do sigilo da comunicação é realizada por terceiro, sem o conhecimento de qualquer um dos comunicadores.

•   Escuta telefônica - Se a violação for efetuada por terceiro, mas com o conhecimento de um dos comunicadores.

•   Gravação telefônica - É realizada por um dos interlocutores, sem o conhecimento do outro.

•   Interceptação, escuta e gravação ambiental - Têm os mesmos conceitos dos telefônicos, mas se referem à conversa pessoal e não à telefônica.

A Jurisprudência e a Doutrina quanto à Gravação Clandestina

A doutrina e a jurisprudência estão divididas. Alguns doutrinadores ensinam que o sigilo existe em face de terceiros e não dos interlocutores, que podem divulgar a conversa desde que haja justa causa, podendo, neste caso, tal gravação servir como prova, em processo, tanto para a acusação como para a defesa. Outros, portanto, entendem que só é admissível esse tipo de prova (gravação clandestina) se for utilizada pela defesa, considerando-a ilícita quando utilizada pela acusação.

Essa divisão quanto à possibilidade de utilização da gravação clandestina pela acusação também ocorre no Supremo Tribunal Federal. Por maioria, o Tribunal não tem admitido, como prova válida, no processo, a gravação oculta de conversa.

Por exemplo, são ilícitas as gravações e escutas telefônicas e ambientais com puro intuito de documentação e sem a presença de excludente de antijuridicidade. Por outro lado são lícitas as gravações, escutas, se houver excludente de ilicitude, sendo, portanto, considerada válida a gravação realizada por uma pessoa que vem sendo ameaçada de morte pelo telefone.

A gravação de diálogo transcorrido em lugar público pode ser aceita como prova, pois neste caso não há a proibição do Art. 5° da CF.

Artigo 332 do Código de Processo Civil

O Código de Processo Civil em seu Art. 332 estabelece:

"Todos os meios legais, bem como os moralmente legítimos, ainda que não especificados neste código, são hábeis para provar a verdade dos fatos, em que se funda a ação ou a defesa".

A legislação civil brasileira e os julgados dos tribunais superiores abordam de forma ampla a questão da licitude e ilicitude das provas.

Capítulo 13 - Aspectos jurídicos da espionagem

São inaceitáveis as provas moralmente ilegítimas, entre as quais se incluiriam as obtidas com violação da intimidade alheia, não sendo permitida a sua utilização tanto no processo civil quanto no processo penal. Em três decisões, duas em matéria civil e outra em matéria penal, a Corte Máxima da Justiça Brasileira, o Supremo Tribunal Federal, repudiou interceptações telefônicas clandestinas. Numa de suas decisões, o Supremo considerou inadmissível, por não ser meio legal nem moralmente legítimo, interceptação feita por um marido visando instruir processo de desquite com prova de infidelidade (RE 85.439-RJ, RTJ 84/609).

A inviolabilidade do sigilo como direito e garantia fundamental existe em face de terceiros e não dos titulares do direito à intimidade, de modo que não é ilícita a gravação de conversa telefônica por uma das partes, sem o conhecimento da outra, quando há justa causa (STF, RTJ 162/03).

É lícita a gravação da conversa por parte de um dos interlocutores, quando ele estiver sendo vítima de crime, porque neste caso há excludente de ilicitude, de modo que tal prova pode ser aceita nos Tribunais para punir o autor da infração (STF, RTJ 167/206, 168/1022).

Embora não seja pacífico tal entendimento, o preceito contido no Inciso LVI do Art. 5° da Constituição Brasileira, que estabelece no processo a inadmissibilidade de provas obtidas por meios ilícitos, não pode ser tido como absoluto. A relatividade decorre da possibilidade da ocorrência de situações em que a prova ilícita seja admissível no processo, tendo em vista a necessidade de se preservar outros valores constitucionais mais relevantes. Entretanto, merece ser destacado que o Supremo, apesar de haver divergências, acata em regra a doutrina americana dos "frutos da árvore venenosa", em que as provas obtidas por meios ilícitos são inadmissíveis à instrução criminal ou processual penal.

No direito brasileiro, são inadmissíveis não só as provas ilícitas, mas também aquelas cuja colheita só foi possível, direta ou indiretamente, a por meio de provas ilícitas (STF, RTJ 155/508).

Desta forma, somente se tratando de crimes mais graves, como seqüestro ou extorsão, em razão de serem punidos com reclusão, a interceptação poderia ser autorizada judicialmente, pois o juiz também deve fundamentar, muito bem, porque ele está permitindo que seja realizada uma interceptação telefônica.

A utilização de prova ilícita em favor da defesa é aceita unanimemente, de modo que se torna dispensável listar os autores que a admitem. Neste caso, quando o réu obtém a prova de modo ilícito, há o confronto de dois princípios, o da proibição da prova e o da ampla defesa do réu, devendo prevalecer este. Além disso, há autores que entendem haver no caso legítima defesa, excluindo a ilicitude, tornando a prova obtida pelo réu, lícita.

É aplicável o princípio da proporcionalidade. Dessa forma, a regra proibitiva do Art. 5° LVI da CF não pode ser tida como absoluta, devendo ceder quando em confronto com o direito à ampla defesa, levando, assim, à admissão da prova ilícita em favor do réu. Essa mesma regra também cede em favor da acusação, quando em causa está o combate aos crimes mais graves, principalmente se estes são perpetrados por organizações criminosas (STJ, RSTJ 82/321).

Nessa linha de raciocínio, e levando-se em consideração que por ser uma questão nova no Brasil, e muito delicada, pois se refere à individualidade das pessoas, estando no rol dos direitos e garantias fundamentais, ela carece ainda necessita ser pacificada entre os juristas e nas decisões das cortes superiores da justiça. Podemos dizer que há ainda muito a se definir sobre o assunto.

Aspectos Controversos da Lei

Este parecer jurídico foi elaborado pela Dra. Adriana Cury, do Escritório de Advocacia Adriana Cury Marduy Severini:

A razão pela qual o Supremo Tribunal Federal vem repudiando as interceptações clandestinas com o objetivo de instruir processo especialmente quando esta prova provém do autor da ação é algo questionável.

Não questiono a ilicitude de tal ato, pois viola, sem dúvidas, dispositivos legais resguardados pela nossa Constituição Federal, especialmente ao que se refere à privacidade do cidadão.

Mas como interpretarmos o artigo 332 do CPC quando dispõe:

255

"Todos os meios legais, bem como, os moralmente legítimos (...)".

Entretanto, não podemos deixar de questionar o que de fato se refere o termo "moralmente legítimos", visto que não pode o Julgador criar uma regra única para estas situações. Cada situação deverá ser analisada, se for o caso de aceitar a prova ou não.

A escuta telefônica, sem dúvida, viola o direito de privacidade, mas não deixa de ser uma prova do fato ou do ato praticado. Ora, aquele que a utilizar no processo poderá responder criminalmente pela colheita da prova, mas entendo não ser correto o Juízo desprezá-la como se esta não existisse.

Obviamente a prova deverá ser analisada por um perito, para que observe ou não a existência de interferências ou modificações na gravação, afirmando se esta procede da pessoa intitulada pela fala.

A título de exemplo, temos o caso típico de traição conjugal, em que o cônjugue tem prova irrefutável por meio da escuta telefônica da traição. Qual a razão de não utilizá-la em um processo de separação? Referida escuta prova a traição e não é razoável que o Juiz desconsidere-a – até porque pode ser considerada "moralmente legítima" (cf. Art.332 do CPC).

Ainda que o responsável pela escuta possa responder pelo delito cometido, não é prudente inutilizá-la porque foi obtida por violação da privacidade alheia, ainda mais quando o fato apurado é verdadeiro. Tal situação me causa uma certa estranheza, porque o que se pretende apurar em um processo é a verdade real dos fatos.

Por essa razão, entendo que o responsável da escuta telefônica deverá ser punido pelo ilícito cometido, mas a prova deverá ser apreciada e aproveitada a cada caso, com o objetivo de se apurar a realidade dos fatos e não menosprezá-la.

Perguntas mais Freqüentes

Relacionamos a seguir algumas das perguntas e dúvidas mais freqüentes.

Posso Gravar a Minha Própria Linha?

Apêndice A - Teoria básica de Tx e Rx de sinal de radio

Você pode gravar a sua própria linha, e esta gravação será considerada lícita se você tiver uma causa justa, como, por exemplo, em casos de ameaças, extorsões etc.

Posso Gravar as Linhas da Minha Empresa Usadas pelos Funcionários?

Você pode gravar as linhas da sua empresa, mas se você gravar a conversa de um de seus funcionários, provavelmente não poderá usar isso como prova, pois você é um terceiro interceptando ligações. Nesta situação, você deveria obter autorização judicial para não cometer crime.

Posso Instalar Grampo na Minha Casa?

Você pode instalar grampo na sua casa, mas se você interceptar a conversa de alguém, que não seja a sua própria, você cometerá um crime, pois qualquer pessoa, mesmo sua mulher, filhos etc., é considerada terceiro, e provavelmente como essa conduta é considerada ilícita, não servirá como prova.

Posso Instalar Grampo em Casa de Terceiro?

De jeito nenhum. A interceptação só pode ser feita com autorização judicial.

Posso Utilizar Grampo como Prova em Juízo?

Se for para defesa, poderá. Para acusação, de acordo com a maioria da doutrina e jurisprudência, não.

Posso Utilizar Equipamentos de Visão Noturna?

Equipamentos de visão noturna estão sujeitos a um procedimento de controle sob responsabilidade do Ministério do Exército. O procedimento está descrito no capítulo 14.

Grampos Feitos por Instituições Policiais

A polícia pode utilizar os grampos caso haja forte indício de crime, mediante expressa autorização judicial.

Apêndice A - Teoria básica de transmissão e recepção de sinal de rádio

Este apêndice contém a teoria básica de alguns dos dos conceitos tecnológicos tratados no livro.

Conceitos básicos da transmissão de sinal de radio

Um sinal transmite informações de um ponto a outro. Os sinais podem ter várias formas: óptico, elétrico, acústico ou radiofreqüência. Os sinais podem ser convertidos de uma forma para a outra (de forma a otimizar sua transmissão, dependendo do meio de comunicação utilizado) e, ainda assim, manter a informação original intacta. Quando falamos ao telefone, criamos um sinal acústico que, por sua vez, será convertido em sinal elétrico (isto no aparelho telefônico); esse sinal irá trafegar até a central da operadora de telefonia e chegando aí, será convertido em um sinal óptico e irá trafegar até a central de destino onde será convertido, novamente, em um sinal elétrico que irá trafegar até o telefone destino. Uma vez no telefone destino, esse sinal será, finalmente, convertido em sinal acústico e poderá ser ouvido pelo receptor da chamada.

No mesmo meio de transmissão, podemos transmitir vários canais de áudio ou vídeo.

Na telecomunicação, os sinais de rádio são as freqüências do espectro eletromagnético de 10 KHz até 100 GHz. O espectro do rádio é dividido em várias bandas (veja definição de freqüência a seguir).

As microondas são ondas de rádio em freqüências altas, de 1 a 100 GHz.

A radiodifusão é uma transmissão de sinal de rádio e qualquer um que tenha um sintonizador adequado, poderá captar o sinal e ouvi-lo. O sistema telefônico não é de radiodifusão, uma vez que a transmissão é recebida apenas pelo receptor da chamada. Largura de banda é a capacidade de transmissão de informação que uma mídia possui (um cabo ou um sinal de RF transmitido no ar).

A capacidade digital é medida em bits por segundo (ou byte por segundo, considerando 8 bits = 1 byte). A largura de banda também mede o escopo das freqüências que um sistema analógico pode transmitir.

Como podemos ver na figura A.1, um sinal pode ser transmitido em duas formas: analógico ou digital. A potência de um sinal analógico varia de uma forma contínua, enquanto, sinal digital varia em saltos (não de uma forma contínua), podendo ter vários níveis discretos. Em sistemas digitais binários, existem dois níveis que representam on ou off (ligado/desligado).

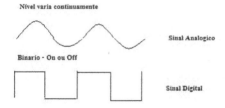

Formato de sinal analógico x sinal digital.

Os equipamentos baseados em sinais digitais são mais baratos de fabricar, porque seu processamento é mais simples, e são, também, mais precisos, uma vez que precisam apenas distinguir níveis de sinais bem definidos. Mesmo com um sinal distorcido, o circuito não tem problemas em definir a classificação do sinal entre 1 ou 0, desde que a distorção aconteça entre certos limites, e dessa forma a reprodução de um sinal digital é mais exata. É muito mais difícil reproduzir sinais analógicos com potência que muda constantemente.

Apêndice A

O sinal analógico pode ser convertido em sinal digital por meio de um processo chamado amostragem (sampling). No sistema telefônico, por exemplo, o sinal analógico da voz é convertido em sinal digital por meio do processo de amostragem de 8.000 vezes por segundo. A potência de cada amostragem é dada em um dos 256 níveis representados pelos 8 bits (8 bits podem representar 256 números diferentes), ou seja, um fluxo de 64.000 bits/seg. Isso demonstra que o sistema de transmissão digital tem que ter capacidade de transmissão maior que um sistema analógico, já que a freqüência máxima da voz analógica é 4.000 Hz, enquanto a amostragem é feita em freqüência de 8.000 Hz (8.000 vezes por segundo), ou seja, o dobro, neste exemplo.

A figura a seguir mostra a representação de sinal analógico de rádio (potência x tempo).

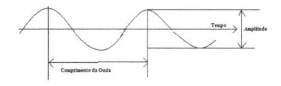

Variação da amplitude da onda em relação ao tempo.

A amplitude representa a energia (potência) do sinal, sua força. O comprimento de onda mede a distância entre duas posições repetitivas na onda, por exemplo, entre dois picos.

Sobre Freqüência

O movimento da onda é espacial. Se medirmos quantos picos ou comprimentos de onda passam em um ponto fixo no espaço, vamos ter uma medida chamada freqüência representada em Hertz (Hz), ou seja, quantos ciclos da onda ocorrem por segundo.

Há uma relação entre o comprimento de onda e a freqüência, conforme mostrado na fórmula a seguir. A velocidade da onda é sempre igual à velocidade da luz. Como a velocidade é fixa, essa relação significa que quando aumentamos a freqüência baixamos o comprimento de onda e vice-versa ou, representando isso matematicamente, temos:

Comprimento de onda (λ) x Freq. da onda (f) = Velocidade (C)

Ou numa apresentação mais prática:

Comprimento de onda (metros) = 300/Freqüência em MHz

Por exemplo, se a freqüência é de 150 MHz, o comprimento da onda seria de 2 metros (300/150 = 2 metros).

Um sinal de rádio de freqüência baixa (comprimento de onda grande) tem a capacidade de contornar obstáculos e desta forma penetra melhos em ambientes urbanos. Quanto mais aumenta a freqüência do sinal, a sinal tende a se expandir em linha reta viabilizando uma transmissão para distancias maiores em campo aberto.

A seguir uma comparação de características diferentes de sinais com freqüência baixa e freqüência alta:

Freqüência Baixa	Freqüência Alta
Antena comprida	Antena curta
Boa penetração de paredes	Alta penetração de paredes
Recepção mais ruidosa	Recepção mais clara
Tecnologia simples	Tecnologia avançada

Alguns exemplos de freqüência:

Capacidade de captação de sinais de áudio pelo ouvido humano: 20 Hz a 15 kHz

Freqüências normais da voz humana: 100 Hz a 6 kHz

Freqüências de voz em aparelho telefônico: 300 Hz a 3 KHz

A seguir uma divisão do espectro da freqüência conforme o FCC:

VLF   -   3 kHz a 30 kHz

LF   -   30 kHz a 300 kHz

MF   - 300 kHz a 3 Mhz

Apêndice A

HF	-	3 Mhz a 30 Mhz
VHF	-	30 Mhz a 300 Mhz
UHF	-	300 Mhz a 3 GHz
SHF	-	3 GHz a 30 GHz

O conceito básico da transmissão é transferir informação de baixa freqüência (Voz, vídeo ou dados) em cima de carregador que se propaga no espaço com freqüência mais alta conseguindo assim ser transportada para distancias maiores. O sinal da baixa freqüência é chamado Sinal de faixa básica (Baseband signal).

É importante salientar qie o carregador mesmo transportando informação digital é sempre um sinal analógico e sendo assim ele é sujeito a uma mudanças na sua freqüência ou fase.

Espectro de um sinal

Um matemático francês, Jean Baptiste Joseph Fourier (1768-1830) descobriu que um sinal de qualquer forma (veja exemplo a seguir) pode ser decomposto para various sinais mais básicos que possuem uma forma de sinusóide (ou cosinusoido).

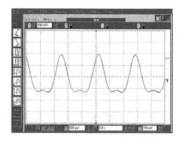

Avi Dvir

O espectro de um sinal são estes sinais básicos que quando juntados compõem o sinal que nos estamos vendo no domínio do tempo (Amplitude do sinal x O tempo), por exemplo na tela de um osciloscópio. A figura a seguir mostra a forma da onda (wave form) de um sinal complexo.

A figura a seguir nos mostra que existem duas formas de enxergar um sinal. Uma forma no domínio do tempo e outra forma no domínio da freqüência. O sinal no nosso exemplo é composto de duas sinais sinusoidais com amplitude, freqüência e fase diferentes. Em conjunto eles compõem um sinal mais complexo. Qualquer sinal pode ser criado por combinação de vários sinais sinusoidais. So um sinal sinusoidal é "puro" e não possui outros componentes com forma sinusoidal. Os componentes sinusoidais de um sinal são chamados HARMONICAS e eles aparecem em distâncias fixas a partir de componente básico do sinal que é o sinal fundamental representado pela sua frequência básica. Por exemplo se o sinal fundamental esta na frequência 10 MHz a segunda harmonica vai aparecer em 20 MHz (e com potência menor do sinal fundamental), terceira harmonica vai aparecer em 30 MHz com potência menor ainda e assim por diante. Cada harmonica é um sinal sinusoidal e em conjunto estão compondo o sinal que no espectro da frequência aparece desmembrado para seus componentes harmônicos. Se nos vamos alimentar um sinal complexo em osciloscópio nos vamos ver no dominio da frequência vários picos descendendo a partir do pico principal (Lado direto na figura a seguir) e no dominio do tempo vamos somente ver o formato do sinal ja composto de junção de todas as suas harmonicas.

Na seguinte figura é possível ver o sinal do nosso exemplo dividido em 2 sinais diferentes no domínio do tempo e 2 sinais com freqüências diferentes no domínio das freqüências.

O processo matemático de viabiliza analisar os componentes (harmonicas) de um sinal é chamado: Transformação rápida de Fourier - FFT (Fast Fourier Transform) e é fundamental entender seu conceito apenas ja que ele serve no nosso caso de entender as vantagens de analisadores de frequência que funcionam em tempo real e desta forma garantem que não se perde nenhum sinal em função da resolução da varredura do espectro. Isso será explicado neste anexo.

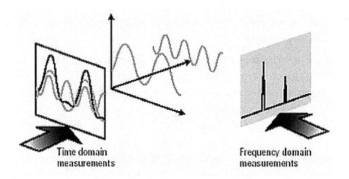

Largura de banda (Bandwidth)

A largura de banda descreve ate que ponto a onda é "esticada". A largura de banda do carregador é zero já que ele possui somente uma freqüência. Quando colocamos informações em cima do carregador vai aumentar   sua largura de banda. A voz humana por exemplo possui sinais de varias freqüências de 300 Hz ate 30000 Hz.

Modulação e Demodulação

Para transmitir um sinal de áudio, o microfone transforma o áudio em um sinal elétrico. Esse sinal é superposicionado (técnica chamada de modulação) em cima de um sinal de rádio (de freqüência muito mais alta que o sinal de áudio). Essa freqüência é chamada de portadora ou carregadora (Carrier), pois carrega a informação transmitida. Este processo é chamado modulação. O sinal, então, é amplificado e transmitido pelo ar ou por outro meio.

Para recuperar a informação original, um receptor faz o processo contrário, ou seja, recebe o sinal de alta freqüência com a informação embutida nele, subtrai o sinal de alta freqüência e recupera o sinal original, amplifica o sinal original e transfere-o para os alto falantes.

No processo da recuperação do sinal original, o receptor mistura o sinal modulado recebido com um sinal de rádio produzido por um oscilador no receptor. A freqüência gerada pelo oscilador é compatível com a freqüência da onda portadora gerada pelo transmissor. Isso cancela a freqüência da onda portadora (Carrier), deixando apenas a informação original que é transformada para a forma inicial. Este processo é chamado demodulação.

O carregador pode carregar tanto informação analógica ou digital mas elemasmo sempre é analógico.

Os dois tipos de modulação mais encontrados em tecnologia de rádio são modulação em amplitude (AM), em que a informação transmitida muda a amplitude do sinal portador que continua a ser gerado com uma freqüência fixa, e modulação de freqüência em que a informação transmitida muda a freqüência do sinal portador que continua a ser gerado com amplitude fixa. Quando falamos que um rádio transmite em freqüência específica, essa freqüência é a freqüência do sinal portador. O sinal modulado em FM é mais imune a ruídos que o sinal AM, visto que os sinais de ruídos (motores de carros, liquidificadores, batedeiras etc.) atrapalham os sinais modulados em AM (muda sua amplitude e, então, ouvimos chiados).

As formas de modulação mais em uso são:

Amplitude Modulation (AM)

Single Side Band (SSB)

Frequency Modulation (FM)

Phase Modulation (PM)

Pulse Modulations (PAM, PCM, PPM)

Direct Sequence Spread Spectrum (DSSS)

Code Division Multiple Access (CDMA)

Time Division Multiple Access (TDMA)

Frequency Hopping

Modulação AM

Na figura a seguir, podemos ver os três estágios de modulação AM. No primeiro estágio, verificamos um sinal de áudio, logo em seguida, um sinal de rádio (sinal portador) e, por último, o sinal de áudio modulando o sinal de rádio.

A informação digital também pode ser transmitida por meio de modulação AM, FM ou outros mecanismos. Por exemplo, em sistemas de modulação AM, o bit 1 é transmitido com a amplitude total do sinal portador e o bit 0 é transmitido com amplitude 0 (modulação ASK).

Utilizando modulação de freqüência (FM), a freqüência do sinal portador pode mudar entre duas freqüências para representar 1 e 0 (esse tipo de modulação é chamada FSK – Frequency Shift Keying).

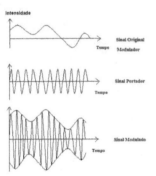

Modulação FM

Na modulação FM o amplitude do sinal fica constante e a freqüência do sinal varia conforme o sinal que precisamos transmitir.

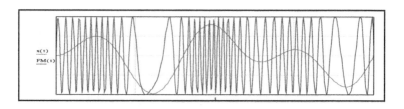

Atenuação/Amplificação e Distorção de Sinal

No trajeto da transmissão ocorrem dois fenômenos: o sinal fica distorcido e atenuado. A distorção ocorre como resultado da influência de sinais indesejáveis chamados ruídos, originados por causas internas ou externas ao sistema de transmissão. A relação sinal-ruído mede a taxa da intensidade do sinal e a intensidade do ruído (Signal to Noise Ratio).

A atenuação de um sinal (redução de sua potência original) faz com que este sinal perca sua intensidade à medida que nos afastamos da fonte emissora do sinal. Essa medição é muito importante para entender as capacidades de transmissores, receptores e antenas.

Decibel é uma medida logarítmica. A medida decibel é utilizada para medir o ganho ou a perda de um sinal.

A fórmula de calcular atenuação/amplificação é:

Atenuação/amplificação =

10 log 10 (potência saída/potência entrada). (Obs: A base do log é 10)

No caso de atenuação do sinal, a potência recebida é mais baixa que a potência transmitida, o que significa que a relação logarítmica entre o sinal recebido e o sinal transmitido sempre será negativa (uma vez que houve perda de sinal durante o percurso). Por exemplo, se a intensidade recebida é 0,001 (um milésimo) do sinal transmitido, o sinal sofreu uma perda de 30 dB, conforme mostrado abaixo:

10 log (sinal recebido/sinal transmitido) =

10 log (0,001) = -30

Para visualizar melhor o significado da fórmula, podemos dizer que para cada 10 dB de atenuação/ganho houve uma diminuição/aumento da potência do sinal original em fator de 10 (um décimo da potência original sobrou em caso de perda ou a potência original cresceu 10 vezes em caso de ganho) 10 log 1/10. Uma perda de 20dB significa que sobrou, somente, 1% da potência originalmente transmitida.

A utilização dessa medida facilita o cálculo quando existe perda/ganho da potência do sinal, resultado de várias partes do sistema. O resultado final seria a soma dos ganhos/perdas (em decibéis) em todas as partes do sistema. A medição em decibéis viabiliza a soma ou subtração simples das perdas/ganhos em um sistema de transmissão/recepção em vez de usar fórmulas matemáticas muito complicadas se ficarmos com as medições de potência em Watts, por exemplo.

Também é possível medir a potência de um sinal relativo a um nível específico de uma potência; geralmente esse nível de potência é 1 mW. Neste caso, a medição terá o símbolo dBm. Assim sendo, o sinal que tem potência acima de 1 mW terá um sinal positivo (considerando a fórmula anterior), e terá um sinal negativo quando estiver abaixo de 1 mW. Por exemplo, 10 mW são 10 dBm e 0,1 mW é -10 dBm. Porém, 1 mW é igual a 0 dBm.

Funcionamento do Rádio HT

Pode parecer estranho, mas, na verdade, ninguém sabe como um sinal de rádio chega de um transmissor para um receptor. Enquanto não sabemos isso, conhecemos as regras que obedecem a essa transformação e sabemos representá-la de forma matemática.

O transmissor de rádio gera um sinal portador que transporta a informação, que é uma freqüência preestabelecida. O sinal de informação que desejamos transmitir não tem condição de chegar ao destino sem o sinal portador, já que possui uma freqüência muito baixa (muito mais baixa que a do sinal portador), insuficiente para o uso dos circuitos de transmissão e recepção, como também para atingir a distância de transmissão com qualidade suficiente.

Em resumo, o portador é quem "carrega" o sinal a ser transmitido. Em linguagem técnica, a informação transportada modula o sinal portador (transforma/altera o sinal portador). Essas modificações podem ser efetuadas de diversas formas, que são chamadas de métodos de modulação. Como exemplo, alguns métodos de modulação conhecidos: AM (Amplitude Modulada), FM (Freqüência Modulada), AM-SSB etc. Se o sinal da informação modificar a freqüência do sinal portador, teremos modulação de freqüência (FM). Se fizermos modificações da amplitude do sinal portador, teremos modulação da amplitude (AM) (essas modificações são detectadas pelo receptor e servem para recriar o sinal original).

Existem outros tipos de modulações que têm uso específico, como, por exemplo, na área militar. A maioria dos scanners (receptores de sinais que fazem a varredura das faixas do espectro) no mercado demodula tanto AM como FM.

No rádio transmissor, existe uma parte que gera um sinal (sinal portador), que é modulado pelo sinal que desejamos transmitir, o sinal modulado passa por uma fase de amplificação (ganho) e, finalmente, esse sinal é enviado, via antena, cabo ou outro meio de transporte.

No receptor de sinal (nosso rádio receptor), por outro lado, existe, também, um gerador de freqüência igual ao do transmissor. Esse gerador irá gerar uma freqüência que é exatamente igual, e, dependendo do tipo de modulação, uma operação será feita de modo a "extrair" nossa informação.

Como Funciona uma Antena?

A antena funciona por meio de um fenômeno chamado ressonância.

Para oscilar, um sinal elétrico atravessa uma antena e volta, em tempo igual ao tempo de um ciclo do sinal (período do sinal – o tempo que um comprimento da onda passa um ponto fixo). Isso pode ser demonstrado na figura a seguir.

Apêndice A

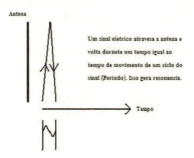

Antena

Um sinal elétrico atravesa a antena e volta durante um tempo igual ao tempo de movimento de um ciclo do sinal (Período). Isso gera resonancia.

Tempo

Conceito de funcionamento de antena.

Na figura o sinal elétrico atravessa a antena duas vezes durante a passagem, o que equivale a um comprimento de onda. Por isso, esse tipo de antena se chama "Antena de metade de comprimento de onda", já que o comprimento da antena é igual à metade do comprimento de onda. O sinal elétrico atravessa a antena e volta durante um tempo igual ao tempo de movimento de um ciclo do sinal (período). Isto gera ressonância que é a transmissão do sinal pelo ar.

É possível entender por meio dessa explicação que o comprimento da antena define a sensibilidade para uma certa freqüência. Ela irá rejeitar outras freqüências ou captar/transmitir essa freqüência com menos eficiência (terá menos ganho). Porém, se o sinal recebido tiver uma potência alta, a antena captará o sinal com mais facilidade, mesmo não estando na freqüência em que a antena foi projetada. Algumas antenas são telescópicas e podem ser adaptadas para ter sensibilidade diferente conforme a necessidade de captar certa freqüência.

A consideração da potência do sinal elétrico necessário para o circuito transmissor pode influir, diretamente, também no comprimento da antena. Quanto mais grossa é a antena, mais curta ela pode ser. Com isso, podemos projetar uma antena ideal para transmitir nosso sinal. Porém, esta consideração é mais significativa quando se trata de sinal de faixa estreita.

270

Existem vários tipos de antenas. A antena omnidirecional tem sensibilidade/ganho igual em torno de 360°. Já uma antena direcional sacrifica a sensibilidade em uma dada direção tendo sua potência mais direcionada para outra. Ou seja, a antena direcional tem ganho positivo (amplifica o sinal) em uma direção específica e tem ganho negativo (atenua o sinal) em outra direção.

Uma antena de um scanner típico é otimizada para certas faixas de freqüências e terá ganho negativo (perda) em outras.

A capacidade de recepção/transmissão de uma antena é influenciada pelos objetos posicionados no caminho do sinal entre o transmissor e o receptor. Por esse motivo, a capacidade de recepção da antena mudará conforme o posicionamento dela (os mais vividos devem-se lembrar das antigas TVs e da antena dentro de casa. Lembram-se de como tínhamos que mudar a posição da antena tentando receber a melhor imagem possível?).

A presença de um corpo humano também influi no sinal recebido pela antena. Para complicar, existe também um fenômeno que se chama multipath, ou caminhos múltiplos, que é o sinal refletido no caminho entre o transmissor e o receptor e no ambiente. Para exemplificarmos, o sinal de um transmissor chega à antena por mais de um caminho, resultando em reflexão do sinal em paredes, montanhas, nuvens e praticamente qualquer objeto no caminho do sinal transmitido. Esses sinais chegam à antena com uma pequena diferença de fase. Dependendo dessa diferença, os sinais que chegam por múltiplos caminhos podem reforçar um ou outro, ou diminuir um do outro, até o cancelamento do sinal.

O parâmetro de ganho é usado para medir o desempenho da antena tanto na transmissão como na recepção. Existe um fator chamado Antenna Factor (fator da antena), que mede o desempenho da antena. O fator de antena (Antena Factor – AF) é calculado conforme a expressão:

$$AF = Campo\ elétrico\ /\ voltagem\ aplicada\ na\ antena$$

O AF descreve a medida da pureza da antena, sua capacidade de filtrar os ruídos que existem no ambiente. É normalmente expresso em dB.

Como funcionará uma antena em certo ambiente? É praticamente impossível prever. A única opção é um teste real em campo.

Como Interceptar uma Freqüência Específica?

A possibilidade de interceptação de sinal de rádio, com uma certa qualidade, é uma convergência de muitos fatores. A seguir, detalharemos os fatores mais importantes que determinam a qualidade de uma interceptação de comunicação de sinal de rádio.

Conseguir melhor desempenho em cada um dos fatores que determinam a qualidade de um receptor ou transmissor tem seu custo e alguns deles são conflitantes. Pequenos saltos de freqüência aumentam o tempo de sintonização e nitidez do sinal.

Sinais Artificiais

Além das harmônicas dos sinais, existem também sinais artificiais que, mesmo sendo fracos e estando próximos da antena do receptor, geram um sinal falso. Este fenômeno é resultado do circuito do sintetizador e um sintetizador de boa qualidade diminuirá esse efeito de uma forma significativa. Isto também permitirá que uma varredura seja executada de forma mais rápida. Para termos idéia do significado da velocidade de varredura, podemos considerar um scanner de velocidade de 50 canais por segundo, com espaçamento de canais de 20 KHz um do outro. Isso significa 1 MHz por segundo. Se a faixa a ser varrida é de 200 a 400 MHz, isso demoraria 200 segundos, ou seja,

3 minutos e 20 segundos. Se o rádio é mais lento ou a faixa é maior, este tempo aumentará.

Ruído de Fase (Phase noise)

Ruído de fase é uma característica importante de um analisador de freqüência qua mede a precisão que o equipamento consegue medir um sinal específico. A medição de um sinal não nunca é exata e ela é espalhada em cima de uma gama de frequências nos dois lados da freqüência principal como na seguinte imagem:

O Ruído de Fase é definido como a área que esta no lado direito da freqüência principal com pequeno offset (1-100 KHz geralmente) e ocupa uma área de 1 Hz.

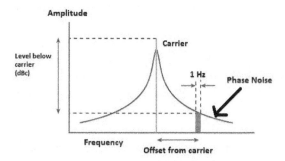

O ruído de fase é medido em certa distância da frequência principal.

Sensibilidade do Receptor

É outro fator de qualidade que mede a capacidade do receptor/scanner de transformar um sinal de baixa potência em um sinal audível. Os rádios atuais conseguem converter sinais abaixo de um milionésimo de volt (microvolt). Isso depende da qualidade dos componentes utilizados na fabricação do aparelho.

Um receptor apresenta dois tipos de ruídos que influem diretamente na capacidade de detectar sinais de RF. Se o sinal for inferior à potência do ruído, ele vai ser interpretado como ruído e não será detectado. Equipamentos de detecção com alta sensibilidade têm um nível baixo de ruídos internos. Existem dois tipos básicos de ruídos em qualquer equipamento eletrônico: ruído do tipo shot e ruído térmico.

Apêndice A

O ruído do tipo shot é formado por uma corrente que passa por qualquer tipo de resistência em circuito eletrônico. Um ruído térmico (ou efeito de agitação termal) é baseado na constante de Boltzman, a temperatura e a largura de banda do aparelho. Nesta fórmula, temos controle apenas da largura da banda. Podemos estreitar a largura de banda do aparelho receptor (RBW – Resolution BandWidth), com o objetivo de reduzir o ruído interno e, assim, ter mais sensibilidade de detecção de sinal mesmo em ambientes ruidosos (a largura de banda do aparelho não se relaciona com a largura de banda do sinal detectado).

O ruído pode ser mais reduzido ainda caso sejam utilizados pré-amplificadores, pré-seletores (Tracking Pre-Selector) e antenas direcionais de alto ganho. Uma técnica relativamente nova chamada média estatística (Statistical Averaging) pode aumentar a sensibilidade em 15 a 25 dB pelo menos. A combinação dessas medidas pode aumentar a sensibilidade do sistema em 50 a 70 dB ou mais. Isso é muito significativo em detecção de grampos.

Quanto mais baixo o nível de ruído interno do aparelho, maior é a sensibilidade. Em sistemas profissionais é necessário ter a possibilidade de examinar sinais RF acima de -144 dBm, o que significa que a RBW do sistema deve ser de 1 kHz pelo menos (por exemplo, um equipamento de detecção de grampos, chamado de OSC-5000, possui um filtro opcional de 1 kHz).

Por outro lado, a varredura é mais lenta e é necessário equipamento com muita potência de computação.

Equipamentos que não possuem RBW suficientemente baixa não poderão detectar grampos com freqüências mais baixas do que da RBW do equipamento. Apenas poderão ser detectados sinais com dBm maior do que o nível base do ruído do equipamento detector.

Com um circuito pré-selecionador é possível pré-selecionar o sinal, depois passar o sinal em pré-amplificador e só posteriormente para o analisador de espectro. Isso pode baixar o nível de ruído base em 30 a 40 dBm, o que aumentará a capacidade de detecção de grampos.

274

Quando é necessário nível de ruído mais baixo inferior a -150 dBm é necessário utilizar equipamentos caríssimos, como analisadores de espectro digitais de alto desempenho (CSF, MACom, MicroTel, Lockheed, Agilent, Rockwell, entre outros).

Variação Dinâmica (Dynamic Range)

Variação Dinâmica é uma característica importante de um analisador de espectro. Quando procuramos sinais de potência muito baixa o valor da variação dinâmica determina a nossa capacidade de distiguir entre sinais de potência baixa e o ruído de chão do equipamento (Ruído interno determinado pelas características técnicas do equipamento). Muitos equipamentos tem preço alto por ter uma variação dinâmica muito alta porem taxa de sinal/ruido de chão de 60 dB é mais do que o suficiente. Na figura a seguir é possível ver a diferença do mesmo espectro entre Variação Dinâmica de 60 dB com 85 dB.

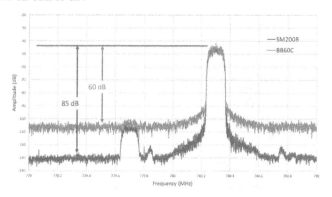

Seletividade do Receptor

Significa a capacidade do rádio selecionar entre dois sinais que estão muito próximos um do outro. Um rádio receptor com boa seletividade pode captar um sinal fraco mesmo estando perto de uma fonte de sinal forte. Isso dependerá do nível de ruído gerado pelo sintetizador nas freqüências próximas às freqüências sintonizadas. Este termo é chamado "ruído de fase" (Phase Noise). Este é um fator-chave na comparação e desempenho de um rádio em relação a outro. Quanto melhor é o ruído de fase, mais energia pode ser concentrada na freqüência desejada, sem perder para freqüências próximas.

Transmissão Simplex e Duplex

Em transmissão simplex, somente um dos lados pode falar ao mesmo tempo. Para indicar ao outro lado que ele pode começar a falar, por convenção, o lado que está falando diz, geralmente, a palavra "Câmbio". A conversação acontece em duas freqüências diferentes e, na interceptação do sinal, podemos ouvir um lado só, a não ser que o scanner possa ser programado para mudar de uma freqüência para outra rapidamente.

Em sistema simplex de duas freqüências, uma freqüência é utilizada para transmissão e a outra, para recepção, e os dois canais não operam simultaneamente. Neste caso também não é possível captar os dois sinais a não ser que o scanner possa ser programado para trocar entre as duas freqüências.

Em transmissão "Full Duplex", os usuários de ambos os lados podem falar simultaneamente. Dependendo do tipo do scanner, podem ser usadas duas freqüências ou somente uma.

Spread Spectrum (SpSp)

É um esquema de modulação de sinais que antigamente era classificada como sigiloso por agências governamentais. Dizem que foi originalmente desenvolvido por Hedy Lammare e seus associados para permitir comunicação segura em aplicações militares.

A figura a seguir demonstra como essa tecnologia distribui a informação sobre uma banda larga utilizando um código digital. Tendo esse código é possível reconstruir a informação. Desta forma, a informação, representada por várias freqüências, fica escondida dentro dos sinais de ruído aleatório, sendo difícil assim recuperar o sinal original sem o código digital utilizado para gerar a transmissão.

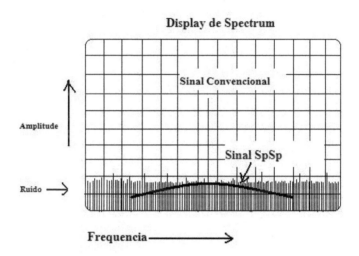

Sinais SpSp são freqüentemente chamados LPI (Low Probability of Intercept).

Como Escolher um Grampo?

De uma forma geral podemos dizer que freqüências mais altas são mais resistentes a interferências naturais e artificiais, significa melhor taxa de S/N.

freqüências baixas (por exemplo 29,3-40 MHz) possuem muitas harmônicas impares (3° harmônica cai na faixa 88-120 MHz) que podem ser captadas por radio FM comum.

277

Alem disso, freqüência maior necessita antena mais curta o que facilita esconder o transmissor.

Qualidade de um grampo depende também do ganho das antenas do transmissor e do receptor, da sensibilidade do receptor, da potencia do transmissor e das condições ambientais do local.

Na figura seguir podemos ver como muda a distância da recepção do sinal com o tamanho da perda do sinal. Quando a perda é zero nos podemos conseguir a distância máxima (denominada 1,0 na figura). Na metade da distancia máxima a perda do sinal seria de 5 dB aproximadamente. Com perda de 25 dB vamos conseguir apenas um décimo da distancia máxima.

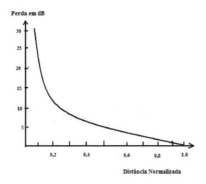

A Teoria Básica de Transmissão de Dados

Qualquer sinal transmitido sobre um meio de transporte sofre atenuação por perdas diversas, como resistência do ar, resistência do cabo, largura de banda limitada, distorção de atraso e ruído do meio de transporte. Esses efeitos são mostrados na figura a seguir e demonstram como podem ocorrer erros na interpretação do sinal original.

Avi Dvir

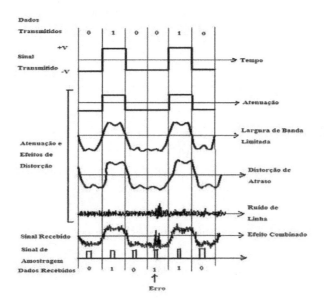

Processo de transmissão de dados.

A figura descreve um sinal binário gerado por apenas dois níveis de intensidades e, por isso, pode representar apenas um bit (0 ou1), porém se usarmos quatro níveis diferentes de sinal, cada nível poderá representar 2 bits (00, 01, 10 e 11).

Em geral, se trabalharmos com M níveis de sinal, o número m de bits que podem ser representados por um nível de sinal é:

m=Log₂M

A taxa de mudança do sinal é chamada taxa de sinalização, ou baud rate (Rs) e está relacionada com a taxa de bits de dados (R) por meio da expressão:

Isso significa que cada um dos M níveis do sinal binário tem m bits e isso é multiplicado pela taxa da mudança (Rs) do sinal para calcular a taxa de bits de dados (R).

Amostragem (Sampling)

Através deste processo o sinal analógico pode ser transformado a um sinal digital.

Neste processo nos vamos pegar amostras da onda analógica do sinal e vamos apresentar estes amostras através de uma sequencia de bits (0 ou1).

Para poder reconstruir o sinal original a freqüência da amostragem precisa ser maior de que duas vezes a freqüência do sinal (A Lei do Nyquist).

Transmissão digital com modulação COFDM

COFDM (Coded Orthogonal Frequency Division Multiplexing) é uma modulação de um sinal de vídeo que viabiliza transmissão de áudio e vídeo entre lugares sem linha de visão (NLOS – Non-Line-of-site – sem linha de visão).

Em ambientes urbanos cheios em obstáculos o uso de sistemas sem fio é complicado em função de muitos obstáculos que sinal encontra durante sua propagação alem do fenômeno Multi-Path (Caminhos Múltiplos) que geram uma diferença entre os sinais quando chegam ao receptor.

O padrão COFDM surgiu com a transmissão do TV Digital de alta resolução (HDTV) e é chamado padrão DVB-T (Digital Video Broadcast Terrestrial). Este padrão emprega 4000 carregadores espalhados sobre 6 a 8 MHz de largura de banda. A Ideia do COFDM é a transmissão de numero grande de de canais digitais de banda estreta sobre uma faixa de banda larga. Ao invés de colocar uma grande quantidade de dados em cima de um carregador o COFDM coloca uma quantidade menor de dados em cima de muitos carregadores e desta forma o efeito de Multipath é eliminado.

Para fazer uma analogia ao envio de uma carga: a carga pode ser enviada em um caminhão grande ou dividida em varias caminhões pequenos. Em caso de acidente so vamos perder ¼ da carga, enquanto com o caminhão grande vamos perder a carga inteira.

Como se trata de transmissão de muitos subcarregadores podemos esperar que no receptor não vão chegar todos os carregadores ou alguns vão chegar corrompidos. Por esta razão a transmissão COFDM usa um sistema de correção de erros chamado FEC (Forward error correction) que garante com que o sinal original pode ser recuperado com precisão muito alta.

É interessante entender o significativo da palavra Ortogonal que aparece na sigla (COFDM). Quando um sub carregador é ortogonal a um outro sub carregador isso significa que eles podem ser colocados bem próximo um a outro sem que existe interferência entre eles. Na modulação FDM os subcarregadores não estão ortogonais um a outro e para não ter interferência existe a necessidade de manter uma faixa de segurança entre as freqüências de cada sub carregador.

Sobre qualidade de áudio

A voz humana gera sinais com freqüências variadas que variam ate 20 KHz. A quantidade de freqüências que nos podemos captar e reproduzir determina a qualidade do audio que vamos ouvir. Por exemplo: O sistema de telefonia fixa consegue captar e reproduzir freqüências de voz ate 3.5 KHz. A qualidade de audio de radio AM 'e apenas 7 KHz. Qualidade de radio FM 'e de 15 KHz (Considera boa). Qualidade de Radio HD (High Definition) em AM 'e de 15 KHz ('e um padrão novo para radio AM. Testes começaram em 2006 e em 2008 as emissoras de AM começaram a mudar a este padrão). Qualidade de audio de CD 'e o mais ideal – 20 KHz. Qualidade de Radio HD (High Definition) em FM (Veja observação em relacao a Radio HD em AM) 'e de 20 KHz.

Apêndice A

Enquanto a resposta de freqüências da voz humana estenda ate 20 KHz, a maioria das informações da voz se encontra entre 300 Hz e 6 KHz. Isso significa que se pudéssemos melhorar a qualidade da transmissão por linha telefonica para 7 KHz teremos um aumento extremamente significativo na qualidade de voz transmitida por linhas telefônicas. Um equipamento chamado Codec (veja titulo: Sistemas convergentes) tem esta função alem de outras funções discutidas ja anteriormente. Para entender a diferença entre qualidade de 3.5 KHz e 7 KHz imagine a qualidade de um locutor no radio comparado com uma transmissão de uma chamada telefonica pelo radio. A diferença 'e bem significativa. Alem de linha de telefonia fixa existem outras formas de transmissão de voz tais como: RDSI, linhas arrendadas (leased line), E1 (transmissão de 30 linhas em um cabo), GSM, Celular 3G.

Usando equipamento chamado Codec (Codificador/decodificador) é possível incrementar a qualidade da transmissão de voz significativamente. Para viabilizar isso o Codec usa compressao. Por exemplo:

- ✅ POTS (Linhas fixas) - de 3.5 kHz para 15 kHz

- ✅ Celular GSM- de 3.5 kHz para 5-7 kHz

- ✅ Celular 3-G (Conexão IP via rede 3G)- de 3.5 kHz para 15-20 kHz estéreo or canais múltiplas

- ✅ IP a cabo ou protocolo de Internet – de 3.5kHz para 20kHz - estéreo comprimido ou sem compressão

Apêndice B - Conceitos básicos em escolha de câmeras

Para escolher uma câmera para uma operação de vigilância precisamos levar as seguintes características em consideração:

Resolução

As linhas de resolução determinam a nitidez que nos vamos enxergar detalhes na imagem. Quanto mais linhas melhora a resolução:

Performance	Color	Black and White
Standard	330 Lines	380 Lines
Medium	420 Lines	470 Lines
High	480 Lines	580 Lines

Lentes – A escolha da lente no permite definir o ângulo da visão e a distancia que podemos captar uma foto. Geralmente encontramos lentes de 2.8 mm ate 25 mm.

A seguinte imagem mostra a forma que o tipo da lente influi na cobertura da câmera:

Apêndice B

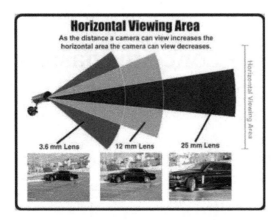

Na seguinte figura nos podemos ver para cada tipo de lente como muda a cobertura do view horizontal em função da distancia da câmera (Transformar foot em metros).

Distance Charts

3.6 mm Lens		6mm Lens		12mm Lens		25mm Lens	
Distance	Horizontal View	Distance	Horizontal View	Distance	Horizontal View	Distance	Horizontal View
10'	10'	10'	6'	60'	18'	100'	15'
15'	14'	20'	12'	70'	21'	150'	21'
30'	29'	30'	18'	80'	24'	200'	29'
40'	38'	40'	24'	90'	27'	300'	43'
50'	47'	50'	30'	110'	33'		

Auto Íris – é ajuste automático da câmera para o nivel da luz.

Lux – Iluminação Mínima- A maioria de câmeras coloridas tem 0.1 Lux o que significa que para operar há necessidade de uma quantidade mínima de 0.1 Lux para a câmera ter uma imagem do local. Se a iluminação não é suficiente há necessidade de usar um fonte iluminador de visão noturna para poder gerar a imagem. Câmeras preto & branco necessitam no mínimo 0.01 Lux para operar, ou seja eles necessitam menos luz para operar. Câmeras de visão noturna não necessitam luz para captar a imagem do local (0.0 Lux).

A diferença entre câmeras de Mega Pixel e Cameras de Alta Definição (HD)

Existe uma confusão entre câmeras de alta definição (HD) e câmeras de Mega Pixel.

Enquanto todas as câmeras de HD são também câmeras de Mega Pixel não todas as câmeras de Mega Pixel podem ser chamados de câmeras de HD.

- A resolução mínima para câmeras HD hoje é de 2.1 Mega Pixel. Cameras de Mega Pixel comuns pode ter entre 16 a 21 Mega pixel e os mais usados são de 3 a 5 Mega Pixel.

- O numero de pixels que o formato HD tem é de 1.920 x 1.080 (Full HD) enquanto os formatos de Mega Pixel oferecem grande variedade conforme as preferências do fabricante.

- A Taxa de visão (formato da tela) do padrão HD é de 16:9 (imagem larga) comparando com 5:4 ou 4:3 em câmeras de Mega Pixel.

- Velocidade de quadros em HD é de tempo real (25 quadros por segundo) enquanto câmeras Mega pixel usam 3 a 15 quadros por segundo.

Dependendo da aplicação a câmera é escolhida. Quando a aplicação não precisa alta taxa de quadros mas sim alta resolução os Mega Pixels seriam mais adequados. Mas se você precisa montar sistema de vigilância em Casinos ou Ponto de Venda a taxa de quadros vai ser mais significativa e a preferência seria de câmeras HD. Uma câmera de 12 quadros por segundo tira um quadro a cada 83 milissimo de segundo mas câmera de 30 quadros por segundo tira um quadro a cada 33 milésimo de segundo. Caras HD tiram um quadro a cada 50 milésimos de segundo.

Apêndice B

Tipo da Camera/ Caracteristica	Mega Pixel	HD – High Definition
Resolução Mínima	Maximo de 16 – 21 Mega pixel. 3-5 o mais comum.	2.1 Mega Pixel.
Numero de Pixels	Muitos formatos e muitas combinações.	1280 x 720 (HD ready) ou 1920 x 1080 (Full HD)
Taxa de visao	5:4 ou 4:3	16:9
Padronizacao	Somente especificação do numero dos pixels.	Padronizado. Existe padrão de qualidade universal.
Velocidade de quadros	Entre 3 – 15 quadros por segundo.	25 quadros.
Preço	Razuavel	Ainda é caro.

Um problema associada com câmeras de mega pixels é a transmissão em cima da Internet. Com tanta informação isso é praticamente impossível e por isso são usados somente em redes internas.

AGC (Automatic Gain Control) – proporciona uma imagem nítida quando não há luz suficiente. Um amplificador aumenta a sensibilidade da câmera quando falta luz.

B.L.C. (Back light Compensation) ou compensação de luz de fundo – compensação eletrônica de iluminação execiva no fundo da imagem.

E.E (Electronic Shutter) – Obturador eletrônico controla o tempo que o CCD (O sensor onde as imagens são formadas) recebe uma determinada quantidade de luz.

ATW (Automatic White Balance) – controle automático de branco ajusta automaticamente a variação do cor de fundo. Isso melhora a imagem AM ambiente de baixa luminosidade.

AWB (Automatic Wide Balance) – Ajuste dos pontos da imagem em relação ao branco para evitar brilho excessivo ou reflexão das partes claras da imagem. Desta forma as cores da imagem refletem as corres reais com mais natureza.

Avi Dvir

WDR (Wide Dynamic Range) – Melhora a imagem significativamente quando haja luz excessiva no fundo.

HSBLC (Highlight Suppress Back Light Compensation) - supressão de fontes de luz intense na imagem para melhorar visão de detalhes no scenario de interesse. Por exemplo, suprimir luzes de caros para melhorar a visão da placa.

Vídeo em rede

Padrão HDTV

A introdução do padrão de compressão MPEG-1 abriu o caminho para os padrões atuais do TV digital. O órgão mais importante nesta área é o Society of Motion Pictures and Television Engineers.

Este grupo desenvolve padrões para filmes, televisão, vídeo e multimídia.

O padrão SMPTE 296M define a resolução 1280 x 720 pixels usando escaneamento progressivo e o padrão SMPTE 274M define a resolução 1920 x 1080 pixels usando escaneamento progressivo ou interlaçado.

Com métodos de compressap digital tais como MPEG-2 e H.264 a faixa de banda de um canal de TV analógico é suficiente para carregar ate 5 canais regulares de TV digital ou ate dois canais HDTV usando escaneamento progressivo.

Formatos de HDTV

Existem 2 padrões de HDTV padrão 1920x1080 e padrão 1280x720. O primeiro numero significa o número das linhas e o segundo significa o número de pixels em cada linha. A resolução da tela seria a multiplicação destes 2 números. Estes 2 padros também podem ser referidos como 720i (ou 720p) e o outro como 1080i (ou 1080p).

O Padrão 1080p possui aspecto de tela de 16:9. Consequentemente isso cria uma resolução de quadro de 2.073.600 (1920x1080) pixels. A taxa de quadros pode modiciar de 30 ou 50.

O padrão 720p também possui aspecto de tela de 16:9 com resolução de 1280x720 (921.600) pixels.

287

Apêndice B

As letras "i" e "p" representam o método de escaneamento da tela. i significa escaneamento interlaçado e o p significa um escaneamento progressivo. O escaneamento interlaçado é bem conhecido do sistema de TV analógica e ele divida cada quadro da imagem em 2 campos. A montagem do quadro começa do canto esquerdo em cima da tela e vai ate a ultima linha no canto direto abaixo da tela pulando cada segunda linha. Desta forma é possível diminuir a banda pela metade e ter um taxa de refresco da tela maior e gera mais estabilidade da imagem. Entretanto se tiver necessidade de analisar vídeo em movimento ou imagens STILs este sistema apresentaria problemas. Estas falhas são evitadas no escaneamento progressivo porem ele exige uma banda maior. Na aplicação de segurança onde é necessário analisar objetos e pessoas em movimento ou analisar quadros individuais o sistema de escaneamento progressivo é bem mais vantajoso.

Benefícios do HDTV em Vigilância por Vídeo

Usando HDTV é possível receber imagens de alta resolução com cores naturais mesmo quando objetos andam em alta velocidade. O uso do formato H.264 reduz o tamanho do arquivo, sem comprometer sua qualidade, em 80 porcento comparando com o formato Motion JPEG e em 50 porcento comparando com MPEG-4 Part 2. Em função disso o H.284 esta conquistando seu lugar de liderança viabilizando alta resolução, alta taxa de quadros e aspecto de tela de 16:9.

Câmeras IP

Câmeras IP não são diferentes na parte da captação da imagem de câmeras analógicas. As duas captam a imagem via sensor CCD ou CMOS.

A diferença é que na câmera analógica a imagem captada é transferida em um sinal analógico e na câmera IP o sinal é transferido a uma informação digital que pode ser transferido em cima de redes de computadores. Tendo esta capacidade de transmissão o ponto onde acontece a gravação pode ser remota, também podem ser recebidas alertas por email ou SMS, evento pode ser assistido via celular. Estas funções não existem com câmeras analógicas.

Avi Dvir

Apêndice C - Glossário

A5 – Algoritmo de criptografia utilizado em telefones celulares na Europa.

AC (Alternating Current) – Corrente que varia de forma cíclica (de uma direção positiva a uma direção negativa) e contínua (mudando o potencial de zero ao máximo e de volta ao zero). Em português é chamada de CA (Corrente Alternada).

AES (Advanced Encription Key) – Algoritmo simétrico de criptografia, criado por Joan Daemen e Vincent Rijmen, que veio substituir o algoritmo simétrico DES. Composto de blocos de 16 bytes, pode operar chaves de 128, 192 ou 256 bits.

AFIS (Automated Fingerprint Identification System) – Sistema de identificação automática por impressão digital. O sistema compara a impressão digital de um dedo com banco de dados de impressões digitais.

Alcance – É a distância de onde um sinal pode ser captado, dependendo da potência da transmissão, do ganho das antenas (transmissora e receptora) e da sensibilidade do receptor.

Algoritmo de criptografia – Conjunto de regras matemáticas utilizadas no processo de criptografia e decriptografia .

Algoritmo simétrico – Chamado também algoritmo convencional, chave segredo ou criptografia de uma chave. A criptografia e a decriptografia envolvem uma chave única.

AM (Amplitude Modulation, ou Modulação em Amplitude) – É um método de enviar informação (sinal modulador) por meio de corrente AC (portador), mudando a amplitude dele. A freqüência do sinal modulador é normalmente menos de 10% da freqüência do sinal portador. Também se refere à banda de broadcast de 550 a 1.650 KHz.

Amplificador – Um circuito ativo que aumenta o nível de energia, tensão, ou ambos, de um sinal elétrico.

Amplitude – Distância entre os extremos de uma variação periódica. Distância entre uma das extremidades da oscilação de um movimento vibratório ou oscilatório e o ponto de equilíbrio ou normal, por exemplo, da oscilação de uma corrente alternada, de uma onda de rádio, de uma onda sonora ou de um pêndulo; o maior valor de uma alongação.

Analisador de espectro – Instrumento que analisa o espectro de radiação eletromagnética e mostra os sinais encontrados no domínio de freqüência. Sinal de TV a cabo, por exemplo, geralmente ocupa a faixa das freqüências do espectro de 5 MHz a 550 MHz.

Antena – Antena é um transdutor (converte uma forma de energia em outra, por exemplo, alto-falante) que converte radiofreqüência (RF) em uma corrente alternada (CA) em antena que recebe sinal de RF e vice-versa em antena que transmite sinal de RF.

Antena direcional – Antena com sensibilidade maior em uma direção específica.

Ataque – O ato de tentar invadir um sistema computadorizado. O ataque pode ter como objetivo espionar o alvo, alterar informação ou causar um mau funcionamento do sistema.

Ataque de dicionário – Um ataque de força bruta com objetivo de revelar senhas mediante tentativas lógicas de combinação de letras.

Ataque de indisponilidade (Denial of Service) – Um ataque que visa a derrubar o equipamento ou aplicativo que possui algum tipo de informação, tornando-o indisponível ou diminuindo seu desempenho. Exemplos famosos são o "ping da morte" Winnuke e "Syn flood".

Atenuação – É a redução de potência ou energia (representada por diminuição da amplitude) de um sinal elétrico ao passar por uma mídia. Atenuação ocorre em função de absorção, reflexão, difusão ou dispersão do sinal.

Block cipher – Um algoritmo (Cipher) de criptografia/decriptografia que opera sobre blocos de texto plano (Plain text) e texto cifrado (Ciphertext), usualmente de tamanho de 64 ou 128 bits.

Blowfish – Um algoritmo simétrico de bloco de 64 bits. Rápido, simples e de domínio público. Escrito por Bruce Schneier.

BNC – É um tipo de conector utilizado, entre outras aplicações, em antenas.

Bug (Grampo) – Dispositivo de escuta clandestina por qualquer meio de transmissão (RF, IR, rede etc.).

CA (Certificate Authority) – Uma entidade de confiança que cria certificados e que atesta por meio da sua assinatura digital, que a informação do certificado, inclusive a chave pública, pertence a quem diz ser seu proprietário.

Cabo coaxial (também chamado de coax) – Cabo composto de um revestimento externo isolador, de uma camada metálica interna flexível, logo após a camada externa uma outra camada isoladora e, internamente, um fio condutor central, que pode ser rígido ou flexível. Geralmente se utiliza conectores do tipo BNC nesse cabo.

Canal seguro – Canal de comunicação segura entre dois computadores do tipo SSL ou IPSec.

Capacitor (Condensador) – Componente eletrônico que armazena energia elétrica. Composto de placas de metal separadas por um isolador que bloqueia sinal DC e passa AC.

Cavalo-de-tróia (Trojan Horse) – Um programa de computador que se instala secretamente em um computador sem conhecimento do usuário e que compromete a segurança do sistema causando-lhe danos.

CCTV (Closed Circuit Television) – Sinais de televisão transmitidos por cabo coaxial ou microondas. Em português, CFTV – Circuito Fechado de Televisão.

Certificado digital – Um documento digital composto de informação sobre a identidade do proprietário do certificado, sua chave pública e assinatura do criador do certificado (CA) que atesta que a informação e a chave são vinculadas e pertencem a uma entidade usuária do certificado.

Chave – Combinação de símbolos utilizada para transformar um texto comum em um texto cifrado.

Chave privada - A chave privada do par de chaves do sistema de chave pública, referida também como chave de decriptografia .Também é a chave segredo usada em sistema de criptografia convencional (simétrica).

Chave pública - A chave pública do par de chaves do sistema de chave pública, referida também como chave de criptografia.

Chave segredo - Sinônimo de chave privada no sistema de chave pública ou a chave usada no sistema simétrico convencional. Também pode ser chamada de chave particular.

Chave de sessão - Chave segredo (simétrica) usada para cada transmissão de mensagem.

Ciphertext - Texto cifrado. O resultado da criptografia de um texto plano (Plaintext).

Classificação - A impressão digital é classificada conforme suas características, para facilitar o processo de busca na base de dados.

Contramedidas - Técnicas de defesa utilizadas para detectar, prevenir e atrapalhar a ação de dispositivos de gravação ou transmissão de áudio ou vídeo.

Corrente direta (Contínua) - DC–Direct Current. Corrente unidirecional e contínua. Por exemplo, a corrente proveniente de bateria, gerada pelo movimento de elétrons do pólo denominado menos (-) ao pólo denominado mais (+).

Criptografia - Princípios, maneiras e método para esconder informações, garantindo que possam ser restauradas em uma forma inteligível apenas a pessoas autorizadas. Permite disfarçar a informação de modo que não possa ser compreendida por uma pessoa desautorizada.

Decibel (dB) - Expressão logarítmica da taxa entre nível de potência, voltagem ou corrente de dois sinais $S_{dBP} = 10 \log_{10} (P_2 / P_1)$

Decriptografia - Decodificação de um texto cifrado tornando-o novamente um texto legível.

Demodulação - Processo de extração de sinal de informação de um sinal portador modulado pelo sinal da informação.

Demodulador - Um circuito que extrai a informação de um sinal recebido.

DES (Data Encription Standard) – É um algoritmo de criptografia simétrica (chave segredo) de blocos de 64 bits, também conhecido como DEA – Data Encription Algorithm, da ANSI, e DEA-1, da ISO. Foi introduzido em 1976 como FIPS 46.

Detector de grampo – Aparelho eletrônico usado como contramedida de monitoramento de áudio e para detectar grampo.

DFR (Direct Fingerprint Reader) – Leitor de Impressão Digital em Tempo Real. Leitor que interpreta a impressão digital de um dedo em tempo real.

Diffie-Hellman – O primeiro algoritmo conhecido de chave pública introduzido em 1976.

Digital – Representação de dados por meio de dois dígitos (referidos como bits - 1 e 0). A junção de um ou mais dígitos de 1 e 0 representa um símbolo significativo. Um sinal digital só pode expressar valores em incrementos discretos e não contínuos.

Dipole – Uma antena direcional. É um condutor elétrico reto medindo meio comprimento de uma onda específica e conectado a um receptor, transmissor ou transceptor (transciever), por meio de um dispositivo chamado feed line que transfere energia RF do transmissor à antena e/ou da antena ao receptor.

Duplex – Estado de comunicação entre dois participantes em que ambos dois podem falar simultaneamente, como em um telefone comum. As vezes é chamada Full – Duplex.

DVM (Digital Volt Meter) – Um aparelho-chave em eletrônica que mede voltagem AC/DC, corrente, resistência e, em alguns modelos, capacitância.

ELF (Extremely Low Frequency) – Faixa de freqüência entre 0 Hz e 6 KHz.

Elgamal – Algoritmo de chave pública baseado no algoritmo Diffie-Hellman e similar ao RSA.

Criptografia – O processo de codificar uma mensagem por meio do uso de uma chave para tornar seu conteúdo ilegível.

Engenharia social- Um ataque que se baseia em enganar usuários ou administradores, ganhando a confiança deles para ter acesso a um sistema de informação restrita.

Espectro eletromagnético –A variação de freqüências (ou comprimento de ondas) de radiação eletromagnética (radiação composta de campo magnético e campo elétrico) que se propaga no espaço e composta de raios cósmicos, raios gama, raios X a ultravioleta, luz visível e infravermelho, incluindo microondas de rádio.

Estetoscópio eletrônico – Microfone de contato equipado com amplificador eletrônico utilizado para escuta atrás de paredes.

Faixa de guarda (Guard Band) – Uma faixa de guarda ao redor de uma faixa selecionada para prevenir interferência de canais próximos.

FAR – Na biometria, sigla de False Acceptance Rate, ou taxa de aceitação falsa. A probabilidade de identificar uma pessoa não autorizada como autorizada.

Filtro – Circuito elétrico que aceita ou rejeita uma faixa particular de freqüências.

Firewall – Uma ferramenta de segurança que protege computadores pessoais ou em rede contra ataques vindo da Internet.

FM (Frequency Modulation, ou modulação de freqüência) – Forma de representar informação mediante a variação da freqüência de um sinal transportador (Carrier) de corrente alternado. Este esquema pode ser utilizado tanto como dados analógicos ou digitais. Em FM analógico, a freqüência do portador varia constantemente conforme o sinal modulador. Em FM digital, a freqüência muda entre vários níveis conforme o sistema digital (em sistema digital binário, a freqüência muda entre duas posições para representar 1 ou 0). Esta modulação se chama FSK (Frequency Shift Keying). Esse termo é utilizado também para faixa broadcast de high-fidelity de 88 a 108 MHz em função da modulação FM do portador do sinal.

Freqüência – Número de comprimento de ondas, ou ciclos de corrente alternada, que passa em um ponto específico em segundos.

Freqüência ultra-alta – UHF – Ultra High Frequency. Freqüência de rádio aproximadamente na faixa de 300 a 1.000 MHz.

Frequency Counter – Dispositivo receptor que exibe a freqüência numa tela.

FRR (False Rejection Rate, ou taxa de rejeição falsa) – A probabilidade de rejeitar uma pessoa autorizada.

Função Hash – Uma função que cria uma identificação única de uma mensagem servindo para autenticá-la. Existem outras utilizações, como, por exemplo, busca em base de dados já que o código criado é muito mais curto que o da mensagem original.

Ganho – Também chamado fator amplificador, o ganho representa o incremento da energia efetiva radiada (em transmissor) ou receptividade (em receptor), quando comparado com a energia original.

Grampeamento (Bugging) – Monitoramento clandestino de som ou imagem por medidas eletrônicas.

Hacker – Antigamente utilizado como um jargão para entusiastas de computadores e, atualmente, o termo refere-se a indivíduos que procuram acessar computadores e redes sem permissão, com o intuito de roubar ou causar danos. Um uso mais apropriado para esse tipo de atividade seria "cracker".

Harmônica – Sinal com freqüência de um multiplicador exato de uma freqüência fundamental (básica).

Hertz – Símbolo Hz. Unidade internacional de freqüência igual a um ciclo por segundo. Kilohertz (KHz) = 1.000 Hz. Megahertz (MHz) = 1.000.000 Hz. Gigahertz (GHz) = 1.000.000.000 Hz.

HF (High Frequency) – Faixa de alta freqüência.

HTTP (HyperText Transfer Protocol) – Protocolo utilizado na Internet para transferência de documentos entre servidores e clientes.

IC (Integrated Circuit) – Circuito Integrado, chip ou Microchip. Uma camada fina (wafer) de semicondutor montada com grande número de resistores, capacitores e transistores.

IDEA (International Data Encryption Standard) – É um algoritmo simétrico de blocos de 64 bits que utiliza chave de 128 bits.

Impedância – Denominada Z. Resistência a um sinal AC (Corrente Alternada) ou DC. Um efeito combinado (vetor) de resistência, indutância e capacitância.

Infravermelho – IR – Infra Red. Onda de luz abaixo da freqüência visível pelo olho humano.

Intermodulação – Novas freqüências criadas quando dois sinais são misturados (soma e diferença dos dois sinais). Esses sinais geram interferência.

Intrusion Detection System (IDS) – Sistema de identificação de tentativas de ataques, invasões e uso impróprio de sistemas de computadores, baseado na identificação de padrões conhecidos e preestabelecidos.

Jammer – Um gerenciador de sinais que interferem na operação de sistemas de vigilância eletrônica de áudio impedindo o funcionamento correto deles.

Lambda (l) – Símbolo grego utilizado para denotar comprimento de onda.

Laser (Light Amplification by Stimulated Emission of Radiation) – Dispositivo utilizado para gerar um raio monocromático (cor única) cujos raios têm a mesma freqüência e fase.

Leased Line – Linha telefônica dedicada especificamente à comunicação privada. Também é chamada linha dedicada.

LF (Low Frequency) – Faixa baixa de freqüências, de 30 a 300 KHz.

Log (ou trilha de auditoria) – Histórico das transações em sistemas computadorizados que permite detectar atividades e tentativas de penetração e invasão ilegítimas.

Loop – Antena direcional simples.

LSB (Lower Sideband) – Derivado de sistema de modulação SSB em que o sinal portador (Carrier) e a parte superior do sinal transportado (Upper Sideband) são suprimidos.

MAC (Message Autentication Code) – O equivalente à assinatura digital no sistema de criptografia simétrica. Permite que qualquer um que conheça a chave verifique que os dados não foram alterados.

MD5 – Uma função Hash one way (opera em uma direção) que gera um código (ou message digest) de 128 bits usado para validar a autenticação de uma mensagem.

Message Digest – Um número recebido como resultado da função Hash de uma mensagem. Esse número será diferente se mudarmos um único bit da mensagem original.

Microfone de Cristal – Microfone que opera por meio da geração do sinal por oscilação de um cristal.

MF – Freqüência média de 300 KHz a 3 MHz, que inclui a faixa AM.

Microfone Direcional – Microfone altamente sensível a freqüências de áudio em certa direção, rejeitando sinais de outras direções.

Microwave – Microondas. Ondas eletromagnéticas com freqüências acima de 1 GHz (ou seja, comprimento de ondas menor que 30 cm).

Modulação – A forma como uma informação é gravada sobre um sinal portador, modificando esse sinal de uma forma que viabilize a extração do sinal modulador.

Monitoramento consensual – Descrição de uma situação legal em que a conversação entre dois indivíduos é monitorada com o conhecimento de um dos participantes.

Não-Volátil – Refere-se à memória que guarda a informação mesmo quando a energia é desligada. Exemplos: ROM (Read Only Memory), PROM (Read Only Programável), EPROM (Read Only Programável e Apagável), EEPROM (Read-Only Programável e Apagável electronicamente) e memória flash.

Non-Repudiation – A possibilidade de garantir que um lado de contrato ou comunicação não pode negar a autenticidade da sua assinatura em um documento ou mensagem que mandou.

Omni-direcional – Antenas com sensibilidade igual a sinais de qualquer direção.

Osciloscópio – Um equipamento que mostra a forma da onda no domínio do tempo (amplitude x tempo).

Passphrase – Um frase fácil de lembrar usada para melhorar a segurança.

PKCS – Conjunto de padrões de fato sobre criptografia de chave pública criado pelo consórcio composto pela Microsoft, Apple, DEC, MIT, RSA e Sun.

PKI – Sistema de certificados digitais de chave pública que tem como objetivo validar uma chave e garantir que pertença ao proprietário do certificado.

Ping – Programa que permite verificar se um determinado endereço IP existe e dr conectado está à rede.

Plaintext – Texto plano que por meio do processo de criptografia (Cipher) transforma-se em texto cifrado (Ciphertext) – ilegível.

Probe – Método de busca orientado a determinar pontos fracos de um sistema de computadores, permitindo a invasão do sistema.

Repetidora – Receptor e transmissor combinados, cada um com uma freqüência diferente, em que um sinal fraco é recebido e retransmitido com força maior para uma distância maior.

Resistência – Representada pela letra R, é a oposição que uma substância possui à corrente elétrica. Um sinal elétrico gasta energia quando passa no resistor.

Resistor – Componente elétrico que gera oposição ao sinal elétrico regulando assim sua intensidade.

RSA – Iniciais de Ron Rivest, Adi Shamir e Len Adelman, proprietários da RSA Security Inc. que desenvolveram o sistema de chaves públicas RSA, baseado na facilidade da multiplicação de dois números primos e na dificuldade de fatorização da multiplicação.

Scanner – Rádio capaz de buscar automaticamente transmissões de rádio de uma contínua ou pré-programada.

Scrambler – Misturador de freqüência. A transmissão é codificada mediante a mistura das freqüências do áudio para evitar escuta no trajeto da transmissão.

Seletividade – Qualidade de um scanner que indica a capacidade do aparelho para discriminar dois sinais com freqüências próximas.

Senha – Uma combinação de símbolos utilizada para criptografia/decriptografia , autenticação, validação ou verificação.

SET (Secure Electronic Transaction) – Provê transmissão segura de números de cartões de crédito utilizando a Internet.

SHA-1 (Secure Hash Algorithm) – Função Hash de 160 bits. Faz parte do algoritmo DSS.

Simplex – Em comunicação, refere-se à capacidade de um sistema de transmitir informação de um lado de cada vez, ao contrário de Duplex, que significa transmissão simultânea dos dois lados ao mesmo tempo.

Sinal analógico – Representação contínua de um fenômeno. Por exemplo: corrente, voltagem etc. Um sinal analógico pode ser representado por meio de série de ondas seno.

Sinal Carrier – Um sinal portador, que carrega um outro sinal de informação. A informação do sinal carregado é codificada no sinal portador por meio da modulação do portador.

Sistema biométrico – Sistema que identifica um indivíduo pela interpretação de dados do corpo humano. O sistema compara esses dados com dados armazenados em uma base de dados. O processo de comparação também é chamado verificação.

Skip – Propagação de sinais de rádio que se refletem através da camada atmosférica ionizada, incrementando assim a distância da transmissão além da linha de visão.

Spam – Tentativa inapropriada de usar uma lista de e-mail para enviar mensagens que não foram requisitadas.

Squelch – Função de scanner que baixa a sensitividade de todos os sinais, com exceção de sinais de uma amplitude desejada.

SSB (Single Sideband) – Técnica de modulação em que o portador (Carrier) é suprimido.

SSL (Secure Transaction Technology) – Protocolo de comunicação segura da Netscape que viabiliza a troca de informações pela Internet. Suporta a autenticação de servidores e clientes e encripta os dados trafegados.

TLS (Transport Layer Security) – A integração do SSL com PCT pela IETF. Às vezes, a SSL refere-se, na verdade, à TLS.

Triple DES – É a implementação, por três vezes, do algoritmo simétrico DES com três chaves diferentes.

Trunking – Radiocomunicação por meio de um banco de freqüências disponíveis para todas as estações, em que o tráfego é controlado por um canal de gerenciamento especial.

Transmissor infinito – Também conhecido como Universal Infinity Bug. Amplificador de áudio e microfone conectados à linha telefônica por meio de um relé sensível ao tono de áudio e que pode ser ativado por telefonema e sonorização de um tono específico.

Twofish – Algoritmo simétrico de 256 bits.

Ultra-sônico – Ondas de som de freqüência alta que não podem ser ouvidas pelo ouvido humano. Geralmente acima de 16 KHz.

USB (Upper Sideband) – Sistema de modulação derivado da modulação SSB em que o portador e a parte mais baixa da banda (lower side band) são suprimidos e a informação apenas está no upper sideband.

Varredura de porta – Port Scan – Uma série de mensagens enviadas por um indivíduo tentando invadir um computador para verificar quais os serviços de rede o computador fornece, tentando encontrar brechas no sistema.

VHF (Very High Frequency) – Faixa de freqüências muito altas geralmente definida entre 30 a 250 MHz.

Vigilância – Observar e monitorar (por áudio e vídeo) secretamente o comportamento de uma outra pessoa.

Vírus – Programa ou código de software carregado no computador sem conhecimento do proprietário e que tem por objetivo causar vários danos ao sistema.

VLF (Very Low Frequencies) – A faixa de freqüências muito baixas de 6 a 30 KHz.

VOX – ou VAS (Voice Activated Switch) – Comutador que fecha ao detectar áudio. Utilizado para ligar e desligar gravadores ou transmissores de rádio para conservar fita ou energia.

VPN (Virtual Private Network) – Comunicação segura com redes corporativas através da Internet provendo capacidade de linhas dedicadas com menor custo.

Apêndice C

Wavelength – Comprimento de onda. A distância entre dois pontos correspondentes onde se repete a forma de onda eletromagnética.

Whip – Antena simples composta de um fio reto geralmente com um comprimento calculado.

Worm – Tipo especial de vírus que se replica e utiliza a memória, mas não é anexado a outros programas.

X.509v3 – Padrão de certificado digital da ITU-T utilizado para provar a identidade de uma entidade e a vinculação desta com uma chave pública. Contém a assinatura do criador, informações de identidade do usuário etc.

Yag – Antena direcional complexa com padrão de alto ganho.

Sobre o autor

Avi Dvir é Israelense naturalizado Brasileiro
que atua ha mais de 40 anos na área de
Inteligência, contra inteligência,
telecomunicação e segurança de informações
em Israel e em vários países no mundo e nos
últimos 25 anos atua nesta área no Brasil. Sua
experiência foi adquirida tanto no esfera
militar como no esfera civil.

Formado pelo Technion - Instituto Tecnologico
de Israel em engenharia Industrial (Bsc),
Edinburgh Business School em administração
de empresas (MBA) e universidade de Brunel,
Londres(MSc) em Sistemas de Telecomunicações.
Avi Dvir é autor do best seller: Espionagem Empresarial (Editora Novatec) e
atua no Brasil como consultor para varias organizações em tecnologias e
sistemas contra vazamento de informações.

Nos seus livros o autor traz sua vasta experiência na área de inteligência,
contra inteligência e vazamento de informações de uma forma clara e
compreensível com o objetivo de educar os leitores a tomar as medidas mais
corretas e as mais eficientes necessárias para a proteção das suas informações e
da sua privacidade.